ALWAYS ON MY WAY, ALWAYS YOUNG

白嵩　著

重庆大学出版社

# 终身旅行者

小鹏

    那天听白嵩的"荷尔蒙电台"，最新一期讲的是重庆的 Live House，独立、地下、摇滚的画风扑面而来，让我一下子想到一部电影《海盗电台》。那是一个海上的乌托邦，特别青春，特别激烈，特别伍德斯托克。再一看荷尔蒙电台的成立时间——2010 年，我紧接着想到的三个字是"不容易"，因为任何事坚持十年，那都是一种无与伦比的美丽。写到这里，我又想起在清迈遇到的一位开书店的老先生，我问他打算什么时候退休，他说："如果找到自己真正喜欢的事，就永远不用退休了，因为你没把它当工作，又何来退休一说呢？"从这点来看，我相信白嵩的荷尔蒙电台会一直陪伴在我们左右，不仅下饭，还能下酒。

    扯得好像有点远，说回这本书的主题——搭车旅行。阅读《向阳而生》的体验就像看了一场文字版的《人在囧途》系列电影。此时此刻，我特别想跟读者剧透这部公路电影多惊险、多刺激、多温暖，可显然最恰当的做法是把这份精彩与神秘留给读者自己去感受和体验。

    我曾在阿拉斯加一家青年旅舍的墙上看到一幅书法作品，上面用汉字写着："永远的旅行者"。什么样的人可以被称为永远的旅行者？我和白嵩还就这个话题展开过讨论。我们的共同观点是——不能以物质利益为出发点。有句俗话说得好，花无百日红。但是，如果以爱好为出发点，永远不忘初心，那他就有了成为一个"永远的旅行者"的资格。

我想白嵩正是这样一个人，不仅因为他可以把一个独立电台做10年；不仅因为他愿意投入时间精力把一段搭车旅行的经历变成稿纸，再变成眼前这本厚厚的人生作品；更在于从他身上我能看到那团火焰。他跟我说："对于喜欢的事，我会用一辈子的时间去慢慢耕耘，然后再慢慢理解，一切都没那么糟糕，之前走的所有路，无论对错，都是如今脚下的基石。"有了这种踏实且务实的态度，我当然相信他能在这条路上一直走下去。

其实，这本书最大的意义并不是鼓励你也搭车去旅行，而是给那些即将踏出家门的年轻人以勇气，让他们知道，"这条路上，我不孤单"；也能让那些已经走在路上的人知道，"其实我还可以走得更远"。

我是白嵩,
即将来一场搭车旅行

# 我叫白嵩，即将来一场搭车旅行

童年时，我家后院有一片稻田。秋天的时候天特别阔，风筝飞得也高，玩累了，我总会躺在高高的草垛上，闭上眼，周围只有风声，阳光洒在身上，一切都恰到好处。直到有一天，我随父母去了西安，本以为不久后还会再回到这块陪我长大的田野，没承想这却成了最后一别。

几年后的暑假再回到鞍山，取代那片田野的是林立的高楼，不少熟悉的老邻居也相继离去，当童年所有影像都被时间和万水千山拉伸得有些模糊，最纯真的躯壳已慢慢和自己失之交臂。后来我总在夜里梦到那片田野，但梦已经难分真假，你弄不清那到底是多少片田野混成的一块开阔的地方，但在最幽暗的夜，我却能感受到阳光照在脸上的温度和自在追逐的感觉。

我叫白嵩，没有小名。父亲说把嵩拆开是山和高，他愿我是个站得高，看得远的人。曾几何时，我以为指引方向的应该是班主任、摇滚乐、数不清的电影或了不起的名人，可后来才明白，这些人或物在生命中扮演的不是方向，而是一块块思想碰撞后的基石，随着岁月堆积，成了一座矮矮的山丘，我脚踏实地地踩在这座山丘的高处眺望远方，越来越多的高楼模糊了视线，慢慢地山坡上的人甚至以为自己是在低谷，于是有了多年后的这场远行。

这本书里的故事发生在我 27 岁时，那年是我在媒体行业从学习到从业的第 9 个年头，虽然身边的环境一直在变，但内心却一直保持着对新闻的热爱，这也许源自一颗永远保持好奇的心，也养成了善于从陌生人身上挖掘故事的能力，但我最关注的还是生活中大量存在的"小人物"。这也许和我成长的经历有关，小时候上学出门前母亲总叮嘱"不许欺负某某同学，他父亲去世得早，要多和单亲家庭的同学交朋友"，"给你拿两个苹果，给某某同学也带一个，她家里困难，要多帮助这样的同学"。也正是如此，我成为一个善良的人。

搭车旅行对于我来说是一种近距离在路上与陌生人接触的方式，随着路越走越远，人与人会因地域、气候等多种因素产生些许性格和文化的差异，但不变的是茫茫人海中或许转眼就会被遗忘的小人物身上，却往往绽放着某种品质的光芒。旅行的出发点是去路上结识他们，去更深刻地看待一个人与这个世界之间更丰富的关系，更是为了重新审视当下的自己，我更希望它可以成为影响我一生的旅途。

和所有即将踏上旅途的人一样，没人知道接下来的路上会遇到什么，一次 48 天的长途旅行又究竟能给一个灵魂带来什么样的改观？很高兴我们在起点相遇，在一切都还没开始前，请先接受我的感谢，感谢你对我人生中第一本书的支持。接下来我会用一段亲身经历作为回报，陪你抛弃所有生活赋予的枷锁，像流浪的旅人翻越万水千山，在那些陌生人身上去寻找生活的答案和出发时内心的疑问，一起找到一个出口，一个年轻人渴望了解这个世界和自己的出口。

　　无论此刻的你正处于逆境还是顺境，好运会在路上，逆风而行，向阳而生。

KM

8000

7000

6000

5000

4000

3000

2000

1000

西安

## 魔咒

【小庆幸】

2012年大学毕业，从成都回到西安，学习播音主持专业四年后，一家电视台聘用了我，做主持人，主持旅游节目。有一种被天上掉下的馅饼砸到脸上的感觉！幸福来得很突然。

从此便和旅行结下了不解之缘。初来乍到，很多事情令刚进入岗位的我有些无法理解，曾经在学校学的大部分知识和技能，在这里几乎用不上，也没人在意你做得好与不好，没人太在意收视率，破罐子在我耳边就这样噼里啪啦地摔了4年。4年时间我去了不少地方，那是从无知到求知的转变，旅途是很好的课堂，它会潜移默化地改变一个人的世界观。我也从一天傻乐呵只会背稿子描述大好河山到开始独立思考，表达自己的所思所想。年龄伴随旅途在路上慢慢地成长，而所在的环境依旧没怎么改变。

对于世界来说，2016年的中国真的挺猛的，老外们都惊了，中国人竟然可以出门不带钱，一部手机就搞定一切。互联网时代的飞速发展让中国处于大时代的尖端，手机成为中国人最好的朋友。看电视的人少了、看电脑屏幕的人也少了，所有人的注意力都移到了一个小小的屏幕上。而对于传统媒体行业来说，当然哪里有关注哪里就有广告，还没太缓过神来的电视广告在时代的高速发展中已经一落千丈。有一天，微信群里领导通知因效益不好要晚发工资时，办公室里开始浮现出不安。

2016 年的"双 11"，对于我来说是蜕变的萌芽，打开购物车的一瞬间，自己都快被自己感动了，衣服、零食、电子产品，今年统统没有。一反常态的一张书单，是这年"双 11"所有的内容，也是这张书单开启了我冬季进补的新纪元。之所以称之为新纪元，是因为我妈说了二十多年的一句魔咒终于被打破了："白嵩，你不能好好看会儿书吗？"

为什么突然心血来潮想去看书？这种心态的转变还是因为一年前把抽了很多年的烟戒了，没有原因，就斩钉截铁地再也不想抽了。后来我才知道像这种能对自己下"毒手"的人真不多。戒烟成功以后，人会进入一种别样状态，那真的是一种无法用语言描述的状态。起初会有些情绪不稳，后来好像精神了，有一段时间觉得整个人都有些游离，在坚持一段时间后曾经不离手的事情竟然在不经意间被慢慢淡忘，它不再是你生活当中的一种习惯，最终时间帮你战胜了自己，回归到一种原本存在的健康状态。我认为这次戒烟是蜕变，也是对勇敢和自信的磨炼。它不是戒掉一个习惯，而是酝酿出了一种能力，一种驾驭自己欲望的能力。

后来就放慢了下来，也许是因为都市生活节奏太快，不得不总想放慢自己好好回味身边正在发生的因果。我开始学会慢慢观察生活，用心地对待生活，过程比结果更让我在意。慢下来，身边的一切好像都变了。

我以前不爱看书，一是被动，很多书根本提不起兴趣，二是没有找到乐趣，但如果站在兴趣的角度去选择书，就会发现一切变得简单了。这就和你自己喜欢一个女孩可以为之疯狂，但父母让你相亲却总是打不起精神一样。有兴趣，当然可以花大把时间。

我依稀记得那长长的书单几乎都与旅途有关，其中有一本叫《消失的地平线》。因为前一年去香格里拉录节目的时候，我在翻阅众多资料查询相关内容时，经常出现这一本书的名字。基于对香格里拉的爱，一直想什么时候读读这本《消失的地平线》，把旅途当中延展的内容补回来，更像是你和老朋友再次问好的感觉，旅行一下子更饱满了。读完所有书的时候已经是2017年的春节。

那年春节我带着爸妈下了趟江南，路上没事翻翻书，发现读书已经成了一种生活方式。后来有哥们儿推荐一个叫bilibili的网站，说在那能找到不少纪录片。我找到纪录片的列表，滑到一部叫《一路向南》的片子。片中两位旅者从中国出发前往北美的最北段，开始一段丈量美洲大陆的穿越之旅，原来是谷岳、刘畅的作品，他们之前的纪录片《搭车去柏林》曾让无数热血青年背起背包踏上旅程，想到这我进行了一番思考，回看自己5年的旅游节目工作生涯，看似说得精彩但好像又什么都没说，这究竟是我想做的事吗？为什么不去好好地换种方式与世界相识？为什么不去拍点有血有肉的东西？为什么不去突破？一个强烈的意愿在心里埋下了种子。

## 【不被允许的进步】

从 25 岁开始，我规划自己每年必须做一件突破自己的事。

工作以外，我还运营了一家独立音乐电台"荷尔蒙电台"。从 2010 年至今不定期更新节目，内容从地下摇滚乐到生活的点点滴滴，也算是这些年来一直坚持做的一件事。

25 岁那年一个特别好的契机，我把工作中认识的旅行和生活中热爱的音乐做了一个拼接，导演了中国第一个国际邮轮音乐节"荷尔蒙邮轮音乐节"。因为音乐节的运营，我多次往返北京、上海，与当地很多公司、企业乃至风投有些接触。那一年，大量的资本进入互联网和文化行业，年轻人在试图为这个时代做点什么，也在试图间谋取着试图背后的名利双收。一时间满大街都是创业人，每一张接过的名片上都写着联合创始人或者 CEO 的头衔，这是一个挤破头去创业的时代。单位里的同事们都有些怕去做事，他们好像怕做事情出了什么差池自己得兜着，老同志们以智者身份为年轻的同事总结了很多道理："我年轻的时候也和你一样，想做点事，但我告诉你，在这老老实实就行啦，要折腾自己在外面随便折腾啊，你想想大家都不进步，就你要进步，你是要证明别人傻吗？"

22 岁、23 岁、24 岁、25 岁、26 岁，每一年我都深深地记住了前辈们的教诲，在单位里默默无闻，做事情咱在外面搞。

27 岁，也就是"双 11"买了很多书的第二年春节，因为心中早已燃起的火苗，无意间违背了老同志们的忠告。


## 【台二代】

收假上班后，我把一些想法吐露给了一个同事，他是刚刚从专题部调到我部门不久的一位摄像师，我叫他老李。

与老李的相识是在 2016 年年底。起初他是个话不多的人，后来他老婆说自从老李转到我们部门就变成了话痨。

老李和我有一个共同点，喜欢戴帽子！多年戴帽子的习惯让我看见同类特别有好感。他一米七左右的个子，皮肤黝黑，身形精壮。无论春夏秋冬，他都喜欢把外套袖子撸到胳膊肘附近，露出他小臂侧方的一段刺着藏语经文的文身。他的父亲是电视台已经退休的老员工，大家都称老李这类员工叫"子弟"，也有人叫他们"台二代"。

老李是个实打实科班出身的摄像师，从上学学习摄影到进入电视台一气呵成，仿佛他的人生就是为电视台而生的。今年 35 岁的老李在电视台工作 17 年了。

　我向来喜欢和摄像师做朋友，官方点的解释是从某种角度讲他们有善于发现美的眼睛。从非官方角度讲，我在电视上主持节目时美与丑都由他们掌控，再加上我当时主持的那档旅游栏目基本上周围都是当妈的女同事，突然来了个男同事，也算是能多点共同话题，还有一个更重要的因素是老李是东北人。

　中国人重家乡情谊，还因此有个说法，"老乡见老乡，两眼泪汪汪"。无论身在何方，只要遇到家乡人，再陌生都会有亲切感。但几乎中国大部分人对"老乡"的定位都是以省为标准划分的，唯独东北三省不同，东北这个地方好像在中国人的潜意识里，不管你是辽宁、吉林、黑龙江的，只要你飙出浓郁的东北口音，无论在哪咱都是老乡。于是出生在辽宁的我和从小在吉林长大的老李约定俗成地成为老乡，多走动自然也就近了。

　有一段时间我常去老李新租的房子唠嗑，因为离单位特近，很多个下午都耗在那，聊这些年的旅行，聊琐碎的事，时不时会用游戏手柄踢上几局 FIFA 足球。后来老李说"操性差不多的人，就该一起做点事"。于是我们开始想各种能实施的项目，但一个也没有做成。

　有次周一例会，频道总监在会上说想推出一些与丝绸之路有关的栏目，无论什么类型，欢迎献计献策，唯独要注意的就是预算和人手有限。

我突然意识到这可能是一个机会，是个能玩点真东西的机会。大概用一周时间整理思路，考虑了成本和人力所有的问题，我想拍一部搭车旅行走丝绸之路的旅行纪录片。

那天下午阳光特别好，开完频道例会，老李如往常一样带我去他家闲聊。他冲了一杯极苦的咖啡。我抿了一口，靠在阳台的飘窗上对他说："要不咱们一起来一场搭车旅行吧，拍个旅行纪录片，从西安出发一路走完丝绸之路，先走国内再走国外。这么多年了我特想拍点真正有血有肉的东西，好好记录当下正在发生的事。"说完我把端着的那杯咖啡放在了阳台上。我从他的表情可以看出，这个计划让人心潮澎湃。于是就在一小口极苦的咖啡后，计划被我们提上了日程。

【试探性进步】

老张是整个电视台里最让我敬佩的人。他是频道总监，一个性情中人。他调到频道当领导的时候，经常在频道大会上公然调侃我："白嵩这个小伙子，我非常欣赏他的能力，主持风格很有亲和力，但见我从来不打招呼。"

我每次都哭笑不得地解释："领导，我有散光眼，真的是看不清。"

每次引来的都是全办公室的哄笑。

那天我和老李敲开了老张办公室的门，老张看两个不太会来办公室的小伙子进来，赶紧喊坐下喝茶。我和老李也就没藏着掖着，开门见山把搭车走丝路拍摄纪录片的想法讲了一遍。他一边不动声色专注地听着，一边摆动着茶台上的道道工序。想法讲完了，我盯着老张的眼睛，想从眼神中得到一个反馈，他抬起头就对我说了一个字："妙！"

没想到竟然如此简单，这个拍摄项目通过了。后面的五个月里，我和老李一起探讨整理行程路线，做各种预案，寻求搭车旅行者的建议，在网络上查阅各种资料，接触各方面的合作伙伴等，一切进行得非常顺利。

突然有一天，我们发现这事有问题了，虽然台里答应得都挺好，但申请的制作经费一直没有下文，没有制作经费，一切都打上了一个大大的问号。从我们开始向单位申请制作经费，一切也就变得慢了起来。直至临行前，我们把大量的时间都耗在了跑手续上，每天穿梭在电视台的每一个部门，有时候整整一个礼拜都在等待某一个人签字，签完之后又踏上了寻找另一个人签字的苦旅，最终导致了两个结果：出发时间延迟了整整一个月；用于计划旅程的大部分时间被占用。因此出发前我和老李都很忙，由此我也落下了"病根"，只要听到"跑手续"三个字就浑身无力。

后来就连旅行归来，需要做的第一件事都不是休息和进入后期工作，而是把此次的手续继续跑完。我很敬佩老李，他在这工作了17年，不知道这17年他到底都经历了什么？

【*试探性泼冷水*】

马上就要到原计划出行的日期8月3日了，经费还是没有批下来，那段时间我们很焦虑。一急之下，我觉得不能再等，如果台里不出经费的话，必须要想办法和市场接触，我甚至决定如果台里临时变卦不支持这次搭车旅行的计划，我就立刻离职，然后独立做这个项目。努力即将付诸东流的失落，令人感到愤怒，我更不愿看着自己的心血付诸东流，用搭车旅行的方式行走丝绸之路并拍摄纪录片已经上升成为我一个媒体人的使命，于是我当机立断地接触了一些身边的资源，希望可以从大家手头的合作资源上找点赞助，无论是钱还是物。不能傻等着好运砸到我的脸上，毕竟我现在除了理想一无所有。很快就有人给了回复，她叫小宇宙，我一直叫她"宇宙姐"。她是美国知名运动品牌Under Armour在中国部分区域的代理人。得知我需要帮助，她毫不犹豫地答应赞助此次行程所有的服装、鞋帽等装备。没过几天，我突然接到了高中班长的电话，她叫梁凤，一个从小到大骨子里就透露着强大气场的女人。电话那头简单直接的开场白让我不知所措："老白，你搭车旅行的钱够花吗？我也帮不了你什么，但我就觉得你做这事是对的，老同学支持你，赞助你一万元，等你平安归来，给你接风。"

从这个电话开始，再也没有什么能成为这次旅行的阻力，在我前路未卜的时候能得到朋友如此这般的支持和鼓励，在所有难题面前我更加坚定了自己的方向。所以直到现在我都认为，是这些朋友让我在丝绸之路上迈出了真正的第一步，无论未来的路有多难走，我所承载的都不是我自己一个人，而是每一份支持的牵挂和鼎力相助。

## 【我瘫了】

在几乎快放弃电视台的那笔制作经费时，钱突然批了下来，这是我和老李想都没想到的。财务室打电话叫去提款，一切来得相当突然，当它真的到来时，好像也没什么兴奋或喜悦的感觉了，心头反而被架上了无形的枷锁。

拿到钱的第一时间我给梁凤发了信息，感谢老同学暖心的支持，既然有经费了，钱就不用再准备了。老梁劝我拿着，被我强硬拒绝，后来她找插画师做了些主题明信片，让我们路上送给帮助我们的司机朋友。

临行前的两个礼拜是最匆忙的，半年的旅行计划如今终于要出发了，我满脑子都是对长途旅行的渴望，同时又要冷静地思考还有什么没想周全。周末想放松一下心情，我们临时决定，驱车前往两百多公里外的汉中市城固县，去张骞墓祭拜张骞，顺带散散心。

丝绸之路一路黄沙漫漫，临行在即，应该去拜谒一下先行者。张骞两千多年前奉汉武帝之命出使西域，开辟了丝绸之路。此行去城固也是希望他老人家一路上能给我们带来些好运。

在汉中的那天晚上，我突然感觉自己右眼流泪不止，舌头的右半部分发麻，吃什么东西都没味道。起初没太在意，直到第二天醒来才发现整个右半边脸不能动了，我吓坏了，赶紧返回西安去医院。医生看到我的第一眼就很淡定地说："小伙子，你瘫了！"听到这句话，我整个人都傻了。无论怎么说我也算是半个靠脸吃饭的人啊，现在怎么右半边脸就瘫了。大夫可能意识到惊吓到我了，于是又接了一句："你这是面瘫，没事的，吃点药能好。"大夫，你别大喘气啊！

面瘫，一直以为是电影里那种瘫了以后不知啥时候能好的病，结果不是这样的，那干吗要把这个病的名字起得这么残忍！年纪轻轻的人能禁得住这般惊吓吗？我抱着一大堆药，高高兴兴地回家了。

大夫说如果快的话几个礼拜那半边脸就可以动了，后来我拖着这张面瘫脸参加了新闻发布会，接受了媒体朋友们的采访。我不敢笑，因为一笑，整个脸会特别诡异。设想一下，半张脸乐得跟花一样，另外半张脸纹丝不动是什么面相。那段时间但凡遇到街上特别闹的孩子，我都会凑到他跟前使劲笑，再顽皮的孩子喧闹声都会戛然而止。直到现在，每当乘飞机、高铁遇到不老实的孩子时我都会怀念那个令我痛并快乐的"超能力"。

## 面瘫男孩

【*你的背包*】

　　那天晚上雨还是没有停，热了一整个夏天的西安被这场秋雨淋出了点江南的韵味。撑着一把伞慢慢地朝家走，路灯下微弱的光伴着朦朦胧胧的水雾，在单元门外我用力甩了甩沾满雨水的旧伞，明天就要出发了，可什么东西都还没有收拾。

　　为了不遗漏什么，我把这次旅行要带的所有东西全部搬到了客厅，工工整整地摆放在客厅的地板上。摆完的那一瞬间，我长长地叹了一口气，占地面积之大可以比得上一张单人床的面积了。我认真梳理了一遍要带的物品清单，便开始了漫长的装包过程。之前一直认为装包不是一件难事，对于一个经常在路上的人来说，这再平常不过，可我忽略了这是一场长途旅行。设想一下把预计 50 天要使用的生活用品、衣帽、睡袋、急救用品和摄影器材放置到一个背包里是怎样的体验。起初尝试了两次，我都没办法将所有必带物件塞进那个 75L 的旅行包里，主要是因为这次旅程的出发日期已经推迟了，羽绒服和棉衣这些比较占地方的抗寒衣物非带不可。当尝试第三次装包的时候，我抬头看了眼挂在墙上的钟，凌晨 2 点了！明天一早就要出发，可现在包还没装好，连留给我抱怨的时间都没有了，我赶紧加快了手上的动作。终于在经历两次失败之后，所有的东西被拥挤地塞进了行囊。背包被撑得太满了，像一个膨胀到极限的网络红人，以至于我都不忍心再去拉开任何一个脆弱的拉链。我把双手交叉抱在胸前满意地审视着自己的劳动成果，终于大功告成了。我抱着试一试的心态掂量了一下它的重量，握住背包肩带，提起的一瞬间，心咯噔一下，一口老血差点没喷出来。我赶紧做一个弓步，使足了劲儿把包放在重心腿上，再用尽全力把它背到肩头，太吃力了！我冒了一头冷汗，这完全超出了心理预期，天亮后等待我的可是 8000 公里的搭车旅行啊！我试着走了几步路，心真的凉了一大截。我开始担心长时间负重徒步会对膝盖造成伤害，唯一的心理安慰只能是出发前半年时间在健身房里的体能训练，可心里掂量着肩头的重量，训练量还是远远不够啊。现在所担心的一切都是多余的，没有什么事情是百分之百的妥当，睡觉！我没问题！

凌晨 3 点，躺在自己熟悉的床上，突然电话响了，一看是老李，他也没睡？电话一接通就传来"你的包怎么样？我的太沉了！"航拍机、单反相机、三脚架，还有之前放在他那里的双人帐篷，超强重量的负荷对于老李来说算得上是一个挑战，他有高血压病史，虽然不常犯，但每当劳累过度时，就会出现血压升高的状况，紧接着就是头晕无力。我赶紧对他说："没事，明儿见了我帮你分担点东西，估计走几天就习惯了。不行咱们适当减少徒步，多搭车。"

从开始决定要搭车旅行，互相勉励已经成为我们之间的习惯。两个人的旅途，相互的精神支撑真的太重要了。互报晚安，真的该睡了。

　　我心里很清楚，搭车走丝绸之路不仅是生理上的极限挑战，还有各种各样的花式挑战在等待着我们。换句话说，正是这些生活中不常有的挑战让人迷恋长途旅行，和不同的人，在不同的地点、不同的时间，发生不同的事，一切都是最好的安排。这股神奇的力量在推着你向前走，就像用自己的灵魂做一场实验，一种行为艺术，结果会怎样？那就是最真实的你自己。

## 【妈妈的早餐】

　　窗外的雨敲打着玻璃发出"嗒嗒"声。

　　洗脸刷牙，对着镜子里的自己保持微笑，那半张脸还是没什么知觉，我对镜子里的人说："哥们儿，你太酷了，希望这一路上各民族的孩子能够喜欢你。"

　　母亲早就做好了早饭，不用猜都知道是饺子，每次出门她都会包饺子。中国北方人都讲究"上车饺子，下车的面"，出门前都得吃上一口，寓意着顺利。而她的观念里出门还有一样是少不了的，那就是随身得带一块红布条，这是我们家的传统，从小到大我的书包里、钱包里、旅行箱里甚至大衣口袋里都会放一小块红布条，姥姥说这寓意着辟邪躲灾。我从来都遵守传统，因为这是一种福分，也是当你在无数次掏口袋时无意间能触碰到的牵挂。

　　母亲今天有点异常，她是个非常感性而又细腻的女人，因为这次旅行和以往不同，此行去的时间长，距离远，还是搭车旅行，并且还要深入新疆。新疆，对于我来说是神往的地方，但在很多人的潜意识里，担心这里的治安不好，很多人一想到新疆就会想起之前某些暴力事件，我一直认为那是不必要的担心，其实这也是此次走丝绸之路的一个推动力，我想用我自己的眼睛和经历来记录最真实的新疆到底是什么样的。当然这样的话已经和家人们说过很多次，可从母亲的眼中还是能看出儿行千里母担忧，与以往不同，她非要送我去楼下坐上车。一路上话不多，我努力在话语间透露着胸有成竹，背着极重的行李也故作轻松，她再三嘱咐我一路上安全第一。上车前我拥抱了她："放心吧，妈，你和我爸照顾好自己啊，对于我，你们还不放心吗？我每天都会发消息报平安的！"

　　母亲抱着我说："好，注意安全！"

　　"走了！"我坐在车上，摇开玻璃窗朝她挥手，她朝我挥挥手便转过了身。

## 【*并不伟大的开始*】

"十分钟就到！"老李在电话那头心急地说着。

雨小点了，我躲在路边的一棵大树下，把笨重的背包靠在树边，又着腰望着马路对面的石雕——一个个异域面孔的商人，赶着驼队往西的方向走着，这是集合出发的地方——西安城西的丝路群雕。在出发前，我们罗列了很多个出发地点，最终选择了这儿，一是因为这儿是古代丝绸之路的起点，二是因为这里接近西安的郊区，从这里搭车的成功概率会比在城市中心搭车高很多。你可以想象在城市的主干道搭车的那种尴尬，时常会有人误解你的意思，最终成了不停地与出租车司机作解释的糟糕剧情。

十分钟后老李到了，一见面就击了个掌，会心地一笑，终于站在这儿了，所有的麻烦和质疑都该去哪去哪吧，从今天开始就是不断前行，一直在路上。

我赶紧把老李背包上悬挂的帐篷卸了下来，挂在了我的背包上，帮他减轻一下负担。雨又开始大了起来，刚刚开始搭车旅行的两个人，对搭车还有些生疏和放不开，站在路边无从下手。老李说刚刚载他过来的出租车司机给的建议是去前面不远的欧亚物流中心可能会有更多的机会，因为那里有很多前往天水、兰州的货车。这个建议虽然未经过考证，但绝对缓解了两个搭车旅行新手路边放不开的尴尬。"走吧，咱们俩就往那走！"

"得先问个路吧？"老李说道。

前面不远处有一个食杂店，从堆满货物的货架旁穿过，随手拿了两瓶饮料，老李一边结账一边询问老板欧亚物流中心在哪。老板用异样的眼神审视着面前两个装扮奇怪、背着巨大旅行包的人，停顿了两秒说："你俩不打车去吗？"

我说："不，我们要徒步过去！"

老板说："那么远，还下这么大雨，坐公交车去吧，公交站很近。"

老李打断他："我们就徒步，哪个方向啊？"

老板见面前是两个不食人间烟火的"怪咖"，随手一指："那个方向一直走，不用拐弯，得有几站路呢，很远的，背这么大个包要累死了。"

谢过老板，雨越下越大了，此刻唯一庆幸的是宇宙姐提前准备的衣服都具有很好的防雨功能。豆粒大的雨点打在帽子上，发出噼里啪啦的响声，路上行色匆匆的人们都打着伞用异样的眼光打量着这两个雨中漫步的背包客。我反而越走越带劲儿了，冒着一张开嘴就灌进雨点的风险对一旁的老李说："这就是标准的风雨无阻了吧，感觉太行了！"

老李抿着嘴表示赞同。

在斑马线的尽头望见了要找的地方，欧亚物流中心，显然它看起来没有它的名字那么"欧亚"。穿过被积水浸过的斑马线径直走进大门，视线被各种型号的货运卡车填满。这场雨让这个硕大的物流中心变得死气沉沉，物流中心好像停止了运转。一辆车一辆车地打探，驾驶席都是空的，陷入这个开场局面，不禁让人联想自己是否把搭车旅行想得有些天真了。

终于不远处一辆卡车笨拙地停下，我赶忙跑过去问，主驾驶和副驾驶位置坐着两个看起来就很老实的年轻司机，我开口："师傅，您是往天水方向走吗？"

副驾驶位置上的年轻人慢慢摇下玻璃，手中的保温杯散发着热气，他惊奇地盯着我，隔着大雨嘴里蹦出几个字："你们要干吗？"

我说："我们搭车旅行的，想去天水方向。"

年轻人和主驾驶位置上的人对视了一下，转过身："我们今天不发车，你们找甘 E 的车牌吧，甘 E 是天水的车牌，概率会大些。"

这是第一次以搭车旅行者的身份寻求帮助，虽然没有成功上路，但我认为这次对话非常有用，简直是上天赐予的出发礼物。关键的一个寻车经验被那个老实人说了出来，如果想搭车往哪个城市走，就先查一下目的地城市的车牌，这样就会极大地提高搭车效率，以至于此后的旅途中，这个寻车经验让我们少走了不少弯路。

走遍了整个停车场，甘 E 的车牌少之又少，仅有的几辆天水的车也不见司机的踪影。在一个小办公室里，我们不小心打扰到了两位穿着西服，眼睛就快钻进手机里的中年男子，他们爱搭不理地抬起头打量了我们，一边看着手机一边不耐烦地说："没有司机会带你们的，赶紧走。"

再这么淋下去人就真的要成落汤鸡了，距离大门口不远处有一个物流信息中心，这是司机在里面等活儿的地方，推门而入，当时的感觉真的像是两个学生破门而入闯进了安静的考场。不大的中厅下，稀稀拉拉的人把目光全聚焦在两个被雨淋成落汤鸡的背包客身上。我赶紧对着身边一个看起来朴实的大姐询问了一句："大姐，这里有去天水的车吗？"她半天没回过神来，直勾勾地盯着我。某一瞬间，我感到肩膀一阵酸，长时间地负重身体已经有些吃不消了，赶紧叫老李一起把肩上的行李卸下来休息一会儿。放好行李一抬头，面前已经围着七八个中年男子了，手中托着大茶杯，不约而同地上下打量着两个闯入他们领地的"怪人"，大姐还在我面前，还是刚才那个熟悉的眼神，突然她开了腔："你俩弄啥呢？"

"你们有去天水的吗？我们就想搭个顺风车，外面转一圈了，车上都没人。"我说。

话音刚落，就好像一场本来很华丽的魔术表演，但在最炫的瞬间演穿帮了一样，人群一哄而散，好像刚才什么事都没发生，一句话时间我和老李从焦点变成了空气。我顺势打开摄像机，想记录一下眼前的真实场景，还没来得及感慨人间冷暖，有人拍了拍我的肩膀，我感到身后有一股强烈的气场，一转身，一个好奇的大爷背着手直勾勾地盯着我手中的摄像机，他指了指问："这是啥？"我说"摄像机！"大爷深吸了一口气，好像参透了什么似的，连余光都不舍得给我，就直勾勾地盯着摄像机的显示屏。我轻声地问："师傅，您今儿发车吗？去天水方向吗？我们是搭车旅行的，你看带着摄像机就是为了一边旅行一边拍纪录片。"

大爷好像从梦中被惊醒了，直起了身子，无话。

无奈中我把身子转了回来，一抬头看见刚才那几个拿大茶缸的中年人又凑到了跟前，侧着身子闭着眼睛好像想听听我们说话的内容，可见这些茶缸男对我们是从哪来、到哪去，充满了好奇，起码在这个百无聊赖的晌午，两个背包客能打发打发他们的无聊时光。看热闹的人有一个共同点就是硬看，但尽量不搭话。

再这么耗下去，也不会有太大的转机，只能权当避雨加休息了。

在所有人的目送下，我们走出门外，或许真该去路边直接搭车试一试，也许就会有人停下车，也许就会遇见同路人，也许天黑之前能到天水。越想脚下的步子越坚定，就这么淋着雨一步一步地朝着物流中心的大门外走去。

离老远就看到雨中有一位打着黑伞的男子朝着我们这个方向高高举起

右手，伸出大拇指，一直举过头顶。天再阴，雨再大也模糊不了那人微笑时洁白的牙齿，那是一个堪称完美的笑容，但在这个时候出现对于刚刚受挫的搭车旅行者来说，犹如阳光透过云层撒向大地，整个心都晴了。一个来自陌生人的鼓励，温暖！我情不自禁地把左手从口袋里掏出来，对着那雪白的牙齿伸出一根大拇指，算是相互点赞吧。

下了一个缓坡，等红灯过马路，马路对面的车都是朝西边走的。

突然身后传来一声感叹，吓了我一跳："这么大个包，太厉害了！"

转过身一看，雪白的牙齿，正是刚才那位点赞哥，基于远处的朦胧，本以为是一个三十出头的小伙子，没承想面前的人五十岁左右，一米七的个头，浓眉大眼，橘子皮般褶皱的皮肤尽显岁月的沧桑，枣红色与深蓝色相间的开衫毛衣显得人很干练，毛衣扣子开到了第二颗扣的位置，又带有几分不拘小节。一对炯炯有神的大眼睛盯着我，他一边笑一边说："你们准备到哪去啊？"

我说："想向西走完丝绸之路，今儿刚出发，遇上大雨了。"

点赞男一手举着伞，一手叉着腰惊呼："哟！怎么去啊？"

"搭车去，就是遇到好心的同路人，顺路刚好能带我们一段，这样一点一点搭车旅行走完丝绸之路，今天计划是到天水。"

点赞男瞪大了眼睛："搭车，顺风车？"

我点点头。

点赞男顺势把惊讶的表情转为笑容，把叉在腰间的手插进了口袋："我知道了，就是那种友好团！"

……也来不及做太多解释，对于陌生人的友好只能顺着说对。

他突然变得自信起来："这地方你根本搭不到车，你从这走有个西宝高速的转盘，那地方我之前看很多学生在那里拦车。"

我追问道："那个转盘离这儿远吗？"

点赞男把手从口袋里掏了出来，一边挠着头一边说："出租车打表的话估计就是 15 块钱吧。"他看了看自己的身后。

我打量了一下他身后的汽车，一辆白色的迷你小轿车，从外观看这辆车脆弱得几乎禁不住一场狂风的洗礼。我恍然意识到，原来他是一个跑车的司机。

也不知道脸皮怎么突然就变厚了，我随口说了一句："您看您能带我们一段吗？我们也没什么钱，只有微笑。"

点赞男把视线转移到远方，深吸了一口气，等视线重新回落到我的眼睛时，他笑着说："走吧，这么大的雨，我带你们去。"

【第一人】

在这之前，我时常幻想第一次搭车成功那一幕会是什么样的，会是什么样的心情，会在什么样的场景和处境。这个期盼已久的人在我脑海里有千百种样貌，他可能相貌平平，可能举止儒雅，可能身材火辣……但当眼前的点赞男转过身带我们朝他的车走去的时候，我的心咯噔一下子，眼前的一幕让人有些回不过神儿，他竟然是位残疾人！

他一手撑着伞，另一只手强烈地摆动控制着身体的平衡，每一步走得都很艰难。他的左腿显得有些僵硬，几乎不能弯曲，只能起到一个简单的支撑作用，右腿卖力地带动着步伐。眼前的一幕让我有点不知该如何是好，我和老李对视了一下，我想过去搀扶他，但又怕伤了他的自尊心，幸好车离得很近。他晃动着身体猛地转过头，笑着朝我们挥挥手："上车吧！"

【残疾人运动员】

点赞男姓程，我叫他老程。老程曾经是一名获得过多次荣誉的射击运动员，在陕西省举办过的某届残疾人运动会上还获得过金牌，很难想象第一个在丝绸之路起点帮助我们的人竟然是一名残运会射击比赛冠军。也许这两个无助而狼狈的旅者给了他很多感慨，他紧紧地握着方向盘皱着眉头注视着前方，嘴里一直逃不过对人生的看法，他说："人生本是一场挑战，需要的就是有点心理素质，相比危机四伏的旅行，挑战本身可能更具有价值。"没想到一个物流中心门口跑车的残疾人能总结出这样的人生道理。

在一个拥堵的路口，老程感慨一名射击运动员需要拥有一颗强大的心脏，任何一点内心的波动都会导致子弹偏离靶心。故此他自称研究过心理学和医学，偶尔读读地理方面的知识。我接茬问他最想去的地方是哪，他一本正经地说："我有一个理想！以后买辆房车，带着老伴一直往西边开，开到美国那边绕一圈，要不然感觉这一生好像亏了。"

我不知道该如何回答他，只能针对这个理想给予肯定，他又说："我常教导我娃，读万卷书，行万里路，得多去外面走走看看，这样你才知道外面的世界到底是什么样子。"

他在家喜欢看国外的旅行探险节目，也羡慕电视里的那些旅行者，他的眼里是带光的。他对美好生活充满渴望，我无法弄清是什么让这位好心人对生活有着深刻的理解和想象。我能从老程的谈吐中感受到饱满的精神世界，一个人如果不浮躁，简单热爱生活，无论外貌如何，都会成为一个自带闪光点的人。

在中国，孩子们从小所接受的教育就是要尊重残疾人、帮助残疾人，公共交通上要给老弱病残孕让座，字里行间常把残疾人称为弱势群体，而今天两个人高马大，有着想环游世界伟大梦想的大小伙子被一位残疾人关爱了，旅程的开始真的有些戏剧化，但也正是如此才让旅程充满了对平凡的思索。还是想感谢老程，感谢这个不搭车也许永远都不会遇到的人，在丝绸之路的起点阐述了人与人心灵之间的碰撞才会物以类聚，人以群分。这是一个好头，一颗勇敢不弱势的心。

在出租车打表 15 块钱就能到的路途里，没法用更多的时间去参透老程更饱满的人生。车停在了他认为最完美的地方，"就这儿了，我之前在这看到过有和你们一样的人，搭车旅行者。"

他缓缓地走到我身边伸出左手拍着我的肩膀说："真佩服你们的勇气！"说完把目光移向远方："真希望你们能尽快搭上辆车啊。"

我拥抱了老程，说："有机会一起开车去美国转一圈。"

【*指示牌*】

看了眼手表，11：51，今天的计划是从西安出发向西 300 多公里抵达天水，经历了一个上午的辗转，现在还在西安。对，万事开头难！事实摆在面前了，搭车旅行远没有想象中的那么简单。

可能我天生是个乐观主义者，此刻内心反而有些兴奋，那是一种终于进入正轨的感觉，在短短的十几分钟时间内完成了第一次搭车的体验，现在更确定相比旅程的目的地，搭车的过程更带有一种独有的魅力。

告别了老程，在三桥立交桥的转盘下，我和老李把旅行包放在路边。这是个好位置，过往的车辆都是向宝鸡、天水方向的车，转盘又刚好成为一道天然的避雨屏障。老李抽出一张 A4 纸递给我，我转身把纸贴在转盘的桥墩上，打算用笔勾描出大大的天水二字。搭车旅行需要一张带有目的地名字的纸牌，这样可以给沿途路过的司机更多的信息。动笔前，我和老李又进行了一番商议，最终决定在一张纸上写上宝鸡和天水两个地方的字样，因为目测大部分从眼前滑过的车辆都是宝鸡车牌号，如果能抵达宝鸡，去往天水也就容易多了。

我站在路边伸出右手大拇指，这是搭车旅行的国际通用手势，老李举起刚刚写好宝鸡、天水字样的纸牌，虽然是第一次站在路边搭车，但是自己已经太熟悉眼前的这一切了，通过资料和书籍我的脑海已经追随过太多旅行者踏上过搭车的旅途。当自己真的置身其中时，我觉得有点找回自己的感觉。

半个小时左右，终于有一辆棕色 SUV 停在我们面前，副驾驶的车窗先摇了下来，车上两个三十岁左右的男子，还没等我们开口，驾驶员就问："你们去哪啊？根本看不见你那个牌子上写的是什么地方！"

……

我与老李对视了一下，意识到自己的可笑，原本一张纸写上两个字司机还能看见，而两个地名四个字导致字号严重缩水，开车的司机反而连字都看不清了。

还没来得及反思自己，车厢内又传来一句话："刚才我老远就看见你俩在这搭车了，当时就想过来，但是在转盘内道拐不过来，我又特意绕了一大圈过来。"

天哪，我脑海里第一反应就是，太幸运了！口中连忙道谢。

老李赶忙说："我们是搭车旅行的，想去天水或者宝鸡方向。"

副驾驶位置上的那位男子慈眉善目，他不慌不忙地说道："我们不去宝鸡，但是往那个方向走，如果你们愿意，我们能带你们走 80 公里左右。"

太好了，我唯一的感觉就是幸运！也许是因为短短一个小时连续被两个陌生车主帮助，那种感觉让人沉浸。对于搭车旅行在路上的人来说，能往前走都是幸运的，既然方向相同，更何况相遇本是一种缘分，我和老李接受了这两位好心人的邀请。

【*为被遗忘的神父*】

汽车行驶在渭河岸边，远处的河滩上时常出现些废弃的厂房，高高低低的河岸起伏不平，车窗外阴雨连绵，唯有河岸两边绿色的植被被雨水冲刷出嫩绿的本色，隔着窗我都能嗅到生命的芬芳。

车主姓梁，我们叫他梁子，蓝色格子衬衫整洁地扎在西裤里露出微微隆起的肚囊，微圆的下巴，短发，从装扮上看像一个事业上升期的单位职员。几番交流得知，幸福的梁子前不久刚刚迎来了大胖小子，我连忙恭喜，但从他的表情中察觉出了几分忧伤，这几分忧伤我在很多刚做爸爸不久的朋友脸上都会看见。梁子沉默了一会儿突然开口，耸了耸肩膀说："我有段日子没上班了，工作和生活上有了些许冲突，不得已辞职了。"

我不便追问下去，但我能感受到，他也许正处于一个低潮期。

我能看出梁子是个热心肠，我逗他说："我们像不像坏人？"

梁子笑了："你俩一看就是良民。"

我追问："为什么啊？"

梁子笑了笑说："面相和装扮吧，哈哈哈！"

后来这个问题问多了我才知道，搭车旅行装扮真的很重要，如果你看起来都不像个旅行者，司机很难会为你停车。

开了一会儿，梁子说："我从小就在这渭河边长大，我是农村的，以前村里谁家有事，我们都去帮忙，大家都挺热心，现在……唉！你想让人家帮你干点啥，没钱都不能开口，社会变了，人们也跟着变了，钱真是衡量一切的标准了。"

我把脸朝向窗外，雨水顺着玻璃画出一条条水痕，我们空手搭车走完丝绸之路的计划能顺利实现吗？

这时梁子开始给我们讲他隔壁村子已经故去十多年的一位神父，从他的话里可以听出 20 世纪 90 年代这位神父的所作所为影响了当年还是孩子的梁子。

梁子第一次听说这位神父是因为自己村里的一个孤儿被神父收养了，后来他们村里都在说这位神父收养了很多孤儿。村里人都说他是个大善人。再后来更不得了了，那位神父帮村子筹钱修了马路，修完路还给村子盖了比县医院小一点比镇医院大一点的教区医院。当地孩子没学可上，神父又想办法筹办了一所职业技术学校。看着梁子讲得津津有味，不得不替这位神父感到欣慰，一个人故去十多年仍旧被隔壁村的傻小子赞颂千遍，这是何等的善举？梁子也一样，也许他从小就被感染了，有情有义，心地善良。

在一条乡村公路的岔口，梁子要和我们分道而行了，我和老李匆匆下车。天很阴，但雨已经停了。梁子帮我们拉开后备厢，说："要是没有生活和家庭的束缚，真想像你们一样放下一切去很远很远的地方。"

我拍了一下他的肩膀："兄弟，心若自在，哪里都是远方。"

他点点头，拍了拍我的胳膊说："我没办法实现，你俩可一定要顺利，肯定会有好人帮助你们的。"

拥抱。

## 【大雨将至】

告别了梁子和他的朋友，我和老李站在无人的公路上，向前看，向后看，公路没有尽头，路的两边是荒芜的田野和河道。现在是下午 2：01，虽然雨停了，但天很阴。

目测往来车辆很少，手机上的地图显示距离宝鸡已经不是很远了，84.7公里。但这个时候手机的气象软件一直在提醒一个小时后有中到大雨，环顾周围，这里根本没法避雨，我和老李做了最坏的打算。如果一个小时都没有车停下，就必须徒步往前走，直到在车流量大的地方再停下继续搭车。

这条乡村小道上的车确实少得可怜，但半个小时的时间令人欣慰的是有几辆车停了下来，可因为坐不下两个人或无法放下两个硕大的旅行背包而无奈离去。时间一点一点地过去，看来今天抵达天水的计划几乎破灭，能顺利抵达宝鸡已经是感谢苍天了。还有 5 分钟就到 3 点，我们做好了徒步的准备。没想到不远处驶来的一辆蓝色轿车急停在面前，真的有点雪中送炭的意思，我赶忙跟了过去，和车主攀谈起来。我用最简洁的言语表明了我们从哪里来，要到哪里去，没几句话这位车主就爽快地让我们上车。

### 【净水鸟】

他姓李，我们称呼他李大哥，天蓝色的衬衫搭配卡其色的西裤，说话干净利落，身上透露着西北人的那种耿直，一点不拖泥带水，一看就知道是个实干派。

刚上车，李大哥话不是很多，陌生人之间难免会有些距离，通过对前两个司机的总结，我发现如果想打开车主的话匣子，你得先主动介绍自己，让他足够了解上车的陌生人，这样他才会解除戒备心。

如果不行，那就用第二个办法，和他聊家乡！

果不其然，李大哥的话匣子被家乡打开，宝鸡哪里好玩，哪些好吃，城市建设有了什么新动向，这些在他嘴里嚼得滚瓜烂熟，恰巧宝鸡这个城市我来过很多次，这一来二去，与李大哥就聊得比较投机了。

因为做过 5 年旅游节目主持人，宝鸡的历史和文化我都有实地游览了解，根据我的所见所闻，此地妙就妙在它是神仙比较钟爱的地界。纵观中国古代，不少天上地下的神仙，都和宝鸡沾点关系，后来我分析了一下原因，一是因为宝鸡是周秦王朝的发祥地，以至于明朝时期有位叫许仲琳的作家，以武王伐纣这段历史为背景叙写了一部伟大的神魔巨作《封神演义》，哪吒、杨戬、土行孙、雷震子、妲己，这些书中的神仙妖孽们都出现在了宝鸡，尤其是姜子牙，后来演变成成语的"姜太公钓鱼，愿者上钩"这事也发生在宝鸡，钓鱼台至今可寻。第二个与仙有关的重要因素是宝鸡有一座秦岭第一高峰太白山，太白就是"太白星君"的太白。这座山自古以来就被视为神山。相传太乙真人曾经在山中修炼，姜子牙在太白山顶峰拔仙台封神点仙，共封了 365 座尊神。可见太白山这座屹立在青藏高原以东中国南北分界线上的第一高峰，给华夏儿女留下了不少憧憬和幻想。

　　神话故事就讲到这吧，但说到这必须得说说其实太白山中至今还活着"真神仙"。这事得追溯到十几年前，当时有驴友在太白山的二爷海附近遇到了一种鸟，这种鸟对瑕疵零容忍，它飞过水面掠过山涧，专门捡拾水里漂浮的杂物或地上的垃圾，本已疲惫不堪的驴友们看到眼前的一切直接惊了。有人感慨鸟都知道爱护环境，人为什么还要乱丢垃圾？于是有人说此乃神鸟！故此这只鸟得名"净水鸟"。此后每年都有很多旅行者以"净水鸟"的身份走进太白山，一路捡拾垃圾，为秦岭的环保事业做贡献。

事是这么个事，但其实"净水鸟"叫白顶溪鸲，捡拾杂草是为了筑巢。鸟其实根本没把捡垃圾这事当回事，盖个"房子"嘛，哪来那么大讲究？有东西就往回捡呗，碰巧被人看到，人的主观意识呐喊道，它一定是爱护环境的使者，你看看鸟，你再看看丢垃圾的人！于是"环保"的意愿嫁接到了一只鸟的身上。"净水鸟"走上了神坛，神话故事的创作原理大体就是这么一个过程。但通过一个神话题材，你看到其间人们的所思所想，期待有一天"净水鸟"被人们遗忘，因为那时本无垃圾可捡拾，人类再也不会愚蠢地将自己的垃圾胡乱丢弃在野外，"净水鸟"终于被叫回了白顶溪鸲，它们只是筑巢，材料只是杂草，人学会做人，鸟还是鸟。

## 【大哥哥与兄弟】

李大哥聊得起劲，不知不觉就进入了宝鸡南部的高新区。李大哥把车停在了宝钛集团的家属院小区门口，临别时我向他打听，出宝鸡去天水，在哪个地方搭车会比较合适，他告诉我在西边有个国道口，那边是从宝鸡往天水走比较顺的路。谢过了好心人，我和老李决定今夜留宿宝鸡。

早上吃了点我妈包的饺子，一直扛到现在，一天没进食了。老李打电话联系了一位他在宝鸡的朋友。这位朋友在宝鸡某高校做播音主持专业老师，和我也算是半个同行，因能说会道、长相俊秀深受同学们的喜爱而被称为"宝鸡大哥哥"。"宝鸡大哥哥"带我们去了相传宝鸡最火爆的一家烧烤，名叫"阿记烧烤"。具体烧烤的味道已经被饥饿所掩盖，但我清晰地记得当天最为惊艳的是一盘醋泡花生米。花生米粒粒清脆，并且醋里仿佛添加了蜂蜜等其他香料，入口后，舌尖犹如春风拂面，令人无法忘怀。

　　"宝鸡大哥哥"后来叫来了一名爱徒，更是以小兄弟相称，大哥哥对其道："你来了我就喝点酒，一会儿帮我开车把两位哥哥送回去。"小兄弟轻车熟路，起身倒茶，热情寒暄："来，两位哥哥，欢迎欢迎，以茶代酒了。"

　　"有什么不对的吗？"我环顾了一下四周问。

　　局外人老李指着我的脸大声说道："他面瘫，那半张脸笑起来不能动，别害怕。"……

# 学会等待

**【出师不利】**

清晨，一场如期的大雨洗刷着街道，我们满怀信心地前往宝鸡西部的国道口。从昨晚带我们抵达宝鸡那位李大哥口中得知，这个出口是很多大型货车开往天水的必经之路。在一个加油站旁放下行囊，我们一边接受着秋雨的洗礼，边等待着今天第一位停车的人。

可能是阴雨天气的原因，路上的车少得可怜，仅有的几辆从加油站驶出的卡车也没有减速的意思。等待了大概一个小时，询问加油站的员工后得知，近期去往天水拉货的车比较少，而一般的私家车都会走距这不远的姜城高速路口。一个尴尬的信息配上一个荒谬的地理位置，看来现在只有负重徒步去姜城高速路口了。

绕过一个弯，路边有几个小贩推着车在卖葡萄，一询问姜城收费站怎么走，一位大姐指了指五米开外一个不起眼的公交站牌说："4 路公交车。"

"直接就能到吗？"

"就到你们说的那个高速路口。"那妇女说道。

话音未落，远处一辆公交车缓缓而来，就像是某种特别照顾，简单的不期而遇令人兴奋起来，老李大喊："4 路公交车！"谢过"天使"大姐，我们两步冲向公交站牌，眼看公交车门"吱嘎"一下打开，心凉了半截，背包太大、太沉了，没法抬上车去。司机可能看出了旅行者的难处，很热情地给了一个向后的手势，顺势后门咔嚓打开了。

大概七站路，车抵达了姜城高速路口附近，经过这么一折腾，一上午时间几乎就过去了。在高速路口附近我们找了一个方便减速停车的地方，身后是个绿化不错的小公园，在这开始了新一轮的搭车。

没过多久，老李的肚子开始叫，在喧闹的街头我都能清晰地听到他肠胃蠕动时发出的问候。为了不浪费时间，我留在原地搭车，他去不远处买些吃的回来。

15分钟后，两个人蹲在马路边用餐，一个肉夹馍、一碗岐山擀面皮，标准的西府套餐！来往的车辆时不时会卷起一阵灰尘，有的司机会减速摇开窗户瞅瞅这两个怪人干啥。我一边往嘴里塞着凉皮一边问每一位摇开窗户的车主，嘴里就四个字："去天水不？"

往前走170公里就能抵达天水，时间一个小时接着一个小时地过去，我能清晰地感受到自己内心起伏随着时间流逝划出了一条垂头丧气的抛物线，一次次遭拒打磨着耐心，可又能怎么样呢？这个时候只有保持微笑才有机会等待幸运的降临。

经过了近5个小时的绝望等待，终于有一辆车停在了离我们不远的地方，还没跑到跟前询问，车门打开，走下一个户外装扮的男子，他没有看向我们，而是直接打开了后备厢。我知道我们有救了。


【承让了，大爷】

他叫李凯，河北人，工作是在宝鸡附近修高铁，如一身专业的户外服装所示，他是个户外爱好者，交流起来特别亲切。车大概开了两分钟，李凯突然意识到一个问题，自己要前往的目的地是处于甘陕交界的一个县城，而那里虽然有通往天水的路，但要想在那种小路上搭车可能有一定的风险和难度，但是车已经飞速地行驶在高速公路上，我和老李必须立刻作出选择，因为只有在5公里外有一个高速公路服务区可以下车，如果不作出选择就只能到李凯所说的那个风险度高的小路去尝试。

高速公路上的5公里很快就到了，我和老李需要尽快作出决定。看车窗外的天色已经暗了，最坏的打算是在高速公路服务区露营，至少比在小县城外的小路露营要安全得多，我们最终选择了在前方服务区下车。李凯觉得有些抱歉，说："太不好意思了，没能送你们更远。"

"已经很感谢了，没你的话，或许就要在刚才那个路口过夜了，哈哈哈哈！"我边笑边说。

李凯帮我们一起把超重的行囊安放在服务区厕所旁的一张四人塑料座

椅边。谢过李凯，我们打算歇口气，再去四处询问一下有没有同路人。一个清洁工大爷坐在不远处的椅子上笑着喊："你们旅游的啊？"

"大爷，我们想去天水，你说我们能搭上车吗？"我自信地看着大爷。

大爷笑了笑说："这能搭上车吗？现在的人可说不上哦。"

我说："搭不上，就得借此宝地睡上一宿了。"大爷笑着说："来都来了，随便睡。"

我笑着拧开一瓶矿泉水，一仰脖大半瓶水下肚，拧上盖子，眼前缓缓停下了一辆白色大众，门一开下来了一个大汉，老李见势迎了上去："能带我们一程吗？"

"去哪？"那大汉问道。

老李指着我和旁边的背包："天水，我们是搭车旅行的。"

大汉应声而答："走吧，我上个厕所咱就出发，刚好去天水，还愁路上没人说话。"

我连拍大腿喊道："大哥，我陪你唠嗑啊。"

转过头望了望清洁工大爷，大爷已经伸出大拇指说："真有你们的啊！"

## 【物业男孩的苦恼】

老李上车没一会儿就睡着了，我也困了，驾驶室手握方向盘的大汉嘴里滔滔不绝，对，我是上来陪人家唠嗑的，所以不能睡。

这个大汉和我同岁，现在在西安北郊的一家物业公司做管理工作，今天他从西安出发开车前往老家天水，路过服务区一泡尿的缘分遇见了我们。一上车他就说："你看我这体格，路上也不怕遇见啥坏人，所以我都没多问就带上你们了。"

汽车穿越在山间的隧道当中，大汉时不时会抱怨几句自己工作中遭受的委屈："我们干物业的，心真的累，现在最大的问题就是人与人之间缺乏信任，业主们心里永远都是一句话，我掏钱了，你就得服务好。"

作为一个业主，我反问道："应该的啊，物业不就是为服务而生的吗？"

大汉开始给我逐一举例，就拿简单的停车来说，规定不让把车开进小区，有的业主又是接老人、送孩子，又是拉货物，嚷着喊着要把车开进小区，你不允许进，他就闹，你允许他进的话又有业主站出来说有车辆进出自己的孩子都不敢下楼了，这造成了极大的安全隐患。总之，伺候来伺候去，这是个无解的工作，遇见讲理的人大家都恭恭敬敬，遇见不讲理的人你怎么说都说不通。

中国有句古话"清官难断家务事"，小区物业扮演的不就是这个角色吗？这个工作想想还真是不容易，想想自己家的小区，每号楼有一个业主群，小区还有业主们自发组织的各类群，以讨回公道为主。甭管是因为暖气不够热还是因为小区里晚上猫叫的动静大了，微信群里动不动就要写联名信，一有人煽动，就有人呼应，没事干的大爷、大妈们最喜欢参与此类活动，多半也是为了有个事解解闷儿，设立假想敌，增加集体的凝聚力，街坊邻里的感情也靠此酝酿出来了，可怜了物业百口莫辩。

大汉的苦水伴我们在傍晚6：24抵达了天水，下车时我问大汉的姓氏，他说姓白。巧了呀！今天帮我们打开局面的两位司机，第一位姓李，第二位姓白，我和老李刚巧与他们同姓，真是"李白"有难"李白"相助啊，有时不得不感叹生活中出现的一些巧合，仔细想想一段旅途不就是一段人生的缩影吗？随遇而安就像冥冥之中的注定，谢过白先生，感谢他在缺乏信任的年代帮助了两个陌生人。

傍晚时分，走在天水的街道上，天上飘落着蒙蒙细雨。这座城市给人的第一印象就是盘踞在山间的诗情画意，渭河在不远处流淌，被晚风吹过的街灯映衬着小城的柔美，淅淅沥沥的小雨衬得水岸风光令人沉醉，我一下子忘记了身后的沉重，忘记了一天漫长的等待，终于在旅途的第二天抵达了磨破嘴皮子的天水。终于迈出了陕西地界，踏入了甘肃。

## 【天水人的自豪】

　　纠结了一夜，第二天到底去不去麦积山石窟，那可是"中国四大石窟"之一。回望两天以来的搭车经历，未来的路到底会不会顺利没人知道，按原计划今晚就该抵达兰州了，已经耽搁了的行程要不要赴路？对于刚踏上旅途的人来说，不完美的开场总是让慢热的人缺乏点信心。我查看地图计算了下距离，如果明天去往麦积山石窟很有可能赶往兰州就是后天的事儿。望着两个沉重的行囊，我们最终决定起床后赶个大早搭车去兰州。

　　细雨和昨夜一样，云很低，阴沉沉的。费了很大的劲把行李堆在了酒店大堂的沙发上，前台的小姑娘说天水东收费站有很多去往兰州方向的车，一看距离挺远，我和老李狠下心打了辆出租车。沿途经过一处泥泞坑洼的路段，出租车把五脏六腑快颠出来了。司机是位大姐，挺健谈，一上车就实打实地告诉我们："这车还有一个月就要报废了。"

　　……

　　乘坐着这辆还有一个月就要报废的出租车，我们在振动状态下抵达了天水东。

　　一路上，大姐的焦点话题是天水的房价。从她的口中惊人地得知天水的房价已经每平方米8000元到1万元了，而2017年下半年西安的平均房价也就每平方米 7000 多元，更别说与天水相邻的宝鸡，宝鸡的房价还不抵天水的一半，没想到这小城的房价竟如此之高！大姐的意思是天水的房价是被炒高的。本来地方小，因为气候和生态环境易于身体健康，适合老年人居住，所以周围城镇的人都来这里买房，仿佛在天水有套房养老就不会再有后顾之忧一般。这么一来，房价一下子就炒起来了，大姐还自豪地对我们说，她的朋友前不久把天水 100 多平方米的房子卖了，等价在海南买了一套 80 平方米的房子。

……

【家庭主妇】

搭车旅行的第三天，整个人已经渐入佳境，我和老李架好相机，以天水东收费站为背景自拍了几张英勇的照片。开始搭车，刚把包放下来，一个妙龄女子微笑着走来，黑色的风衣、白色的内搭，肩膀斜挎了一个黑色的皮包，一只耳朵上插着耳机，见女孩越来越近，我们有些惊慌失措。那女孩很大方地开口说："你们是要搭车吗？"

连连点头。

"我也是搭车，你们去哪啊？"那女孩问道。

"去兰州。"

"哦，那不同路，我去西安。"那女孩笑着说道。

话音未落，一辆黑色轿车开了过来，女孩往前小跑两步伸手去拦，黑色轿车开过了她，在十米开外停了下来，女孩赶紧跑了过去，我和老李对视一眼，一头雾水。远远望去，副驾驶的车窗摇下，女孩探着头说了几句话，拉开后门上车，车开过收费站消失了……

不是吧，性别优势这么明显？我不能再往下想了，只希望女孩能顺利抵达，我们能尽快搭上车。

很快忘记了那个女孩，全身心地投入搭车中，可每当有车停在我们面前，但出于各种各样原因无法同行时，那个女孩的笑容又浮现在了我的眼前。有了宝鸡五个小时绝望等待的经历后，随随便便两个小时搭车无果倒有种无所谓的感觉。那个搭车地点身后有个高速公路收费管理所，中午时分，一个身穿蓝白花纹毛衣的男子牵着一只乖巧至极的拉布拉多从管理所走了出来，他是出来遛狗的。狗叫嘟嘟，主人的名字不详。后来为了解闷，我们就一边搭车一边跟嘟嘟玩。转眼间就到了下午两点，经过收费站的车太少了。今天的时间倒是过得挺快，可这样下去也不是个事儿啊。我和老李互相勉励再坚持一会儿，因为前两天的经验告诉我们搭车旅行这件事跟等多久没太大关系，主要看缘分何时出现。

我一直盯着来车的方向，期待着公路尽头出现的每一个黑点。慢慢地一个人从很远处独自朝我们走来，身着一袭白衣，越走越近，看得出那是个姑娘。

她扎着马尾，手拎袋子，袋中装满了核桃，肩上斜挎了一个长袋，顺着她的方向再往前走就走上高速公路了。我不禁对这个姑娘产生了些许好奇。走到跟前时，那姑娘也打量着我们，似乎对这两个路边的背包旅行者产生了好奇。我们主动上前攀谈，原来姑娘家住高速公路边的村庄里，每天从外面回来都要经过这条路。得知我们从西安来，她兴奋地说她是咸阳人，前几年才嫁到天水，现在是家庭主妇。但是从姑娘温文尔雅的谈吐和气质中可以看出，她与传统意义上的家庭主妇有些许不同。我注意到她身后长袋中装了一个管状物，于是问："身后背的这是什么啊？"

姑娘轻轻点头笑笑说："小时候我在渭河边的咸阳长大，渭水边有很多习武的、练拳的，还有玩乐器的，当时常听到一种乐器发出的声音，一下子就忘不了这个声了，后来我知道它叫南箫。现在有了大把的时间，我就开始自学这个。"说着说着，姑娘把装满核桃的袋子放在地上，从肩上把背着的南箫摘了下来。

"你背着这个去买菜吗？"我问。

姑娘连忙说道："不是去买菜，我刚是去麦积山，在山里找了个僻静的地方一个人练箫，回来路上买了点核桃。"说罢姑娘弯腰给我们拿核桃吃。我们赶忙谢过。我不由得对眼前这个生活在天水郊区的家庭主妇心生敬意，藏身山野间，一花一草箫声起，这是一种什么样的心境？好有生活的仪式感。家住麦积山下，远离都市喧嚣，在山林间悠然自得，一个乡下的主妇如此热爱生活。

聊得投机，姑娘打算在路边为我们演奏一曲。风有点大，老李拿着写有兰州字样的纸牌子给姑娘挡风。箫声苍凉而出，配上乌云密布的天空，天水高速公路口的风掠过姑娘的长发，箫声犹如一个魂魄，在风中发出共振。两个背包客和一个吹南箫的姑娘，我们在原地就这么一直听，忘记了搭车，忘记了终点。天水东服务区从来没这么诗意过。

临别时，姑娘建议我们换一个服务区，因为向西行在西服务区会比较好搭车。我和老李这才恍然大悟，怪不得早上看到那个女孩子搭车去西安方向，这是东出口，从这出去的车都是往东部西安和宝鸡方向走的啊，经验不足再一次令人难以启齿。用时间和等待换取的经验总结是接下来的旅途不管到哪个城市，只要去往西出口，准没错，因为我们一路向西。

虽然这个服务区在天水东部，但是居住在天水东部的车主如果往西走，为了方便他们也会从这里上高速公路，所以这里也不是百分之百没有机会。换高速路口是件很麻烦的事情，这需要穿过整个城市，我们最终决定再等上半个小时，还没有车就换高速路口。

## 【交通警察】

北京时间下午 3：50，两名高速交警朝我们走来。不要这样吧，马上要走了怎么遇到这种事。一个大个子警察离老远向我俩挥舞手势，喊道："你们俩过来。"

我朝着交警站着的方向走了过去。

"你们在这注意安全啊，要临检了，一会儿车会比较多。"大个子交警说道。

原本以为交警要赶我们走，没想到是友好提示。我连忙向交警道谢："您能顺带帮我们问问有去兰州的车吗？我们是媒体人，想拍一部纪录片，因为预算不够想通过搭车的方式来完成行走丝绸之路。"

大个子交警身旁是一位身材偏胖的交警，他看了看我手中的摄像机，说："现在搭车早就不流行了，以前很好搭的，只能说不支持不反对，你们自己问吧，但一定要注意安全，一会儿车流量会比较大。"

虽然没有得到交警同志的帮助，但是起码不反对也是一种认同。一会儿，交警临检的时候会有很多车停下，这样其实也更方便上前与司机沟通询问。干脆再试一试吧。

临检开始了，我和老李分头一辆辆车地问，一辆辆车地被拒，半个小时的时间整个人已经被折磨得筋疲力尽。远处停下了一辆挂着兰州车牌的七座商务车，交警检查完我跑了过去。"您好，师傅，我们是搭车旅行的，想去兰州方向，能带我们一段吗？"车主是个二十岁出头的年轻人，没搭话把车窗摇了上去。大个子交警和搭档有点看不过去了，走过来对车上的司机说："你们这车是去兰州的，车上那么多空位置，方便的话就带上这两个记者同志嘛。出门在外能帮一下就多帮帮别人。"

车缓缓地开走了，我没觉得什么不好，反而心里暖暖的。谢过两位好心的交警，我们最终还是背起行囊徒步离开天水东。

现在是下午5点半，我们需要徒步一公里，然后转乘公共汽车到市区，再打车才能赶在天黑前抵达天水西高速。没有时间去考虑太多了，今天必须抵达兰州，不然行程就会相比原计划落后两天。我们必须试一试。

绕过下一座桥，走到了清晨来时那个振动状态的坑洼路，路两边有挖掘机和拉土车。这应该是一条还未修好的公路，尘土随着车辆驶过扬得到处都是，这为徒步增加了不少难度。我把户外头巾套在脸上只露出眼睛，就这么走啊走啊，不知走了多久，行李重重地驮在肩膀上，终于在一个老学校门口遇到了一个简易的公交站。公交站站牌上落满了灰尘，让原本不清晰的站名，更加朦胧。不远处的公交车像是一个不爱洗澡的孩子晃晃悠悠地驶来。

## 【兰州去吗？】

七站路在一辆狭小拥挤且无座的公交车上显得尤其漫长，司机的急刹车让脚下的背包像保龄球一样四处乱倒。上车的人逐一地从硕大的背包旁走过或停留，他们看着这两个蒙面外来客，窃窃私语，还有孩子特意挤过来站在我身边，指着我的鼻子好奇地问："你是外国人吗？"我已经没有力气摘下脸上的户外头巾，也没有力气朝他们微笑。孩子们故意随车的摇摆靠到我身上像逗小动物玩一样。他们在试探这两个不速之客会有什么反应。终于下车了，可以清静一下了。

车站后面是一个小吃店，一天没吃什么东西了，我们奢侈地准备给自己10分钟时间填饱肚子，顺带尝尝原本错过的天水本地小吃。我和老李拖着背包一屁股坐在了小吃店的门口。

天水的小吃名字都挺有意思的，什么"呱呱""捞捞""然然"，不同的制作方法名字不同。我点了一份被称为秦州第一美味的"呱呱"，据传西汉时期就有对这种食物的记载。它用荞麦淀粉制作，有点像凉皮，满满一碗"呱呱"淋上油辣子和芝麻酱等作料，对于一个一天没吃饭的人，所有的味道都是狼吞虎咽的味道，以至于细细回味时都记不太清口感。没几下，一大碗就被塞进腹中，过瘾！

晚上8点钟抵达天水西高速公路路口，我和老李把行李放下，站在公路边喘着粗气，搭车的成功概率已经降到了临界点。用了整整一天的时间没搭上西去的车，这对刚刚建立起的一点搭车旅行信心来说算是当头一棒。

没时间抱怨了，还是抱着希望想试一试。过往的旅途在给予了现实的打击之外同样也教会了我们，要试着相信所有的可能性，或许就会有好心人愿意带我们一程。希望就像是照亮前行之路的灯火。9点钟，如果9点钟不成功的话，就只能在身后废弃警亭旁的草地上搭帐篷露营。

太暗了，手中写着兰州字样的牌子根本无法被司机看到，我拿着手机自带的手电照向牌子，大声地对不远处的车辆呼喊："兰州去吗？"

车不多，更没人愿意减速停下。我可以想象如果我是司机，这样的夜里也不会随便给路旁的陌生人停车。

希望在一颗平常心背后再次被验证，8点半左右，一辆大巴车停在我们不远处，司机操着一口外地人听不太懂的口音扯着嗓门大声对我们喊。我赶忙冲了过去，老李在原地看行李。司机的方言听不太懂，但大概意思我能听出，他说能带我们到兰州，我赶紧大声呼喊老李，兴奋不已。

## 【午夜末班车】

　　上了车，老李筋疲力尽地拖着行李移步到了车的最后一排，一屁股坐在座位上。车上的空调冷气开得很足，车开得很快，司机仿佛有急事赶着回家。车窗外的路灯光照进车厢忽明忽暗，风从开着的车窗吹进来，将窗帘吹得胡乱摇摆，不时发出拍打玻璃的声音。"阿嚏"，一丝寒意让我不由自主地打了一个喷嚏。不经意间觉得周遭的一切总是怪怪的，我四处打量着，心里开始犯起了嘀咕，怎么刚从车头走到车尾，车上一个乘客都没有啊？车上的氛围诡异极了，我劝自己别瞎想，赶忙掏出手机给家人发消息报了平安，就在这时最不该看到的提示在手机屏幕上弹了出来，今天是七月十五——中国传统节日中元节。今儿是鬼节！这哪门子事儿啊，一下子各种鬼巴士恐怖故事里的场景在我脑海里开始上演。公路边一片漆黑，我探了探头往前望去，车厢里空荡荡的，只有司机在默默地开着车，这简直就像在恐怖电影的片场。

　　转过头看一旁的老李，他已经打着鼾，香甜地睡着了，为什么清醒的人总要残酷地独自面对这一切？我把上衣拉链拉好，把衣服上的帽子套在头上，戴上耳机点开最舒缓的音乐来平复内心的情绪。车上的空调开得太冷了，我眯着眼睛蜷缩在角落里，环顾着周遭的一切，打了一个冷战！不知不觉也睡着了。

　　我是被冻醒的，转过身，老李已经醒了，我对他说："鬼节快乐。"

　　他挑了一下眉毛说："今天是鬼节吗？"

　　"是啊。没看车上坐满了人吗？"我对他说。

　　"哈哈哈哈！"两人笑了起来。

　　车窗外的不远处已经灯火通明，远处已经可以看到城市星星点点的高楼，应该是快到兰州了。看到了人类的迹象，仿佛心里踏实了很多，我起身伸个懒腰喝了口水，定了定神。今天所经历的一切真是如梦一场，差一个月就要报废的出租车、搭车的妙龄女郎、山野间归来的南箫姑娘、善良的交警大哥，再到鬼节的午夜末班车，这一切真的像是一场梦。车慢慢开进了"金城"兰州，此时已是午夜时分，恍惚间这原本沮丧的一天，所有的不美好在即将抵达时变得立体起来，荒诞的事情却变得更有张力，回归了旅行计划的时间正轨，一切好像都渐入佳境，有些我们在路上觉得是内心的折磨，终将变成一次解脱。美好的夜晚。

　　鬼节快乐！

# 陌生人兰州

【*印象分*】

兰州这座城市我不陌生，虽然之前只来过一次，但身边兰州朋友倒是挺多的。多数兰州人性格直爽，爱喝酒，好吃肉，可以说我的兰州朋友每个都活得洒脱自在。

其中有一位代表人物是姐们儿 Sarah。土生土长的兰州姑娘，后来由于学业在荷兰度过了美好的后青春期时光，学习酒店管理的她学成归来后其他的不敢说，但在喝酒这件事上尤为刚烈。烈的是在兰州经过本土酒文化洗礼后又汲取了欧洲酒文化的些许精髓，无论什么时间什么地点只要想喝酒，只要打电话问 Sarah 要不要喝一杯啊，你得到的回答都是淡淡的微笑加上一句"好呀好呀"，然后你就会醉得被抬回去。

人生第一次见 Shotgun 就是从她那里，那是一种用 5 秒就迅速喝完一整罐罐装啤酒的方式，把一听易拉罐啤酒用力摇晃几下，用利器在易拉罐罐壁下方戳一个小洞，把嘴对准小洞，迅速拉开上方的拉环，一瞬间啤酒从小洞喷涌而出。这种粗暴的灌酒方式让多少资深酒鬼倒在了桌下，Sarah 拉一罐青岛啤酒的画面如今还在我脑海中挥之不去，伴随而来的是那句淡淡的"好呀好呀"。

Sarah 现在空余时间给很多考雅思、托福的孩子进行英语培训。有段时间 Sarah 的学生异常多，她告诉我这些孩子一郁闷就半夜给她打电话叫着一起喝酒，Sarah 总会以一个大姐姐的身份教会年轻同学如何"做人"。

兰州孩子的暴脾气，越是这样，越多的学生想要挑战一下老师的酒量。后来 Sarah 成了红极一时的英语老师。


【*路人贾*】

Sarah 在我出发前一个月就说到兰州得好好喝一杯，我其实一直挺担心这一杯的。后来因为出发时间推迟，抵达兰州时她已经去了德国，参加一个知名的啤酒狂欢节，这我就放心了，电话里我还叮嘱她一定要给亚洲人争口气，她说"好呀好呀"。

睡了一个懒觉，起床已经是中午 11 点多了，我打开手机在网上搜索附近评价高的餐馆。手机屏幕上出现了一家叫"再回首"的小吃店，网评称这里有各类兰州特色小吃。印象里兰州就是拉面、牛羊肉和喝不完的酒，怎么还有特色小吃？这倒让我和老李好奇，必须得去尝尝！

穿过一条繁华的街道，离老远就看见一家餐厅排队排得都快从店里站到街道上了，我打量了一番，排队的都是本地吃客。我和老李站在拥挤的队伍中缓慢地向前移动着，跟着旁人点了几样看起来不错的小吃，如甜胚子、酿皮子、灰豆子、肉酱饼、秘制面筋，端上来也是满满的一大桌，看得两个外地人有点无从下手，眼前这些奇奇怪怪的名字和食物似乎还有点对不上号。

餐厅里的食客太多了，没有空余的位置，人们也都是拼桌而坐。这时一位穿着衬衫、西裤的小伙子端着盘子恭恭敬敬地坐在了我的斜对面，我便随口问了句哪个是甜胚子，哪个是酿皮子，哪个又是灰豆子。

小伙子一看对面坐着两个茫然的外地人，东道主的地域自豪感立刻彰显出来，他细心认真地逐一为我们讲解着眼前的食物，说话一板一眼显得很有礼貌，只是稍微有些愣头愣脑。

他叫贾小朋，是此行兰州认识的第一位陌生人。他询问了我们的工作和姓名，在得知我们是媒体人之后，立刻拉开黑色手包，从里面拿出了一个证件，双手抬起把证件递给了我，说："你好，白记者，我叫贾小朋。"

我随口回答："你好，贾小朋，很高兴认识你。"一回答完，老李在一旁笑出了声。我自己也觉得很怪，怎么突然就回到了"你好同志"的那种问好方式了。我认真地看了看证书上的几个大字"转业军人证明书"。翻开证件，里面的照片上是个憨态可掬的青年，我抬起头，面前的这个男子脸上胖了些许，但神情还是照片上的那样。我把证件递给了贾小朋，贾小朋接过后又恭敬地用双手递到老李面前说："你好，李记者，我叫贾小朋。"

老李连声说："你好，你好。"

贾小朋询问我们此行来兰州是为了报道什么，我告诉了他此行的目的，贾小朋听后非常惊讶："免费搭车走丝绸之路，现在会有人帮你们？"

"这不是从西安来到你面前了吗？"我笑着反问。

"嘻嘻嘻，真没想到现在还有这么多好人，到兰州看铁桥了吗？没去的话我带你们去一个非常好的观景点吧，就在我单位那栋楼上。"

我和老李默默地对视了一下。

"走吧，兄弟，我们就想找点不一样的视角。"

话音刚落，贾小朋笑了起来，他没说话，只是高兴地大口吃起手中的饼子来。

跟着贾小朋，走了大概 20 分钟，来到了他工作的大楼，那是屹立在黄河岸边的一座很气派的高楼。按好电梯楼层后，贾小朋慢慢地转过身，他站得笔直，眼睛直勾勾地盯着天花板，脸上的表情显得有些凝重，突然间他小声地说："白记者，李记者，一会儿带你们见我的科长，如果要问你们从哪来，就说是我老连长的朋友。"

"咱们找科长干吗？"

“科长的办公室，是看铁桥最好的地方。”贾小朋认真地说。

话音刚落，电梯门开了，贾小朋慢慢地走在最前面带路。在一个半掩的门口，他停了下来，抬手顿了一下，深吸了一口气后轻轻地敲了敲门。从半掩的门缝可以看到屋里的沙发上坐了三个中年男人，正在研究手中的一份文件。

贾小朋轻轻推开门恭恭敬敬地对沙发上坐着的人小声说道：“科长，这是媒体的朋友，想拍摄一下咱们这里。”

沙发上的三个人分别抬起头开始打量，一个戴着方框金丝眼镜的中年人皱着眉头说：“拍咱们这里干什么？哪里的媒体？”

还没等我说话，贾小朋忙说：“科长，这是我老连长的朋友，特意来兰州想拍拍这里。”

我赶紧把话接过来：“领导，我们就是想拍拍铁桥，贾小朋说这位置拍铁桥特别好，所以想取个景，没别的意思。”

领导不耐烦地对贾小朋说：“哎，这里有啥拍的，去外面拍，这正忙着呢。”

贾小朋转过身看看我和老李，老李赶忙说：“不好意思，打扰了。”三个人一同走出办公室。一出门，贾小朋连忙说：“两位记者，对不起，我们领导正在忙，不如我带你们去楼道的阳台拍吧。”说话之间，贾小朋已经走向安全通道，爬了一层楼，来到一个楼道间的阳台前。

"这里就很不错啊，刚知道有这都没必要去找什么科长了。"老李说。

贾小朋掏出一根烟塞到嘴边，憨笑着说："觉得好就行，嘿嘿嘿。"

我向窗外望去，从这个角度可以俯瞰白塔山，金城关前，兰州铁桥跨河而立，黑色的骨架显得十分硬朗，站在高处可以清晰地梳理这座城市的脉络。这条世界上含沙量最多的河流就像一条威武的巨龙穿城而过，水真的黄极了，这就是华夏儿女的母亲河。

贾小朋在阳台上连着抽了三支烟，我问他抽这么多烟不难受吗，他说当兵时候抽得少，转业了一天能抽两盒多。上班时间快到了，我们谢过贾小朋。这个阳光明媚的下午，让人想好好享受一下兰州的惬意。漫步在黄河岸边，离老远就看到铁桥附近的岸上摆着很多简陋的茶摊。茶摊虽然看起来很简陋，但这种休闲方式惹人喜爱。花了20块钱买了两瓶黄河啤酒，靠在简陋的帆布躺椅上注视着奔流不息的黄河水由西而来，闭上眼耳边尽是开阔的水流声，终于暂别赶路，像古人在丝绸之路上抵达了古老的驿站，驻足养精蓄锐，虽然接下来的路还长，但是及时行乐是旅途中不可或缺的。老李突然大喊："快看，有人在黄河里游泳。"他一下惊醒了半睡半醒的我，揉了揉眼望去，在浑黄的滔滔河水中寻觅到了一个漂浮在水面的黑点，仔细一看，一个头戴游泳眼镜、身穿救生衣的男子正在急速地顺流而下，这不太像是游泳，更像是在漂流。看上去实在太危险了。

也许这就是兰州人的生活方式吧，简单直接。一晃就到了落日时分。这座城市在日光的映衬和黄河水的倒映下变得更加绚丽多姿，我起身漫步到铁桥下，在一块大石上坐了下来。黄河水拍打着脚，水流好像比刚才更急了些，不一会儿的工夫周围越来越多的市民来到河边，像是一种不谋而合的仪式感。城市尽头的太阳缓缓落下，在昼夜交替的瞬间身边的人都放下了一切，也许在这种场景下人的本能就是沉迷自然，所有人都注视着远方的那片橙，河面被映出金灿灿夺目的光，落日黄昏洒在人们暖洋洋的脸上，直到彻底消失在城市尽头。

这一幕让人难以忘怀，不由得让人羡慕在这座城里长大的孩子们，羡慕他们的青春，羡慕他们在成长路上无论多少苦水都可以倾泻给一条奔腾不息的河流。这是一条象征着文明的河流，数千年前有人类来到了这里，他们顺着这条河流沿路思考，最终建立了自己的文明，几千年后岸边已是高楼林立，但落日霞光依旧会洒进湍急的水波中，孩子们在金色的柔光中长成了壮年。夜再安静，耳边也会有不知名的声音在微微地流淌，爱一条河，是敬畏一种文明，敬畏自然面前灵魂深处翻起的千层波澜。

## 【不允许"拉"的牛肉面】

中国人讲究"民以食为天"。作为一个中国人，认识一座城当然离不开它的味道，而味道除了它本身诱人外还有它那些独有的文化。很多中国人来兰州第一个想到的食物一定是牛肉面。牛肉面在兰州犹如日出，因为它象征着每一天美好生活的开始。兰州人喜欢早早起来吃碗面，中午饿了攒点劲儿也去吃碗面。而这里的人有个习惯，他们都特别忌讳外地人管"牛肉面"叫"牛肉拉面"。在他们眼中，外地人多加的这个"拉"字实属无稽之谈。我认识的每一位兰州朋友每当聊起牛肉面时都会说："凡是写着兰州牛肉拉面的，都不要吃！"不知道怎么了，这个"拉"字是兰州人心里特别忌讳的一件事。

第二天一早，两位兰州电视台的朋友联系我们，想带我们认识一下当地人眼中的兰州，另外希望对我们进行采访。相约的地点就是一家牛肉面馆。

一个一米八几和我差不多高的男子径直走了过来，脸上一股英气，我叫他高大哥，他是兰州电视台的一位摄像师。除了媒体工作，他还是一位汽车、摩托车资深发烧友，是知名汽车论坛的网红级人物，说起话来很有亲和力。

他身旁跟着的漂亮姑娘叫陈莹，一个很了不起的姑娘，在兰州电视台做主持人，同时还是甘肃省博物馆的一位集美貌与才华为一体的奇女子。

那家面馆叫"孕麦德蓬灰牛肉面馆"，陈莹说这是为了让我们了解一下真正的兰州牛肉面。相比牛肉面，我吃过很多带"拉"字的牛肉面，但要说了解真正的兰州牛肉面，脑海里真没有什么概念。陈莹指着门牌说："看到了吗，蓬灰，那就是牛肉面的灵魂。"老板孕麦德从店里走了出来，陈莹和他是老朋友了，他听说有人搭车旅行来到这里，马上邀请我们尝尝他亲手做的面。我迫不及待地问孕麦德蓬灰到底是什么，他笑着指了指收银台上摆放的一个宝盆，盆里立着一块精美的奇石，看起来有点像火山岩。"这就是蓬灰！"孕麦德笑着说。

这是逗我玩吗？"蓬灰难道是用来看的？"我问。

几个本地人听闻后大笑起来。孕麦德笑着说："其实蓬灰是我们这里黄河边的一种草，叫蓬柴草，把它烧成灰石化后所形成的物质就变成了这块石头。"后厨的地上摆放着几桶蓝色的水，孕麦德指着桶说："把刚才那石头掰一点泡水，就成了这个蓬灰水，拿这个水和出来的面，才是几百年来兰州牛肉面的精髓所在。"

我这才弄明白，原来用蓬灰制作出的牛肉面可以让面本身口感筋道、颜色黄亮、口味独特，没想到举世闻名的兰州牛肉面受恩于黄河边不为人知的野草，不得不感慨华夏儿女自古对吃的探索和尝试，是什么机缘巧合让蓬灰与面进行了完美的结合呢？源头无从知晓。但庆幸的是美食文化在源远流长的华夏文明中经久不衰，因为民以食为天，在中国，好的味道不容易失传。

这时高大哥说道："兰州的牛肉面不仅和面讲究，拉面更是功夫。"不远处正在案板上拉面的师傅，他的手法非常娴熟，我甚至觉得有点像在打太极拳。你能感觉到他的抑扬顿挫，手头的那块面像是艺术品。据说功夫深的师傅拉出来的面甚至能穿针引线。

要不然怎么说这碗面是城市的象征呢？在兰州人手里，拉面已经出神入化，拉到了极致！除了做面的师傅，吃面的人更是讲究。粗细程度可分9种，毛细、细滴、三细、二细、二柱子、韭叶子、荞麦棱子、薄宽、大宽，每一种面的宽度不同，相应口感和筋道程度也就略不一样，讲究的兰州人都有自己喜欢的那一口，胃不好的老年人时常会选择吃毛细，老爷们儿来到面馆一般吃二细，更强劲有力。各种不同的粗细隐约地反映着每一位食客的性格和喜好，这一碗牛肉面也映射出兰州人不同的性格，讲究！

## 【羊皮筏子船长】

古丝绸之路上，过往的商旅每行至黄河岸边都会放慢脚步。上千年前由于黄河水水域宽广，因此这里没有桥梁，古老的商队和僧侣们若想横渡黄河都是通过一种古老方式渡河，用的船是羊皮筏子。

羊皮筏子更是一种黄河本土文化，这绝对算得上是黄河边古人们的智慧结晶。西北自古以来就是个产羊的地界，生活在黄河边的人们宰杀羊之后，将其内脏掏空但不掏破一点羊皮，更神奇的是将羊皮脱毛后会扎住所有口，只留一个气口，之后像吹气球一样把羊皮吹得鼓起来，再灌入清油等物，晾上一个月后把一个个"羊气球"绑在木头上，羊皮筏子就做成了。

打眼看，以羊皮做浮力材料搭起的筏子真的有些弱不禁风，但它却有着惊人的浮力，是古代黄河上的移动桥梁，古丝绸之路上的商旅甚至用它运送过骆驼渡河。我站在黄河旁脑补了一下这个画面，倒蛮有几分气势，没有羊皮筏子横渡黄河，丝绸之路可能就少了几分传奇色彩。想象一下这急促宽阔的滔滔黄河水上漂浮着成百上千的筏子横渡黄河的场面，那是何等震撼啊！

陈莹和高大哥得知我想体验一下羊皮筏子，想尽办法帮忙联系了一位船夫。那是个河岸边很简易的小码头，走近就可以闻到一股浓浓的麻油味儿，四处摆放着一个个吹得鼓鼓的"羊气球"，看上去斑驳老旧。我心里开始犯嘀咕，这看起来破败不堪的老羊皮能稳得住我这一米八八的身体吗？它会不会被那汹涌的黄河水一拍打就漏了呢？老李比我更担心，嘴里不停地嘀咕着："这东西行吗？"

而一旁的陈莹和高大哥表情非常淡定："请相信上千年的技术！"

我第一个踩上筏子，坐稳那一刻我就深切感受到当年骆驼是怎么想的了，这比踩在沙漠的黄沙上平稳多了。

四周都是黄河水，筏子像一片落叶，在激流中平稳地漂浮，我突然感觉这一幕有点像《西游记》里坐在乌龟壳上的师徒四人。我望向身后，掌舵的小伙子正卖力地划着桨在滚滚东流的黄河水上掌握着方向和平衡，我一边欣赏着黄河两岸的风光，一边和他聊了起来。

船夫是 1994 年出生的哥们儿，从小在黄河边长大，黝黑的皮肤，健硕的身材，爽朗的笑声，不禁令人联想到了《水浒传》中的阮氏三兄弟，生来与水为伴，水性一定极高。我问他现在会做这羊皮筏子的人还多吗，他告诉我如果不是旅游业的大量需求，羊皮筏子这种古老的交通工具可能慢慢就失传了。是啊，再好的手艺都会被社会的进步取代。现在来黄河边的人都想尝试一下这种古老的渡河方式，一种原本即将被淘汰的手艺，被旅游业拯救了。

小哥们儿与湍急的河水争斗着，他看起来年轻，但想不到干这一行已经 8 年有余。我问他天天划船不腻吗？他微微翘起嘴角，摇了摇头，或许他早习惯了这样的生活。零星的游客带来的收入已经满足了生活的需求，他无须再去做一个野心家，而是把青春献给一条河流，一条象征着华夏文明的河流。滔滔江水声和从前一样，一辈辈往来于岸的两侧，在悄然的岁月中乘风破浪。

## 【黑衣男子】

离开兰州时是个烈日当头的午后，经过两天的休整，旅途的疲惫几乎消散。在甘肃省博物馆附近的一条小巷里，我和老李在络绎不绝的人群中要了两碗牛肉面。蹲在店门口的路边吃完这碗"燃料"，该出发了。

出兰州向西走就进入大名鼎鼎的"河西走廊"地带。此地因地处黄河以西，又在祁连山与其他几个山脉之间，狭长且直的地形使它得名"河西走廊"。高中时期的历史课本上这个区域令人印象极其深刻，主要是"走廊"这个词。一个区域到底长成什么样子，竟然能以走廊为名呢？

河西走廊是古丝绸之路的咽喉地带，古人从长安西去必经此地。西汉时期，汉武帝为了统一西域，在河西走廊上设立了河西四郡——武威郡、张掖郡、酒泉郡、敦煌郡。据说当时河西四郡相当繁华，门庭若市，车马辚辚，无论是从西方来的还是从长安去的，凡是经过此地的商旅都会在此驻足，四座城郡就像一条经济带通向长安。为了行走在千百年的历史当中，我计划沿着河西走廊一路西行，去看看如今的河西究竟是什么样子，寻找古丝绸之路遗留的蛛丝马迹，而今天的小目标是过河西走廊前往270公里外的河西第一城武威。

武威古称"凉州"，唐朝诗人岑参写过"凉州七城十万家，胡人半解弹琵琶"，可以看出唐代的武威相当繁华且国际化。这个城市历史厚重，我出发前就查找了大量的资料，如今的武威虽然没有重点发展旅游业，但在这里却有过非常著名的考古发现，众所周知的"中国旅游标志"马踏飞燕就是在武威的雷台汉墓出土的，遗憾的是马踏飞燕的真身现在已不在武威，而幸运的是我们在兰州看到了它的真身。这个国宝现在就展放在陈莹所任职的甘肃省博物馆中，离开兰州时陈莹特意邀请我们前去参观，并亲自讲解馆中的众多甘肃出土的文物。从文物的出土区域可见，整个甘肃地区武威出土的文物量之大，令人叹为观止。

大约半个小时，我们就在兰州北出口搭上了一辆车，车主要前往的目的地是天祝藏族自治县，这和武威同方向，于是在他的帮助下我们上路了。

他叫魏凡迪，一个长相清秀的小伙子，黑色的帽衫，黑色的休闲裤，黑色的运动鞋，一身行头相当低调。他现在是工地上的工头，聊起工作他不禁摇头："现在咱们年轻人的工作压力真的太大了。"

我问他："那你平时有什么解压的方法吗？"

他笑着回答："我平时最大的爱好就是约些朋友一起打《拳皇》，打上几局整个人就放松了。"

《拳皇》？我没听错吧？那是一款 20 世纪 90 年代风靡中国各大游戏厅的对战格斗游戏，没想到有人可以对一款老游戏如此痴迷。

"哎，一直想做个游戏主播。"他一边点头一边说。

"游戏主播吗？一边打游戏一边介绍那种直播主播吗？"我好奇地问。

"对，打《拳皇》的游戏主播。"他回答。

"听说游戏主播好像蛮赚钱啊？"

"对，我之前还找几个朋友研究了一下，都挺感兴趣的，可生活压力太大了，根本没时间天天耗在电脑上，后来这事也就过去了！"他一边叹息一边摇了摇头。

还没等我开口，他又说道："我结婚了，所以没办法。"

原本建立一个属于自己的小家应该是美好的，不知道从什么时候开始，"结婚了"却成了一种比工作压力还要大的压力。很多年轻人说，"结婚了"这三个字是个笼子，它时常让人用责任的幻象困住了自己，如果身边某位朋友突然不常见了，那一定是因为结婚了。有些想做的事需要冒一点点风险或多花费一些时间去经营，如果结婚了就不能轻易去尝试了，因为对于成家的人来说，零风险才是最好的保证。未来路上遇见的每一个十字路口，遇见的每一次抉择，"结婚了！"困住很多原地踏步的人，由此很多人被彻底地剥夺了人生冒险的权利，他们甚至认为这是责任，并且忽略了成功必须要敢于冒一点风险和多一些付出。于是，有人说结婚是坟墓，不仅是爱情的坟墓，也是人生的坟墓，余生只是在安慰自己，安慰自己一切安好，就像只是待在原地，与这个世界擦肩而过，剩下的就是时间问题。

思绪随着车窗外擦肩而过的一座座土丘，划出了一帧帧抽象的弧线，魏凡迪轻声地说道："我现在最要紧的事是得要个孩子了，都结婚两年了，年底要开始备孕了。"他微微扬起的嘴角，一个会心一笑的表情，我笑着祝他一切如意。在行驶了一百多公里后，车停在了永登服务区。又到了分别的时候，少不了拥抱和祝福，此时是下午2：08。

从兰州向北行驶的这段路途中，道路两旁沟壑分明的黄土山无时无刻不在提醒着旅者，这里是西部，你们已经在西部了！告别了魏凡迪，我们把行李移动到一棵小树下，蹲在树边休息。抬头仰望晴朗的天空，远处的天边飘着几片如蝉翼的薄云，深呼吸，起身伸了个懒腰，舒服极了，真可谓秋高气爽啊！午后的阳光晒得人有些困倦，如果现在有张床那该多好。正做着白日梦，远处一位穿着军绿色上衣的大爷背着手迎面走了过来。

花白的头发，金丝边的眼镜，古铜色的肤色，精气神十足，一开腔，浓重的东北口音！

老乡啊！

## 【一车老头】

老乡不分年龄大小，见到就是亲切，在数千公里外的西部相遇更是亲切感倍增，大爷有些歉意地说："我们今天去张掖，也路过武威，但是我们的车坐满了，里面全是老头。"

"一车老头出来旅行吗？太酷了吧！"我说道。

"对呀，我们都爱好摄影，也都退休了，没啥事就出来转呗，车上最小的也60岁了，几个人全都会开车，换着开呗，也不累。我们想9月20号前到新疆喀纳斯，这次来主要是想去拍拍图瓦人牧民赶羊下山那场面。"大爷用浓重的东北口音兴奋地说道。

我说："大爷您太厉害了，我老了也得向您学习。"

大爷抬起右手，指向远方："这一路走来，老弟兄们都感慨万千啊，就是看着这大好河山的变化我心情都好。我以前在兰州当兵，包括永登这地方我都来过，那是1971年吧，当时除了政府的楼是砖瓦房，其他全是小土房，现在再一看，哪是哪？咱根本看不出来了，哎呀，变化太大啦！"

虽然永登服务区周围并不怎么繁华，但和老爷子口中的几十年前相比，现在高楼拔地而起，四周绿柳成荫，交通便利。老爷子口中的感慨让我想起了童年时家后院的那片田野，随着城市的发展，高楼替代了美好的记忆，有时候甚至弄不清，时代的发展究竟是为了替换，还是一种磨灭，有人在被摧毁的古老废墟前忏悔，有人在把世界变成一个样子，城市失去了原本的风貌，外来文化成了某种审美和科技的代表，有人狂喜，有人心痛，但那把衡量发展的尺子应该精确到哪个刻度？又该估计到哪些方面？我们还要继续上路，去途中寻找答案。

大爷叫上一车的大爷，意犹未尽地和两个小老乡挥手道别。

也许在生命路上就该如此灿烂地追求，旅行与年龄大小无关，探索世界的未知是每一个生命与生俱来的本能。愿大爷们在路上永远年轻，永远热泪盈眶。

【*你好，擎天柱！*】

　　几天的搭车旅行，简单总结一下搭车技巧。总的来说，分为两种方式，一是在路边举着写有目的地名字的牌子搭配国际通用手势搭车；二是在加油站或收费站附近询问。

　　显而易见，在永登服务区我们得运用第二种。我去询问司机，老李负责看包，问了几辆轿车，有同路的但都坐不下了。我回到老李跟前耸了耸肩膀，可能是春困秋乏的原因，没一会儿整个人就感觉十分乏累。这时候听见远处一阵轰鸣，一辆大卡车拖着巨大的货物慢慢驶入了服务区，老李站起身朝它走去。

　　或许是小时候家里有很多卡车类玩具的原因吧，我对卡车一直充满幻想，这次搭车旅行也一直盼着能搭上辆卡车去远方。不一会儿，就看到远处站在卡车旁的老李朝我使劲地挥手！

　　我拖着行李兴奋地朝卡车跑了过去，一辆和《变形金刚》里擎天柱同款颜色的卡车，副驾驶室的门开着，里面一个屁股对着我，那人已经在整理东西给两个巨大的行囊努力多腾出空间了。老李说："梁师傅愿意带咱走，他要去张掖。"这幸福来得太突然了！我连忙对着屁股激动地说："太谢谢您了，太感谢了！"

一个眼角挂着鱼尾纹的男子，弯着腰转过身，对我笑了笑。

卡车的高度给搬东西增加了难度，再加上硕大的旅行背包的重量，我负责在下面托着，老李负责在上面放。就这样，两人一起费了很大力气才把两个40斤重的行囊抬进了卡车驾驶舱后排拥挤的座椅上。驾驶室的前排很宽敞，算上司机可以坐三个人，后排是一张不太宽的小床，可供司机开夜车时换班休息。

司机身手利落地从车上下来，这回我才看清楚他的样貌，黝黑的皮肤在一件紫色的旧T恤包裹下显得很干练，深蓝色的牛仔裤配上油乱的头发，脸上是长途旅行的疲惫，这一切都抵挡不住眼角时常挂着的鱼尾纹。多么干净的笑容啊！

开了很久的车了，他想在永登服务区休息一会儿。趁他用一碗泡面来填饱肚子的时间，我跑去服务区的超市买了几瓶运动功能饮料，回来时司机坐在驾驶室端着一碗红烧牛肉方便面大口地吸溜着。我把饮料递给他和老李，他还是那个微笑，转身从座位下面掏出了一个大塑料袋，装满了青苹果："来！一起吃。"

这个开着"擎天柱"的卡车司机叫梁波，张掖人士，聊了几句就能从眉宇间和辞藻中察觉到，这是一个热心、简单的老实人。就在两个月前，他刚有了自己的第二个女儿。我好奇为什么他一个人开货车，一般不都是两个人轮班吗?

他说:"独自开车可以省下点雇用换班司机的钱,之前都是媳妇陪着跑,有个人可以说说话,但最近媳妇在家坐月子,一个人就得克服一切,出来养家挣钱啊。"

我说:"没事,今天我们俩扮演你媳妇。"

他露出干净的笑容:"太好了,要不然我这一个人走走停停到张掖得半夜了。"

按计划,今天到了武威就下车,可听梁波这样说,感觉好人应该做到底啊。

"干脆一起直抵张掖得了!"老李说。

我点了点头!

"轰"的一声,"擎天柱"发动了。没想到卡车驾驶室出乎意料地平稳,因为坐得高视野非常好。一路向西,穿越将近5公里长的乌鞘岭隧道,我们正式进入了河西走廊,陪伴在我们身旁的是连绵不绝的祁连山脉。车开了好一会儿,我一直在研究这地方为啥叫"走廊",或许现代的公路和古道不是一个视觉体验,能感受到在山与山之间穿行,但没有很强烈的走廊视觉体验。梁波得知我们从西安来,问道:"西安是不是有个华山?我媳妇想去,我以后想带她去。"

我说："下次你来华山之日，就是一起登顶之时。"

"哈哈哈哈。"

天上时而飘落一阵小雨，一路上车不多，在穿越一个长隧道时，梁波突然问："有没有闻到一股浓烈的胶皮味儿？"我和老李使劲地嗅了嗅，果不其然胶皮味儿越来越重。这可是在一条悠长的隧道里啊，车出点什么问题实在太危险了。梁波不慌不忙地看了看仪表盘，又用余光扫了扫车头和窗外，前方出现一个光点，隧道出口在很远的地方，光点随着汽车的轰鸣声慢慢放大。

我问："出去了咱们停下来检查一下？"

梁波皱了皱眉："嗯，先开出去。"

驶出隧道一片宽阔，三个人都在向前眺望，焦虑地等待梁波接下来做出的选择。这时梁波问道："是不是味儿小点了？我感觉车好像没有异常，应该是其他车在封闭的隧道里留下的胶皮味儿。"

我努力地嗅，果然味道好像渐渐地消散了，也许梁波的经验是对的，这条过往几乎都是大型货车的长廊上，或许早已习惯了这种车经过高温摩擦后发出的刺鼻气味，虚惊一场。

479 公里路，抵达张掖已经是晚上 12 点多了。我们提出请梁波吃顿晚餐，可老实人总会客气个没完，还不停地说到张掖了该请我俩吃饭。他肚子的那碗方便面也早已经消化得差不多了，最终在威逼之下，车停在路边一个宽阔处，一下车20米外有一个门楼，牌匾上写着三个大字"金张掖"。

我们走进一家路边主打炒羊肉片的餐厅，餐厅不大，没有其他的客人。没一会儿，一大盘香气扑鼻的羊肉片端到三个饥肠辘辘的赶路人面前。此时说话都显得有些多余了，只有大口吃肉，以表对梁波的谢意。离别之时，我们相互拥抱，虽然多了几分困倦，但脸上的微笑还是那么干净。

漫步在张掖的街头，好像背包一下轻了不少。这些天的旅程让人习惯了身后的重量，习惯了和陌生人交谈，总会在离别的时候相互拥抱，或许有些人只是擦肩而过，可每一次短暂的相逢，正量变出一颗更炙热的内心。

# 河西往事

【*马可·波罗来过*】

"炒炮？"老李惊讶地望着宾馆前台小姑娘。

"我们这儿最出名的就是炒炮啊！"姑娘瞪大了眼睛对他说。

之前我在《孤独星球》上看到过关于炒炮的介绍。书上写孙记炒炮是当地比较有名气的，这家店除了炒炮什么都不卖，我对这种一往情深的店家向来表示尊敬。

上了二楼，餐馆装修的风格有点 20 世纪 90 年代有板有眼的餐厅装饰风格，食客们坐得满满当当。我们点了两份套餐，一份配菜是卤肉，一份配菜是卤排骨，这样两人吃得齐全。服务员先是端上两大碗炒炮，一看分量就非常西北，西北人做的面食向来以量大闻名。这炒炮有点炒炮仗面的意思，每一根面 3 ~ 5 厘米长，满满一碗圆柱体，从外表看就知道这面筋道、入味！再搭配上小菜和卤肉、排骨，张掖第一名吃果真名不虚传。

一顿饭的时间，两人吃得满头大汗。出门后发现天下起了雨，雨不太大，淋着反倒有几分诗意。漫步在张掖的街头，我们接下来打算去寻找马可·波罗曾经在游记中提到过的一处地方——大佛寺。

1275 年，威尼斯商人马可·波罗通过古丝绸之路来到了当时元朝的首都，他用 17 年的时间探访了中国很多名城，张掖就是其中之一，因为对这座城市尤为喜爱，马可·波罗在此居住一年之久。根据他的记载，张掖城中有一座大佛寺，如今这座寺依旧屹立在繁华的闹市中。张掖不大，步行抵达大佛寺时雨正巧停了，在布满格桑花的围墙上空出现了一道夺目的彩虹。靠近正殿，可清晰看见屋顶的砖瓦和四周木雕古旧斑驳，雕刻风格与西安城内以汉、唐为主的古建完全不同，你能清晰感受到元代独具特色的审美。因为张掖大佛寺是西夏国寺，元世祖忽必烈就出生在这里，所以不难看出，西夏艺术元素之大成在大佛寺的建筑风格中得到很好的诠释。

走进大殿，第一感觉和马可·波罗所写的一模一样，巨大的释迦牟尼卧佛像塞满整个视野，那种视觉震撼无以言表。

我们继续探究这个佛殿，希望能从中找到些古丝绸之路遗留下的蛛丝马迹，考古人员还曾在大佛寺的副殿内发现过古波斯银币，那是波斯人沿着丝绸之路来到这里时留下的。你可以想象一下很久以前张掖城的繁华，各种金发碧眼的老外拖着各种货物由此经过。他们千辛万苦地来到中国，或是为了信仰，或是为了财富，或是和我们一样就是为了记录点什么。各种异域面孔在此驻足，热闹的集市，繁华的大街，道路两旁的吆喝声，不知道一碗扎实的炒炮能不能吃得习惯。

**【五湖四海的赞美！】**

如果一场梦醒来，你发现在这样一个地方，你也许会以为自己被带到了另一个星球。

张掖城外 40 公里处有一奇景，喜马拉雅的造山运动造就了这方圆十公里彩条般的画卷，站在这里的第一感觉就是地表太荒诞了，这里就是被《美国国家地理》评为世界十大神奇地理奇观的"张掖丹霞"，摄影爱好者们的天堂。本来想拍几张大片，但今天万里无云，少了些气势磅礴的映衬，照片上总感觉缺了点元素。站在一个高台上向远处望去，绵绵不绝的沟壑，地表的颜色被均匀的线条所填满，以红、黄、青、白、灰、黑色为主，大自然的艺术造诣让这里变成了齐天大圣脚下的七彩祥云，唯美中又带着点西部的狂野。

相传这个让世界震惊的七彩丹霞竟然是一位牧羊人发现的，这太有趣了。伟大的发现往往是在不经意间，真想问问他的羊，怎么就把路带到了这一幅画中？我慢慢地闭上眼，又慢慢地睁开，幻想自己是一个牧羊人，一睁眼误入了一片被打翻了的七彩瓶渲染过的神秘土地，我用尽全力地融入想象，但这太难了，又一个老年旅游团过来了。

四川话、北京话、东北话，各种方言的赞美词在耳边不断地重复，三五成群的大爷大妈换着各种姿势霸占着观景台，不停地变换着队形和阵容轮流拍照，到处都是手机发出的"咔嚓"声，胸前和手中迎风摆动的艳丽丝巾比七彩的丹霞更加夺目。乱了套了，眼前的一切坏了兴致。

　　出来旅行，我一直不喜欢人多的地方，虽然喜欢摇滚乐和一些喧闹的亚文化，但我更喜欢的是表现形式下的纯真。我一直认为自己内心深处积着一潭清水，在触碰未知的时候愿踩一叶扁舟，持一根长篙，安静自在地游离其中。

　　离开丹霞，在后山寻了一个住蒙古包的地方。蒙古包与丹霞景区后山只有一墙之隔，一片区域内分布着不下 30 个蒙古包。太阳落山很早，蒙古包外的风大极了，我们加了些厚衣物。我和老李推开帐房的门，嚯，一阵寒风迎面吹来，我们打了好几个冷战！我迎着风往餐厅的方向小跑，老李跟在我后面。

　　餐厅是一个巨大无比的蒙古包，推开帘子，灯火通明，宽敞的空间里整齐地摆放着大量的桌椅，足够十个旅行团同时用餐，但环顾四周，空无一人。突然间，我感觉脚底下有东西触碰到了我，潜意识地向后一退，低头一看，一只蠢萌的金毛犬正摇着尾巴直勾勾地盯着我。这时右手边传来细微的声音："呃，你们吃饭吗？"

　　我朝声音那个方向看去，正右方一位红衣女子躲在收银台里贴着墙在远处盯着我。我猛地又往后退了一步，这什么打扮啊？

吓死我了！

那女子微圆的脸上打着惨白的粉底，樱桃小嘴上涂着大红色的口红，头发向后扎着，只留眉心上方一小撮刘海，犹如清代的大家闺秀，这深更半夜的，我大喊了一声"什么鬼？"

那女孩倒是被我的叫声吓了一跳，噗的一声笑了出来，蹦蹦跶跶地跑了过来，"客官吃点什么？请坐。"

我们这才找了个离门最近的地方坐了，随便点了几道菜。不到 10 分钟，菜就端了上来，边吃边聊，突然脚下一股潮湿袭来，我一惊差点没把筷子扔出去。低头一看，又是刚才那只大金毛，它伸着舌头盯着受惊了的我。"啊！"我话音未落，红衣女子已经飘到面前："哈哈，你不怕狗吧？"她说道。

还没等我说话，女子搬了个凳子在我旁边坐下了。

不请自来！佩服佩服！这姑娘一个人快憋死了，终于盼到了两个活人。"那就来两瓶啤酒吧。"我说道。

姑娘拎过来两瓶啤酒，有酒有肉，就这么一起聊了起来。

"你们看日出吗？"红衣女子问道。

"去景区里吗？算了吧，人太多了。"老李说道。

"去后山看吧，那里有一条小路直通山顶，虽然有一点危险，但是景色很美，我郁闷的时候就会爬上去看日出。"

我兴奋地把酒杯举过头顶："这不正是我们一直想找的地方吗？"想一想，能安安静静地站在山顶等待日出，没有五颜六色的飘舞的纱巾，没有五湖四海的赞美，没有扯着嗓子喊的大嗓门，太美好了，流浪者的路不应该在人潮涌动的地方，回归荒野，向往清净，可以肆无忌惮地做些什么，也许荒草萋萋从来无人眷顾，感知幸福的人会在这里找到属于自己的美好，某种味道，某个看待世界的角度。旅行不该被定义，它是你与这个世界之间一条敏感的捷径。

## 【小镇姑娘】

这位红衣女子叫小娟，是这个餐厅的收银员。很遗憾，如果我和老李不闯进来，她本可以按时下班休息了。这样一想，她刚才所有的反应也就能被理解了。小娟今年20岁，土生土长的张掖人。据她自己说，这家酒店老板是当地的酒店投资巨头，因为懂事，老板很器重她，年底要带她去欧洲旅行，年后要给她升职加薪。听罢，我放下筷子，想喝杯酒为她送上来自远方朋友的祝福，但她苦了个脸，憋出了一句："我不想干了。"

有性格！刚见第一面，她就开始跟两个陌生旅行者掏心窝子。我和老李灌了一口酒，接着问："为什么啊？"

小娟低下头，一边摸着大金毛的脑袋，一边说："我有我的计划，不喜欢被别人打乱了节奏！"

一个小镇姑娘这么有主见，我倒要听听，有什么伟大的计划。

"我想去大城市闯一闯，出去看一看。"小娟说道。

我问："厌倦了这里的生活吗？"

小娟立刻反驳："不！我从小在这里长大，喜欢这儿，并且学习也一直很好，也不想离开父母，但我就想去外面看一看。"

一个小镇姑娘在试着为人生做最大的争取和努力，这种欲望从一个小小的灵魂中迸发，让人听起来有些惊讶，谈吐间我能感受到小娟体内的力量。她手中攥着的那个贴着卡通图案的手机，正在改变眼前这个小镇青年对世界的看法。互联网时代，无论身处何地，随时都可以感受世界之大，正如旅行者在路上探寻未知一样，小娟对外面的世界充满了憧憬和渴望。

"打算去哪？"我问道。

"想十一期间就离职，然后去张掖市区打工，年底回来考驾照，来年想去兰州或者西安看看，先从打工开始。"小娟说道。

我问她："这个年纪不上学了吗？"

小娟说几年前考上了大学，在兰州，父母说如果想上的话家里咬紧牙关也能供她读书，但她最终还是放弃了。她觉得大学四年所花的钱和所用的时间，也许都够她经营一家能赚钱的小店了。

　　她一直思考着，思考接下来如何安身立命，赚钱，融入更广阔的天地。一双粗壮的小手把人生牢牢掌握在自己手中，或许是叛逆，或许是梦想，没有经历她的人生，无法轻易下定论。很难想象，如果她打小就出生在她向往的城市，如今又是否会是现在这般模样呢？

　　我尊重小娟的这份自我，因为人生本是与命运博弈的过程，年轻人该相信自己的理想，和旅行一样，当迈开脚下的第一步，得与失不能只用金钱去计算，那是一笔财富，有多重衡量标准。或许翻山越岭无功而返，但起码收获了一个勇敢去追求的自己，趁年轻，应该在路上。

　　突然脚下一阵潮湿，"怎么又舔啊？"

　　"我从小学三年级开始就给家里做饭。我会喂牛，能放羊。"小娟说。

　　"这里人人都会放羊吗？"我问道。

　　小娟把目光从狗的身上转移到了我的身上："放羊怎么啦？不放羊我舅舅就不会发现这七彩丹霞！"

　　"你舅舅？"我惊讶地看着她。

"对啊，老雷啊，当年发现丹霞的那个牧羊人。"

……我猛地灌了一大口啤酒："那个发现丹霞的老雷是你舅舅？我能见见他吗？"

"见他干吗？"小娟问道。

我告诉她我们此行的目的，希望记录丝绸之路上真正发生的故事。小娟一听："明天 11：30 应该没什么事，到时候我偷偷跑出来，咱们在大门口外见，我带你们去我舅舅家！"

"一言为定！干了！"

## 【*她舅舅*】

清晨 6 点钟，推开帐房的门，天已经有些亮光了，屋外的温度在 10 摄氏度左右，冷极了。进入河西走廊后，早晚温差开始逐渐变大，套上厚厚的外套，匆匆朝后山的方向走去，沿着小娟昨晚口述的那条小径往上爬，时不时还有碎石从高处掉落下来，脚下干裂的土坡上几乎寸草不生。越往上爬，风力变得越大。大约 15 分钟后，眼前出现了一个平缓的区域，嚯，这是一个完美的制高点，视野太开阔了，远处的景色一览无遗，太阳在天边崎岖不平的沟壑中泛出一丝橙黄色的光晕，无云的天空被映衬出一片淡淡的暖黄。

太阳往往是从天边一下子跳跃而出的，我席地而坐，双手抱紧小腿缩成一团，等待着那一刻的降临。

几分钟后，天一下子绽放出了耀眼的光彩，沟壑的尽头，一个滚烫的金点跳了出来，光洒在山坡上，洒在脸上，身子也暖和多了，远处的沟壑慢慢地被渐亮的光映衬出它原本的七彩丹霞，一切都恢复了它原有的色彩。那一刻，感觉久违的自己又回来了，侧身靠在山坡上，望着辽阔的旷野，温度是那么熟悉，在无人的山顶看太阳照常升起，见证新一天的来临，生命在这样的仪式感下变得夺目，在城市里没人会在意它升起的模样。那只不过是新一天工作的开始。街道恢复了喧闹，地铁又开始拥挤。

11：20，我和老李提早到了和小娟相约的地方，把沉重的行李堆放在路边。这时的太阳着实毒辣起来，两个人蹲在门外 20 米远的树荫下等待着那个熟悉的身影出现。

11：30，一个黑衣女子嗖的一下蹿了出来。这么远的距离还是吓了我一跳，大白天怎么还搞了一身夜行服？离老远就看到她那脸上的粉依旧涂得非常白，我压着嗓子喊了一声"小娟！"她一手捂着额头前那窄窄的一方刘海，一边哈着腰，小碎步朝我们的方向跑来。

"一切顺利，没被发现吧？"我问道。

"没有没有，按计划行事。"她笑着说。

跟着她沿着 213 省道的公路向前走，路的一旁是一大片橙色菊花田，漂亮极了，湛蓝的天空下茂盛的绿和怒放的橙与远处的荒芜形成了极大的反差。越往前走，心情越是舒畅，公路上一个人都没有，在一个分叉口前小娟停下了脚步。

"就是这了，穿过这片玉米地和果园，就是我舅舅家了"，小娟说道。

往前走，没走两步就看见路边竖着一个红色的牌子，上面写着："到这，你就算到家了。"我跟着牌子上的字，嘴里轻声地读着："丹霞老雷家，红枣粥＋鸡蛋＋花卷＋小菜，8 元／份。"哦，原来老雷现在开起了农家乐！

再往前走没几步，看到树林中一栋刷着橙色漆的两层小楼，楼的上方挂着三个大字"老雷家"。这份简单明了倒有一些幽默感，还未见真人，在门外已感受到亲切。

小娟在前面带路。她掀开门口挂的纱帘，好宽敞的一个内庭，远处一个打扮朴实，上了点岁数的中年人说着一口张掖郊县话迎了上来。

小娟转过头说："这就是我舅舅，老雷。"

和想象中的老雷不大一样，第一个发现丹霞的人，大名鼎鼎的丹霞老雷竟然如此风尘仆仆，这可不大寻常。老雷一边笑着一边伸出自己的手，一双粗糙厚实的手握在了我的手上，我可以感受到这位农家人干过的农活如同岁月般累积在方寸手掌间。按理说，发现且承包过丹霞这种大景区的人，多数已是家财万贯，可面前这个人依旧质朴。看见我们身后背着的大包，老雷赶紧用双手从下往上擎着包的底部："快快快，这么沉赶紧放下来。"

我们对老雷讲清来意，不是住店，不是吃饭，就是来听听过去的故事，看看传说中的老雷现在在干吗。老雷非常热情地把我们带到了一个宽大的木桌前，递过来一个个头很小的梨："来尝尝刚摘下来的梨！"

我接过梨子，咬了一口，很硬，水分很足，虽然不是非常甜，但爽口，梨的清香味浓郁。

"这梨是我们这里最古老的品种，现在很少有了。原来这里的人都吃这种梨，后来种植的新品种，果肉大，卖得好，老品种的果树一夜之间全被砍了，幸亏家里还留了几棵没砍，不然也不知道去哪里吃这老味道了。"老雷说完便又递给我一个长得胖圆的梨。

我问："这是取代老品种的新品种吗？"

老雷点点头："尝尝，尝尝。"

一口咬下去，甜汁在口中蔓延，皮薄肉美，和在城市超市买到的梨口感相同。这是一个很好的商品，因为它符合商品的所有条件，但相比几近灭绝的老品种，少了些许梨子原有的本味儿，甜掩盖了本有的香气。

老雷说带我们去后院参观参观，我和老李跟在后面。从中庭的一个小过道走出去，过道的白墙上都是驴友们到此一游的签名。走出过道，是一个宽敞的四合院，我惊讶地发现，院子后面的高墙上、栏杆上挂满了挂旗，全国各地的户外俱乐部、摄影家协会到此一游，挂旗上写满了签名。我惊讶地看着眼前的一切，老雷不慌不忙地笑着说："大家都把这当家了，外面都在搞旅游，旅行社住宿要拿回扣，我们这没有回扣，这就是为摄影的、自驾游的、户外的、背包的朋友开的，就专门招待这些朋友，走的时候他们就都把旗留在我这小院了。"

老雷顺势推开了一扇门，这里就是客房区。那是一个小厅，像接待前台，四周贴满了丹霞的照片。墙上贴着的照片是刚发现丹霞的时候全国各地摄影爱好者们拍的，后来都被他收藏起来，挂在了自家的墙上。其中有一张是兰州摄影家协会赠予他的，照片的左下角是一个身着黑衣的男子被一群雪白的羊群簇拥着，老雷笑着说："这就是我，年轻的时候。"

走出房门，老雷掏出钥匙又打开一扇门，宽敞的屋子，里面摆放着六张单人床和几个老式沙发。老雷径直走到了墙上一幅装裱的书法旁，虽然我不太懂书法字画，但能从字里行间感受到些许洒脱和随性。

"雷司令挥手我前进

因为他有原则

羊肉也好吃。"

老雷看我满脸疑惑，指着对面墙上的照片。照片上两个人，左边的男子一眼就能看出是年轻时候的老雷，右边的男子戴着条纹帽子、穿着一身黑色羽绒服。我惊叹道："这不是姜文吗？"老雷笑着说："对，他拍《太阳照常升起》就在我们这取了景，我给他当向导带路，他最喜欢吃我做的羊肉，这字就是他写的。"

屋子里还挂了很多慕名而来的名人与他的合影，老雷没有一点要炫耀的意思，只是将这些人都称为好人。

看着眼前这个看似平凡的名人，我想弄清楚这些年在老雷身上到底都发生了什么。

老雷今年55岁，在他还叫"小雷"的时候就一直在旁边的山里放羊。牧羊人从未走出山去看看外面的世界，直到有一天一个闯入的外乡人在小路遇到他。外乡人想让他带路看看放羊的地方。羊群穿过山坳，在一座高山上，外乡人惊讶地用相机记录下眼前的景象，赞叹这是奇景。牧羊人疑问，难道山外面的山长得不是一个样子吗？临别时，外乡人建议他可以搞一个景区，未来一定会有更多人来。

老雷为此彻夜难眠，他还是没法理解这放羊晒暖再平常不过的山和山外的山真的不一样。直到老雷在外读大学的儿子去贵州旅游，看到其他山的样子，这时老雷终于相信了，他的世界观被山颠覆了，原来每日放羊的山坳在自己眼中没什么，但对于大千世界竟是一块稀奇的瑰宝。陆陆续续越来越多全国各地的摄影家来找老雷，打听丹霞的具体位置。热心、耿直的老雷决定和村里的人合伙给家门口的山修路，这样方便外面的人来看看家门口的山。可没人愿意放弃手头农活陪老雷瞎折腾，老雷脑子一热把自己所有的羊全卖了，5 万块钱卖羊修路震惊了所有人。

得知丹霞修路了，全国各地的摄影爱好者、驴友、自驾游者、背包客全都汇集到了张掖城外 40 多公里的山间。在中国摄影家协会的建议下，老雷开始收每人 5 块的门票钱。有一天，老雷突然发现旅游的人越来越多，看着那些人群中熟悉的摄影爱好者和背包客，老雷决定以后拿着"长枪短炮"摄影器材或是背着大包来旅游的人统统不收钱，因为正是他们的宣传让世界认识了自己家门口这座看似有些不同的山。

有一天旅行社找到老雷，跟老雷谈了回扣。旅行社按人头给老雷每人支付 5 块钱，老雷给旅行社按每个人头返点 3 块钱。在利益的驱使下，旅行社开始大力宣传丹霞景区，张掖丹霞成了甘肃旅游的一颗新星，眼红的人也就随之而来了。有很多老板开始找到老雷要购买这个景区，终于有一天老雷疲倦了，眼前的这一切好像与他的初衷背道而驰。他毅然决然地把丹霞交给了政府，自己搞起了农家乐。这是一个为老朋友而开的农家乐，为了方便大家找到，农家乐便以"老雷家"为名，春夏秋冬无论黄金周还是节假日永远不因旺季而涨价，只为让那些摄影家、驴友能找到些回家的感觉。

雷家老少不简单，在老雷和他的外甥女小娟身上都有着一种精神，一种与生俱来的自我和使命感，不卑不亢，洒脱，明明白白地活，按自己的想法去走，老实人本分的道德标准和骨子里的气节与当今都市文明肆意演变的价值观发生着强烈的对比。临走时，老雷搬来了三把小板凳，他怕我们的背包太重站着累，于是便邀我们坐在路边的田间，唠着家长里短，一起等候着返回张掖市区的中巴车。

过了好一会儿，一辆中巴车从远处驶来，老雷起身向那中巴车挥手，一个拉满了游客的中巴车停在我们面前。司机很恭敬地向老雷问好，原来他们认识。老雷嘱咐司机把我们送到张掖高速公路的西出口，司机挥手吆喝上车，老雷微笑地拍拍我们肩膀："小伙子们，一路平安。"

拥抱。

雷司令挥手我前进，因为他有原则，没吃上羊肉，下次吧。

【*城市英雄*】

我把唯一的座位让给老李，独自坐在中巴车车门口的台阶上，望着窗外的晴朗，心里也变得更明朗了。可能早上看日出起得太早了，我们在颠簸中不知不觉睡着了。

我们是被司机唤醒的，昏昏沉沉地起身下车。站在一个摸不着边的乡村小路上，地上满是尘土，两个刚睡醒的人，不知所措。

"这是什么地方啊？"耳边传来了老李的声音。

迎面走来一位老者，穿着款式类似20世纪70年代工作服一样的外套，戴着圆圆的黑色石头镜，精瘦的身材，肩上扛着一个大大的编织袋。一问这位大爷才知道，刚才这位司机把车开过了，在大爷的指引下，我们朝汽车驶来的方向原路折返，需要徒步3公里才能抵达张掖高速公路西出口。距离太阳下山还有4个小时，接下来还有200多公里的路，今天是否能顺利抵达酒泉？扑朔迷离的旅程四处充满着未知和不确定。

徒步抵达张掖高速公路西出口时，整个人已经筋疲力尽。一路走来，我注意到这段路的车流量简直少得可怜，这不得不让我联想起前几天在天水所遭遇的尴尬经历。把包从肩膀上卸了下来，我已经没有力气再去寻找一个阴凉的地方，晃晃悠悠地往前走了两步把提前准备好的那张写有酒泉字样的纸高举过头顶。

　　足足一分钟，一辆从我们面前经过的车都没有，我望了望周围，或许这就是今晚露营的地方吧。这时，远处一辆白色的SUV慢慢地开了过来，我把纸牌放在胸前，大喊着："能带我们去酒泉吗？"

　　车减速，靠边，停了！

　　面前经过的第一辆车就停了下来，我赶紧上前与车主沟通。驾驶室坐着一位戴着眼镜，身穿纯黑色V字领短袖的中年男子，戴着工人尼龙手套的右手搭在汽车挡位上。他谈吐大方，文质彬彬，弄清楚我们是从西安搭车旅行而来的媒体人，很客气地邀请我们上车，碰巧他的目的地正是酒泉。

　　他叫马建军，年近50岁，是一位从国有企业离职自主创业的酒泉人。出发没一会儿，老李就在后排座位上睡着了，我坐在副驾驶位置上与老马聊了起来。之前就有提到过如何打开司机的话匣子，总结经验得出：第一步是要详细地向车主介绍自己，第二步便是聊对方的家乡，如果效果并不是很显著，那就第三步，聊聊他家乡的美食，往往这个时候司机已经开始滔滔不绝，因为在这个问题上，他一定是自信的，起码比一个外地背包客要了解得多，在自己最自信的话题上人往往容易打开话匣子。当我问到酒泉有什么名吃的时候，驾驶室这位文质彬彬的男子开始滔滔不绝："我们这有一种吃的叫拨疙瘩，还有一种吃的叫糊锅，一定得尝尝，它和你们西安的胡辣汤有一点像，但是比胡辣汤好吃，它是用鸡汤熬的，只有早上有卖，过了11点想吃都没了。"

为了这一口儿，明天我得起个早。一个糊锅，一个胡辣汤，都属"糊"姓，都是早餐，我依旧保持着对旅途中未知的好奇。

介绍完糊锅之后，他又意犹未尽地说这儿还有一种美食叫"蒜拌碱面"。老马说酒泉这个地方有一种地方病，本地的水含氟比较高，常喝含氟高的水容易牙黄或甲状腺肿大，于是这里的人开始多吃碱性食物增加抗病能力，蒜拌碱面就是因此而生的。说着说着，老马开始津津有味地回味道："太好吃了，一般我们都是在家里弄些碱面，调点蒜泥，再配上凉拌的小芹菜，或者配点肉菜，倒点醋一拌，哎呀，美得很！"

讲完美食，老马的话匣子已经完全打开了，他开始讲酒泉的独特："我们酒泉你要看戈壁也有，都市也有，要说想看草原，咱们酒泉的肃北蒙古自治县有很大片的草原；要看民族风情，这里的蒙古包啊，哈萨克的这一块啊，饮食上、穿戴上和汉族截然不一样；要想看沙漠，那边巴丹吉林沙漠的边缘也在酒泉。另外，玉门镇往北90公里就到口岸了，跟蒙古通商。"

不聊不知道，一聊吓一跳，老马的知识面果真了得，酒泉这个城市在脑海里一下变得立体了。我佩服眼前这位酒泉人，更佩服养育酒泉人的这座城市。

快到下午6点钟，车开进了酒泉市区。老马得知我们还未预订酒店，便热情地提议去住酒泉宾馆，说他认识那里的人，可以拿到一个很好的折扣，这样我们可以住个好酒店好好地休息一晚上。随即老马把车开到了酒泉宾馆停车场，在他的张罗下，我们最终以低廉的价格住进了这家酒泉当地最豪华的星级酒店，这对于疲惫的旅行者来说简直有点奢侈。我们把行李放在酒店前台，送老马到车跟前，临别时他说："你们要在酒泉遇到什么困难了，随时联络，能帮忙的我一定帮忙。"

连声道谢，老马驾车而去。

当漫长的旅行遇到舒适的床，总恨不得多睡一会儿，我们那晚睡得很早，也期待第二天早上的美食探秘。

## 【吃早餐】

提前订好的闹钟连续响了两次，天早都亮了，再不起来老马昨天说的酒泉名早餐糊锅就吃不上了。老李睡得正香，鼻子以下全在被窝里藏着。叫了他一声，人在裹得严实的被子里翻了个身，脸上显得有些不耐烦，他不打算起床，我走过去问他是否身体不舒服，他露在被子外的半个脑袋摇摇头向我示意没事。我穿好衣服便独自出了门，也难得一个人出去走走。

搭车旅行以来每天和老李朝夕相处，难得有点个人独处的时间，我漫步在酒泉的街上，正值秋意浓，微风拂面，很是舒爽。街道上熙熙攘攘，走上几步就能发现这里的生活节奏并不是很快。我四周打量哪儿有挂着糊锅二字的招牌，未见糊锅，倒是总看到"夜光杯"三个字。商店以夜光杯命名，餐馆以夜光杯命名，就连从身边缓慢划过的三轮车上也贴着夜光杯的广告。常在外旅行的人都有这样的经验，一个物品的名字如果出现在一座城市大街小巷的广告牌上，那么它应该就是当地最有代表性的土特产了。夜光杯？看到这个名字，大多数人脑袋里会默念一遍儿时语文课本上唐代诗人王翰的"葡萄美酒夜光杯，欲饮琵琶马上催"。难道诗中的夜光杯和酒泉有关？我赶忙掏出手机，搜索了一下酒泉夜光杯，果不其然，正是如此。

夜光杯这个东西听起来感觉像是一个自带仙气的宝贝，其实它就是用玉做成的酒器。它和酒泉结缘在公元前7世纪的时候就有记载，人们把夜光杯进贡给当时的国王。早期的夜光杯是用和田玉制成的，制作地也在和田，做好的杯子通过丝绸之路运往长安，后来因为玉杯在路上太容易受损了，于是开始把和田玉的原料直接运往酒泉，在酒泉进行加工，加工完成再通过丝绸之路运往长安。随着和田玉不断减少，最后夜光杯的用料干脆改用了祁连山开采的酒泉玉，这样一步一步地演化，夜光杯成了土生土长的酒泉制造。

走到一个街口，熟悉的一幕出现在眼前，一个大环岛的正中间屹立着一个钟楼，车水马龙都从这里路过，这周围的建筑布局简直和西安一模一样！同样都是东、西、南、北四条正街在这里交汇。我不禁想到前天在张掖的时候也看到同样的画面，古代的河西四郡仿佛个个都以小长安的风貌久居在古丝绸之路上。这太有趣了，我原本以为这是向汉唐时期的首都长安致敬，没想到翻阅历史发现，西安的钟楼建于明朝 1384 年，在张掖所见的鼓楼是在明代时模仿长安城建的，且外形基本和西安钟楼一个样子，但相比之下，酒泉的这座鼓楼历史更悠久。它建立于东晋穆帝永和年间（公元 346 年），最早曾是酒泉的东城门楼，直到清朝光绪年间（1905年）才把它改为了一座鼓楼。

穿过这座年代已久的城楼，肚子开始咕咕叫了，询问了一位路人才得知 100 米外有一小店专卖糊锅。又是一家专卖店！太好了！

宋记糊锅，排队的食客不算太多，可能是过了吃早饭的正点儿。老板在一口热气腾腾的人锅前不停忙活着，时不时地把一些麻花和透明带点白色的粉皮倒入锅中，满满一大锅还真有点像胡辣汤。面对着一锅烩菜，我有些好奇这个不配些其他的主食吃吗，比如饼或者油条之类的，老板说主食就是泡在里面的麻花和粉皮，就这么吃最地道。

我小心翼翼地端着满满的一碗找了个角落坐了下来，糊锅得大口大口地吃。单从食材上说，大块的面筋、宽粉皮、麻花吃起来让人大呼过瘾，再说味道，用鸡汤熬制出的鲜香配上香气四溢的胡麻味儿，一大碗过后整个人浑身发热，唇齿留香。

虽然美食这东西见仁见智，但糊锅绝对不次于其他城市的早餐，而且很容易接受它的美味，来酒泉如果不吃上一口糊锅，那绝对算得上是一个遗憾。离开时，我打包了一个大份糊锅，想着带回去给不愿起床的老李。

【*不吃早餐*】

旅途如人生，充满了太多的未知和不确定性，很多人在路上享受旅途的同时却也在为旅途烦恼着，每个人的心会映射出一条属于自己的路。

我一直做好心理准备去迎接旅途所带来的所有挑战，但慢慢地发现人性其实才是旅途最大的挑战。回到酒店的时候，老李已经起来了，满脸的无精打采。我一边向他问早，一边把热腾腾的糊锅放在身边的桌子上叫他趁热吃点，老李没有给出反馈，只是淡淡地说了一句："没事，你吃吧。"

"我吃完了呀，这是给你带的。"我纳闷地说。

他没有回应我，继续低头摆弄着手机。

气氛好像一下子在这个狭小的空间里凝固了，以我对他的了解，这绝对是一反常态的，我没再说话，老李也没有再开口。我靠在自己的床上，脑海里开始回顾这几天所发生的事情，有什么事没做好让他不舒服了吗？可想来想去也没找到问题的出处，慢慢地顺着记忆的影像向前推移，突然察觉到好像前一天和小娟去往老雷家的路上，老李已经开始沉默少言了，会不会是因为旅途的强度让他有些疲惫了呢？可好面子又很讲究礼节的东北人老李，不应该给予这样生冷的回应啊。我宁愿相信是自己多想了，就算有了什么误会，人和人之间朝夕相处出现误会也是正常的，毕竟我们是同伴，除了前行的路要走，我们还要共同完成一部纪录片的拍摄。前路漫漫，来时共同面对过那么多困难，或许他只是眷顾昨晚似曾相识且舒适的床。

默默地各自装好行囊，其间无话。直到离开酒店，老李依旧没动那碗已经变凉的糊锅，那糊锅显得很委屈，因为它也不知道自己做错了什么，沦落到无人问津的地步。

可能正如老李自己说的，他不想吃早饭。

**【嘉峪关的三点】**

这里离嘉峪关只有 20 公里的路程，两张 3 块钱的车票，不到半个小时的时间车就抵达了终点站。路上的话不多，两个旅行者各自看着窗外的风景。

嘉峪关在记忆里是遥远西部守望的孤独，一片孤城万仞山，嘉峪关关城就孤独地屹立在戈壁当中。东起山海关，西至嘉峪关，曾经在多少诗人的嘴里领略过此处的苍凉。

把行李安顿在了酒店，我和老李轻装上阵，清晨的不悦早已渐渐消散，我想老李应该是太疲惫了。他不停地给自己打着圆场，说这几天太累了。但今天计划依旧很满，如果想全面走进嘉峪关，有三个地方是必须去看看的，可这三个地方之间距离比较远，我们只好考虑包车前往。天下起了雨，我们在路边拦下了一辆出租车，司机叫小朱，是位年轻的女子，她答应可以带我们分别前往那三个景点，但因为她每天跑白班，晚上 6 点前要交班给夜班司机，所以 6 点一定要按时返回。我们谈好价钱，她规划了一条路线，长城第一墩—悬臂长城—嘉峪关关城。

在开往长城第一墩的途中，车窗外的人类文明气息逐渐变淡，直到驶入茫茫的戈壁。托一场大雨的福，长城第一墩几乎没有游客。这里是明代万里长城最西边的墩台，它处于两山之间 15 公里宽的峡谷地带，曾经这里是古战场，四处笼罩着阴霾，这为原本没有生机的地方又增添了几分杀气。

抵达悬壁长城时，雨已经相当大了，硕大的黄土色建筑映衬着狂风与雨水交织出悲凉的吟诵，像是一次哭诉，就像一位长者在讲述着古往今来发生在这里的悲欢离合。依悬崖峭壁而建的长城虽没有北京八达岭那么高大雄伟，3 米左右高的城墙在寸草不生的山体上依山而建，但这种视觉震撼直击心灵，像是一份远古的固执，古老的决心。

沿着悬壁长城将近 45 度的斜坡往上爬，在到达制高点的时候，风突然变得大了起来，雨点肆无忌惮地打在冲锋衣上发出啪啪的声音。不一会儿，身上所有的衣物全湿透了，但我感觉不到冷，好像整个山谷回荡的都是雨滴沁入泥土的声音，滴滴答答沁入这漫长的守候，不远处山腰上有很多用石头摆出的字样和图案。我试着寻找去往山腰的路，也许是今天地面太泥泞湿滑的原因，怎么看都觉得通往那里的陡坡很危险。

这场雨没一点停的意思，回到车上时，司机小朱替我们感到遗憾，她说这个能见度一会儿到嘉峪关关城可能看不到远处的雪山了，只有万里晴空时嘉峪关关城才显得雄伟壮阔。我并不为此感到遗憾，反倒觉得这份阴霾挺好的，乌云密布不是更有凝重的气质吗？这屹立在最西的天下第一雄关，原本就是一种威严。

抵达嘉峪关关城已经 5 点了，为了节省时间，我们在门口处的一个双人自行车租赁点租了一辆双人自行车。雨棚下的看车人是三个小伙子，他们正在热火朝天地打着手机游戏，老李一看来了精神，一边询问着租车的价钱一边围观着游戏战况。

我看了看表，吆喝老李上车，他选择坐在前面掌握方向，我顺势坐在他身后，两个初次尝试浪漫双人自行车的人都没把这第一次给一位女性，抱着那份丢失第一次的遗憾，两个浪漫的人晃悠悠地上了路。在雨中穿过一片漂亮的格桑花海，往前走是一个小湖，湖边栽满了绿柳，简直就是塞上小江南啊，嘉峪关的那份苍凉被有意无意的雅致小景取代了。过了一个林荫小道，我们终于掌握了驾驶这辆车的技巧。前方出现了一个小下坡，我和老李不约而同地压低身体，随着坡道的弧度慢慢转移着身体的重心，就像奥运赛场上的自行车选手，动作干净利落。前面又是个上坡，我们不约而同地猛蹬几下开始蓄力。"你们俩！停！"突然远处一声大吼。

停？是说我们吗？隔着老李的背，我看见远处一个中年大叔用手指着我们叫我们停车。老李捏了捏刹车，车缓缓停在坡道上。

"只能骑到这了啊，再骑就骑出去了，停车。"那中年人喊道。

……

5 分钟不到的路程，我们一不小心抵达了嘉峪关的城门。老李一边下车一边抱怨这几十块钱花得太不值，我拍拍他的肩膀："毕竟这短短 5 分钟我们彼此把第一次给了对方。"

　　古时出了嘉峪关关城往西就进入了神秘的西域，如今站在万里长城最西段的嘉峪关城楼上，那种感觉会令你有些时空错乱，因为远处没有任何现代化的建筑。如同以往，放眼望去，便是无际的苍茫戈壁，我很喜欢的唐代诗人王之涣有一句诗写道："黄沙远上白云间，一片孤城万仞山。"我想这应该是对我眼前嘉峪关关城最好的诠释，那种怀古思幽之情油然而生。

　　老李几经挣扎在嘉峪关关城外拿出无人机，他最终决定冒雨飞几个镜头。无人机刚刚起飞，一个保安不知从哪出来，要我们立刻降落。我把保安支到一旁，掏出记者证向他说明来意。此人没有一点松口的意思，他指着老李要求立刻降落，我想尽一切办法跟保安周旋着。终于，老李转身给了我一个眼神，我知道他想要的镜头已经拍好了。"好了，听你的，我们不拍了。"我对着保安说道。

　　看着飞机降落，那个保安才离去，我笑着朝老李走过去："拍到了吗？"本以为他会一如既往地赞美自己拍摄的画面，没想到他竟然一边傻笑一边无奈地说："没电了，飞机刚飞出去就飞回来了。"

　　……

## 【*西北的东北*】

走出景区已经 6：30，离老远就看到了一个焦虑的身影，小朱已经从车里出来在雨中等我们了。她肯定急了，我们赶忙小跑几步迎上去。

小朱和夜班司机 6 点交班，我们本来必须在 6 点前往回走，可由于抵达的时间有些晚了，再加上嘉峪关景区实在太大，紧赶慢赶还是迟了半个小时。本以为小朱一定会劈头盖脸一顿埋怨，可没承想她一开口便是："我说了要等你们就肯定不会走的，不然你们回去了怎么说我们嘉峪关的出租车司机。"这让狼狈的我俩感到十分抱歉，但又倍感温暖，甚至开始敬佩起了这座城市的人，也许城中人就如同那关城一般，无论风雨都只为守候着一句承诺，这座城的城市精神可能便是如此吧。

临下车的时候我向小朱索要微信，希望可以和她交个朋友。听说要加微信，她倒有些羞涩起来，我说如果你觉得不方便那就作罢，小朱急忙解释，因为她微信朋友圈经常发广告，所以怕有些不方便。听到这，我倒好奇起来，难道这西北小城的女出租车司机白天如此忙碌晚上还回家做微商？这姑娘也太拼了吧！小朱说她几个月前听朋友说在微信卖东西能月入上万，就给朋友交了产品的代理费，可结果并不理想，朋友一个月能赚上万块钱，她却很难卖出去货。我问她找到问题的原因了吗？

她笑着说："可能是我自己性格的原因。"

车开到了酒店门口，小朱从裤子口袋掏出手机，打开微信二维码和我加了微信。为了不耽误她的时间，匆匆下车与她道别。临走前我对她说："有缘再见，回头我微信上买你的东西啊，支持你。"小朱低下头笑了笑，一脚油门消失在巷尾。

我和老李没有直接回酒店，都这个点了，我们早已饥肠辘辘。路上人少得可怜，好不容易遇见几个路人，可奇怪的是都满嘴的东北口音，哪儿来那么多东北人？寻了位路人一打听才知道，原来嘉峪关是一座藏在西北戈壁上的东北城，为什么会是东北城？这要从中国的时代产物"三线建设"说起。

20世纪60年代中央做出了一项决策，把生产力由东向西转移，把建设的重点放在西南、西北。于是在后来的16年里，若干的工人、干部、知识分子、解放军、民工，在"备战备荒为人民""好人好马上三线"的时代号召下，背起背包，跋山涉水，一心一意地来到祖国大西南、大西北的深山峡谷、大漠荒野，建起了1100多个大中型工矿企业、科研单位和大专院校。其中一个厂子就坐落在如今的嘉峪关，而援建的那个厂子叫鞍山钢铁有限公司，60多年前有3万鞍山人举家西迁来到这苍茫的戈壁，一手建立起酒泉钢铁有限公司，所以如今这座城几乎都是鞍山人。万万没想到，来到这万里长城最西边，雄关内如今是一城池的故乡人，对于出生在鞍山的我，看着眼前家乡人所做的一切，不由得莫名感动，也感慨沧海桑田。

眼前的一切变得格外亲切，原来在遥远的西部有我的另一个家乡，这里是我的家乡人一手建立起来的，这片曾经荒芜的黄土地上也如我的心田萦绕着无数对黑土地的思念，这真是一座千百年来被走走停停的人用思念填满的城啊。路边的小商店，就连货架上的摆放模式都还是童年记忆中的样子，他们还保留着东北人的生活方式，街边随处可见东北餐厅。本来听说嘉峪关的烧烤是河西走廊区域最绝的，但在家乡菜面前，我倒有些走不动路了，便选了一个叫"东北大福楼"的东北餐馆。走进餐厅，扑面而来的就是热情洋溢的东北口音，大厅很宽敞，地面是棕色大理石样式的地砖，随意摆放着披黄色桌布的大圆桌。我们在二楼找了一个小雅座，要了一壶烧酒，点了四个菜，因为在西安很少有正宗的东北菜馆，所以也不常吃家乡菜，可没想到家乡的情谊在黄沙戈壁上找到了。服务员端上第一个凉菜东北大拉皮时，我就知道完了，菜点多了！菜量之足实在太"东北"了。

在全国各地如果你想吃东北菜，到一个东北餐馆论证他的菜够不够正宗，第一个评判的标准不是味道，而是量！东北人食量普遍偏大，而且东北菜尤为下饭，一个大小伙子吃米饭只吃一碗准被人笑话，所以东北人家里的餐桌上每顿必须有剩菜，这是传统，代表你吃好了。服务员端上第二道菜豆角炖肉，借着一番酒意我差点都飚泪了，菜堆得满满的，最惊人的是连这豆角都是从小在鞍山吃的那种宽豆角，这里的生活习惯完全定格在过去，这和我童年的记忆完美匹配，就连现在回到家乡鞍山，那种90年代工厂的生活氛围也全然不见，但在这嘉峪关，我仿佛回到了童年。喝得有些醉了，我托着沉重的下巴，望着窗外嘉峪关的雨夜，脑海里开始浮现出一长幅黑白胶片。

59年前即将成为"酒钢人"的"鞍钢人"匆忙地整理着行囊，他们带着所有生活所需，包括自己家乡蔬菜的种子，赶赴几千公里来到这片荒芜的土地上，从此在这里扎下了根，就连这当年包裹里存放的豆角种子都一代一代地繁衍至今。59年之久依旧保持着家乡的模样，沧海桑田、变化万千，每吃一口菜，我都尤为感动，或许就是中国老一辈"钢铁人"的精神，愿每一个生活在这座城市的家乡人都能守护心中的"天下第一雄关"，把黑土地的根狠狠地扎在黄土地中。

高兴就多喝了几杯，感叹这一天所发生的一切，突然老李问我下午相逢的好司机小朱不是做微商吗，看看她到底是卖什么的。对啊，她是卖什么的？说好了还要支持一下她，对于一个同样创过业的人来说，我深知在创业路上能得到朋友一点小小的支持，其实都是莫大的能量。我赶忙掏出手机，翻出小朱的微信，点开她的朋友圈，扫了一眼，清一色的广告，随意点开了一个。

　　……

　　"让细胞充满活力，让男人变得更强！"（配图：一个只穿着游泳裤的健硕欧美男人，浑身油亮，意气风发。）

　　行吧，当找什么都没说。

# 敦煌的悄悄话

## 【保密】

今天想试试运气看能不能直接抵达河西走廊的最后一城——敦煌。在徒步去往嘉峪关西高速路口的路上，我吃了一碗不太正宗的兰州牛肉面。直到抵达高速路口，路上没碰见超过十个人，白天的嘉峪关就像是一座空城，闲杂人等仿佛人间蒸发了一样。

高速路口的车流量和我想象的没什么两样，零零星星有几辆车从面前驶过，这不是个好的开始，我们唯一掌握的信息就是这里是嘉峪关通往敦煌方向的必经之路。

昨日的倾盆大雨，换来的是今日的烈日当头，太阳的直晒着实有些煎熬人。大概过了半个小时，一辆拉货的小卡车停在了我们面前。车主不到敦煌，但他很爽快地说可以带我们到 100 多公里外的赤金服务区。这些天的搭车旅行让人逐渐开始因遇见陌生人而感到莫名的兴奋，只要出发，天南海北随便聊聊，无论多远，有缘相逢。

我和老李用尽浑身解数把两个旅行包安放在了小卡车的货舱里。司机姓姚，美国大兵式的子弹头发型，老式格子 POLO 衫，一副淡墨色近视镜。姚哥今年 49 岁，祖籍秦皇岛人，他在国家保密单位做货车司机，与我们相遇也正是在回单位的路上。在国家保密单位工作和老李在电视台工作有点相似，都属于子承父业，姚哥的父辈为中国两弹一星事业奉献了自己的青春，几十年前举家来到西部。他点燃了一支烟，用大拇指指了指身后的方向："你们的背包就放在国家保密的东西上。"

姚哥是个健谈的人，他觉得现在人们旅游应该多来西北看看，这个地方的旷野和西部人的豪情令人心旷神怡。

在赤金服务区，我和老李小心翼翼地把背包从国家的保密物资上抬了出来。谢过姚哥，准备继续下一段搭车旅程。

赤金，从姚哥那得知这里是铁人王进喜的故乡。王进喜曾经是中国最著名的石油工人，没有之一，可以说当时家喻户晓。因为他身上的标签几乎被坚韧不拔、意志顽强之类的词所填满，所以江湖人称"铁人"，后来因为他的优良品德，王进喜几乎成为当时中国工人的旗帜性人物。而赤金这个地方地处玉门市南部，说到玉门，我身边有几位朋友来自玉门，每次提起他们的家乡都是自豪相伴一声叹息。这座城市的伟大在于它是中国第一座石油城，有句诗说得好，"凡有石油处，就有玉门人"。玉门的伟大还在于它为新中国的石油产业提供了大量经验和人才输出，铁人王进喜就是其中之一。除了王进喜，还有千千万万个"王进喜"都出自玉门。

玉门诞生了新中国第一口油井，但经验不足和不够合理、科学的规划导致玉门石油曾一度被大量开采，产量急剧下降，最终降至历史最低点。

这座"因油而生"的城市走向了"因油而死"的地步，9万居民弃城外迁，城中弃楼遍地，玉门几成空城。

　　我定了定神，希望铁人王进喜给我带来今天的好运。四处询问车主，没想到赤金服务区的搭车成功率远比想象的要困难许多。问了十几辆车后才弄明白，赤金向西的高速路是一个交叉口，南边直抵敦煌，北边是哈密进疆方向，这里通过的货车和私家车基本上都是进疆的，而前往敦煌方向的只有坐满游客的旅游大巴和少有的几辆坐满人的私家车，所以搭车困难。

　　这一等就是3个小时，我和老李一人喝了一瓶可乐，越来越焦虑。在一个葡萄架下，我遇到了和我一样无所事事的孩子，他叫马来。

　　马来的家就在这个高速服务区，他妈妈是一家卖炒肉片的饭馆的老板，他每天唯一的娱乐就是和隔壁小卖部老板的孙子一起在高速服务区边骑自行车。我问他想不想和王进喜一样当一名石油工人，他皱着眉头看着我一声不吭，我又问他有什么梦想。

　　他瞪大眼睛对我说道："想当兵，因为我哥哥就去当兵了。"

　　我问："如果我能实现你一个愿望，你希望是什么？""能不能借我手机玩一下？"马来说。

【*东北一家人*】

晚上 7：40 是我们在赤金服务区滞留的第四个半小时，马来被他妈妈叫回了饭馆。我和老李盘算着接下来该怎么办。天边的云被霞光映衬出姹紫嫣红的颜色，远处的雪山看起来美极了，能和王进喜或者马来一样在这样的地方长大，真是一件不错的事，但漫长的等待让心里有一种说不出的滋味儿，我起身叹了口气，再去问问吧。

这时候三辆越野车停在了我的面前，每辆车下来一名穿着得体的男子，我一看车牌甘 A，兰州的，车上都有空座位。我上去搭话，一位男子回应我说他们是去敦煌，我一听太好了，看来今天有救了，可三个男子互相对视了一眼，突然显得有些没有耐心，其中一位穿着淡蓝色衬衫，年纪 30 岁左右的小伙子不耐烦地对我说："我们这是公家车，你还是找别人去吧。"

我耸了耸肩膀。

远处一辆白色轿车停在了服务区厕所旁，我带着王进喜般坚韧不拔的意志走了过去。车上下来了一对老夫妻，径直走进了卫生间，从副驾驶座望去，一位大姐坐在驾驶室上拨弄着手机，我隔着玻璃喊了两声"您好"。她没理会，随之而来的是站在原地的尴尬，但是不能放过一丝机会，我绕过车尾走到主驾驶室一侧，敲了敲玻璃，喊了一声"您好"。

大姐吓了一跳，莫名其妙地看着我，然后摇开了车窗玻璃，我赶忙告诉她来意，并询问是否前往敦煌方向。因为是女司机，我怕她对陌生男士难免会有些顾虑，于是我告诉她我是一名新闻记者，不是坏人，也不是新闻记者中的坏人。

大姐应了一声："我们是去敦煌，但可能坐不下啊，有两个老人。"浓重的东北口音，我赶忙问道："大姐，您是东北人吗？"大姐点点头。"我也是，我是辽宁鞍山人。"我说。

大姐一下笑了："你是鞍山的？我是沈阳的，得了，我不管你是记者还是干什么的，就凭你是我老乡，我必须帮助你，走吧。"

还没来得及反应，大姐已经推开了车门，这幸福来得也太突然了吧，我莫名地感到兴奋，四个半小时啊，终于在日落之前被一位东北老乡拯救了。老李可能在远处看到了兴奋的我，赶忙跑了过来。这时老两口也从厕所走了出来，东北人姐向父母说明情况，本担心老人会有所顾虑，没想到两位老人更是热情，一边邀请我们上车，一边整理起座位上摆放的东西。

车不大，好不容易才把两个大行囊塞进了原本已经塞得满满的后备厢。这是此行遇到的第一位女司机。窗外的景色和此刻心里的滋味一样，如落日余晖般美好。

她叫张静，两位老人是她 70 多岁的父母。之前张静答应带老两口去四川的九寨沟转转，后因工作耽搁了出发时间，这期间九寨沟发生了地震，封园停止接待游客，九寨沟计划只能被迫取消。为了弥补遗憾，她特意规划了线路，请了年假，带上父母一路向西开始了这次路中偶遇的西北自驾之旅。

　　因为都是东北人，说起话来就特别亲切，家乡人在一起当然要说家乡话，唠扯几句，车内老、中、青三个年龄层就变得很融洽，像极了过年全家人在一起团圆的感觉。有时候你不得不感慨旅途真奇妙，特别是搭车旅行的路上，每一次偶然的相遇总令人回味，这些好心人像是冥冥之中被安排在路上相遇的，他们带我们去了下一个目的地，我们让他们感受到另一种生活的可能性，大家在路上相互汲取到温暖。反而日常生活中的帮助却很容易令人遗忘，或许是我们都习惯了从小无条件地汲取父母的爱，或许是生活中的信息量越来越大，一个狭小的肉体已经没法承受每日高负荷的信息碎片，可真心依旧存在，那是人的本性里拥有的一种善意，感恩每一个帮助过自己的人，人生不过数十年，更何况我们曾在某处相遇。

## 【*走入沙漠*】

昨晚抵达敦煌已经是凌晨时分，为了停车方便，我们和东北大姐同定了一家酒店，匆匆入住，一觉到天亮。清晨起床时，酒店老板告诉我，前一天同来的一家三口已经退房了，没来得及和东北大姐一家道别，也罢，在路上相逢是缘，有缘再见。

终于抵达了向往已久的敦煌，丝绸之路上的一个节点城市，河西四郡西端的最后一郡。敦煌在很多中国人的脑海里扮演着西域挥之不去的神秘形象，黄沙漫漫，驼铃西去，这是西域标志性的电影场景。昨晚来时街道漆黑一片，只知道酒店是在距离鸣沙山景区不远的地方。出了酒店，没走几步便闻到刺鼻的牲口粪便味，嚯，原来这里是鸣沙山景区内骆驼们的宿舍，上百只骆驼被圈在围栏里，百无聊赖地吃草发呆，等着换岗。我和老李捏着鼻子，穿过很长的一段路，两边的骆驼直勾勾地盯着我们俩，不知道为啥被这么多眼睛围观感觉还挺羞涩的。

穿过骆驼宿舍来到了一条正街，正街两旁有很多餐馆，在路边吃了一碗不太正宗的驴肉黄面。结账时服务员提醒一定要多带几瓶水，于是我和老李又买了四瓶矿泉水，走到鸣沙山景区门口的时候已经喝完两瓶。我当时唯一的感觉就是整个人已经快被晒中暑了，望着远处的鸣沙山，我是心里兴奋但心有余而力不足。无际的沙海是丝绸之路上最古老的驿站，从西安出发至今已过数日，终于进入沙漠地带。

沿着沙海一路前行，不久便看到了一片绿洲。在几近中暑的状态下看到那片绿洲，眼前的景象真像是传说中的海市蜃楼一般，在这干枯的沙海中竟然会出现一汪清水，周围被绿色的植被和树林所环抱，真可谓是天下奇景，这就是月牙泉。

用了三个小时游览了鸣沙山和月牙泉，按计划，今晚徒步沙漠露营无人区。

在商店备好了充足的水，顺带又买了些干粮和啤酒，我和老李向沙漠深处前行。在沙子里行走是一件很费力的事，因为脚下踩不实，所以每走一步都软绵绵的。沙漠里很容易迷路，在沙漠中徒步要多加注意，方向是最重要的，一旦在沙漠中迷失方向，那后果将不堪设想。

在日落之前我们找到了一处还算满意的露营点。这里看起来像是一个干涸已久的河道，既能躲避大漠上的强风，又能防止被流动的沙体掩埋。一路走来，这是今晚最合适的落脚点了。

搭帐篷的过程就像是与落日进行一次赛跑，我们必须赶在日落前搞定这一切，但因为这是搭车以来的第一次野外露营，由于拆包、搭建的不熟练，浪费了一些时间，但好在日落时分我们已经气喘吁吁地躺在了帐篷里。我用手撑着后脑勺，目光锁定远方，帐外的景色像是天空之境，那是一种万物归去的美，橙红色的余晖渲染在天边，大地在黑夜前释放着流光溢彩。

9 月份，河西走廊的沙漠中蚊虫已经不太多了，这是个很适合露营的季节。在帐篷里，我打开了随身携带的一台老式收音机，电波里只有一个频率可以传来微弱的信号，一位声音富有磁性的男主播讲述着黑夜里的心灵鸡汤，时不时还会配上几首舒缓的老歌，我喜欢尝试在不同的地方听听当地的电台，这会让人心宁，特别是在这大漠之中，起码这会让人显得不那么孤独。晚上 10 点钟左右，我走出帐篷，四周静极了，伸手不见五指，脚下踩的是绵软的沙海，头顶是一片星辰大海。

在旅途中每当偶遇一片星空都是万分幸运的，我盯着天空发了会儿呆，满天星宿就摆在面前，天上的黑不是纯黑色的，它有些神秘的蓝，稍晚时大片的薄云飘过，天空变得有些迷离了，星星变得若隐若现。沙漠到了深夜会异常寒冷，去帐篷里加了件衣服坐在沙丘上，脑海里幻想着这片沙海上千百年来有多少和自己一样的丝路旅人，他们疲惫地卧在沙丘上，在这无人的夜里孤独地守候着一片星辰，那是用亿万光年来计算的窃窃私语。

## 【骆驼刺】

不知从什么时候开始刮起了风，空旷的荒漠上，风带着细小的沙粒肆意侵蚀着帐篷，发出细微的拍打声。我和老李差不多是同时醒来的，深夜里的寒冷已经被日出后的升温所取代，身上的衣服已经被汗水湿透，我赶忙从羽绒睡袋里爬了出来，拉开帐篷，天哪！帐外一片荒凉！

昨晚的寂静和浪漫的星夜已经被炙热和荒芜所替代，远处的沙山就像巨大的金字塔屹立在我们面前，场景尤为壮观。

头顶的太阳暴晒着眼前的沙海，没有一丝遮挡，现在需要尽快收帐篷离开沙漠。就在要拆卸帐篷的时候，老李发现帐篷周围隐约有几个野生动物的脚印，有些像粗壮的蛇曾在帐外徘徊，庆幸的是黑夜已过，一切安好。风势越来越大，必须快速整理好行囊，可风给一切增加了很大的难度，我们大概用了整整一个小时才打包好了所有的行李。前不久在新闻上看到敦煌刚刚经历了一场巨大的沙尘暴，没人想在沙漠中遭遇任何极端天气。我们把剩余的水拧紧装好，背起行囊沿着规划好的方向一路行走。黄沙漫天，呼呼的鸣沙声不时传入耳边，脚下不时会经过几株骆驼刺，那是一种戈壁滩沙漠上常有的植物，也是骆驼在沙漠中唯一能赖以生存的生命之草。我蹲下仔细看了看这骆驼刺，枝上长满了小刺，我很难想象那些表情呆萌的骆驼是如何咽下这些带刺的植物的。后来有人告诉我这骆驼刺不仅骆驼吃，人也喜欢吃。

唐代诗人岑参有诗"桂林葡萄新吐蔓，武城刺蜜未可餐"，刺蜜指的就是骆驼刺在六七月分泌出的糖粒，民间叫它"刺糖"。从诗里可见唐朝的时候人们就已经开始吃刺蜜了，而诗中的意思是葡萄初春吐蔓的时候，骆驼刺的刺蜜还没有结成颗粒，所以那个季节不能吃。令我没想到的是这荒漠中带刺的植物结出的神奇糖粒还曾随着驼铃声远销丝绸之路各地。

丝绸之路，一条上千年的古道，在行走中交融迸发出更新的文明，至今仍影响着生活在这条路上的居民。它的出现拉近了欧亚大陆沿途之间人与人的距离，极大地促进了人类文明的发展，让文明互通，旅行者扮演着传递和交融的基石，无论在路上的人出于什么目的，总有某种诱惑在吸引着他们出发，旅行是人类进步的传奇。

## 【天使大姐】

我坐在沙洲夜市的烧烤摊上，来往的行人不断，街道两旁到处是小贩的叫卖声。我和老李盘算着明天如何前往地理位置偏僻的阳关，思来想去也只有包车能方便抵达。正借酒消愁，电话突然响了，一看是东北大姐张静打来的，她碰巧就在附近，几分钟后，人群中看见了她熟悉的身影。

离老远向她挥手打招呼，见面她第一句话就问我："怎么样？露营好玩吗？明天打算带爸妈去城外的阳关，你们看要不要去？去的话咱们可以同行。"

听到这，我真想冲过去拥抱她，这真是命中注定的缘分。基于来时对我们的帮助，我们正好借着这个机会好好感谢一下大姐。上次的不辞而别，今日再度重逢，分别开了瓶啤酒，在他乡喧闹的街头，三个不是在东北相识的东北人推杯换盏。有些遗憾的是，羊肉串的味道并不怎么样。老李那天喝得尽兴，口中滔滔不绝地讲述着在沙漠露营时的各种遭遇，他用了很长的篇幅为大姐描述昨夜的星空。

我望望天，在灯火阑珊的街边，天上一片漆黑，或许是云遮住了夜空，或许是周围的光太亮了，想起昨夜的星辰，几十公里外的沙漠的同一片天空，此刻会一样吗？夜里，人喜欢找寻光，越漆黑，越是追寻，哪怕只是一颗亿万光年外的光点，即使无法照亮前行的路，也会点亮心里的烛。夜越来越深，街上的人却越来越热闹，老李在一旁端起酒杯："来，劝君更尽一杯酒，明天出了阳关就没有朋友了。"

"干！"

"干！"

"干！"

## 【*阳关道*】

今日大晴，伴着天边残云，一条公路通向远方，沿路都是荒凉的戈壁，汽车驶出城外就几乎没有了生机。考虑到几天的自驾旅行张静多少有些疲惫，老李便主动请缨，帮张静开车。老李十几天没开过车，摸起方向盘显得有些兴奋，我坐在副驾驶的位置上望着窗外，景色有些乏味，只能努力脑补着古人来到这里的情形。

西汉时，汉武帝在河西走廊建立"四郡、两关"，四郡已被抛在身后，这两关中的"阳关"就在前方。"阳关"和"玉门关"两大关口，就相当于当时的海关，"通关文牒"就如同"护照"。相比之下，阳关是通往西域的要道，因为从地理位置来看，玉门关靠北，北方匈奴会时常南下，因此商旅们通常不会选择通过玉门关西行，而阳关地理位置就比较靠南，相对安全了许多，所以这里成了丝绸之路商人和僧侣往来的要隘，而两关的分叉口就在敦煌。

向西走了 40 多公里，公路两旁一望无际的戈壁上逐渐出现了残垣断壁，破败的古汉城墙遗址没有任何保护，基本上已经与自然融为一体。

你可以充分感受到人类文明消沉后的那种荒芜和被遗忘的感觉。远处威严的阿尔金山山顶被冰雪覆盖，这片荒芜的土地仅靠那冰山融化的雪水灌溉着这里古往今来的生机，有多少旅人的母亲把思念通过月光寄到这里，真是个自带忧伤的地方。

站在阳关的高台上远眺时，仿佛千百年来的思绪都如出一辙，远处风沙中的一条小路便是丝绸之路的古谊。向东眺望，那正是不远千里从西安而来的方向，1700 多公里的路啊，我用 13 天时间流浪到此，换作古时候的驼队大概要两个月的时间才能抵达这里。脑海中若隐若现的驼队和古铃声由眼前经过。从这里向西，陪伴他们的就只有西域凛冽的寒风和漫天的黄沙了。阳关大道就在前方，可西出阳关却无故人。"阳关大道"不仅是宽阔的道路，还意味着前途光明，也许人们曾经只有冒险通过丝绸之路抵达内心渴望。仔细想想，无论宗教还是商旅，皆是如此，而如今的旅行者不也是一样吗？

旅途只不过是换一种方式感知生命，在这漫漫黄沙中，生命显得尤为坚韧。

## 【王道士的苦恼】

"莫高窟"承载了中国石窟殿堂级艺术造诣，也倾诉着"偷盗者"不为人知的江湖故事。两天前预约了下午 3 点钟敦煌莫高窟的票，张静竟然在参观时间上和我们再次不谋而合，这样一来，老李又可以舒舒服服地回到他的驾驶位上了。

如果说莫高窟是一个时代的象征，我觉得这一点都不为过。它的另一个名字是"千佛洞"，这藏满了故事的千百个洞窟，在荒芜的戈壁深处守候了上千年。参观莫高窟无须请导游，只接受预约门票，而景区会根据预约门票随机分组，每组随机参观八个石窟，每组会配一位敦煌研究院的工作人员陪同参观并讲解石窟壁画上的研究成果。我认为这种体验非常专业，目前中国大部分旅游景区都是自主选择请导游，而很多人为了省小钱只是到此一游，不关心文化和故事，故此错过了真正的精彩，敦煌莫高窟的这一举动让旅行与文化强制性地结合了起来。文化本该是旅行的一部分，没有了文化的衬托，竞相绽放也容易昙花一现。

游走在仅限参观的八个石窟间，每个石窟都有门锁着，防止光线进入对壁画造成破坏。每当研究员用钥匙打开一扇门时，低着头走进石窟就仿佛走入了一个时空虫洞，每一寸墙壁都留有上千年前画师们的精美作品，触手可及，从画像的眉宇间很容易体会到古代匠人们的精益求精。石窟有大有小，代表着各个阶级的供养人。无论石窟的供养人是皇家还是百姓，我都能体会到曾经这里的人们对宗教的虔诚和寄托。

郭沫若先生为千佛洞所题的三个大字"莫高窟"立在出口不远处，离这不远的楼窟中曾经生活着一位王道士，一个有"使命感"而又犯下"滔天大大罪"的湖北人。

王道士是最早站出来保护莫高窟的，也是把莫高窟藏经洞尘封900年的经文、法器成箱卖给外国"探险者"的人，每一个历史遗迹悲哀的身后都有着这样一个"千古罪人"。后来王道士疯了，一疯解千愁，留下了这满目疮痍。

如今走进石窟里，随处可见石窟壁画被盗走的痕迹。望着千疮百孔的墙壁，没人会不觉得惋惜，庆幸的是墙上还留有众多珍贵的壁画，而那些被盗走的部分也并没有消失，而是留存在大洋彼岸的众多博物馆里，无论在哪，它们依旧展现着敦煌莫高窟灿烂的佛教文化，这是属于人类的宝贵记忆，历史无须去承载太多的悔恨，正如如今的莫高窟依旧会唤起丝绸之路古道上人们众多纷繁的记忆。我们现在能做的就是传承保护这些文明，让未来的人类能够有迹可循，有理可依。

## 【*漂泊的人啊*】

为了再次表示感谢，我和老李请张静一家吃了一顿带有敦煌特色的晚餐。席间，一位忙里忙外的跑堂小伙计引起了我的注意，主要是他的精神。一屋子客人被他安排得井井有条，并且非常有耐心，他会主动且没有废话地为客人讲解不同的菜品，或给一些恰到好处的建议，脸上一直挂着暖阳般的微笑，眼神清澈。我好奇这一个面积不过 20 平方米的小馆子怎么有好比五星酒店般的服务。我和小伙子攀谈了几句，才知道他今年 18 岁，这是他在这家餐馆上班的第一天，我惊讶地问第一天上班怎么可能这么专业。他笑着告诉我，他家里曾经就是开饭馆的，所以耳濡目染。

18 岁？第一天上班？算了下时间，现在正是 9 月份开学季啊，他本该坐进大学校园里开始一段全新的生活，可他怎么会出现在这个不到 20 平方米的小餐馆里？我看出他有难言之隐，也不想以一个食客的身份过问一个孩子内心深处太多的过往，于是我问有没有想过去大城市发展，他露出雪白的牙齿笑着说："我本来就是从大城市来的，和你们一样。"

"从大城市来？"我纳闷地问。

"家庭出现了突发情况，没法上学了，所以我四处漂泊来到了这里，这个工作很稳定，我很喜欢。"话音停留在一个标志性的笑容上。

我有些不忍心再问下去，只是越看他笑容可掬越觉得心里难受，替眼前这个年轻人感到惋惜，我拍了拍他的肩膀："希望你能走过最艰难的路，路还很长，下次来敦煌我一定会再来这家餐厅，希望不是在这遇见你。"他点了点头，嘴角露出了笑容，转身又去端菜了。或许他明白了这个祝福，但一个18岁的孩子又会如何去理解未来呢？

　　造物弄人，当你去世界更远的地方，见到更多的人，听到更多的故事后，往往会觉得人的一生真的与宿命有关，或许命中注定，或许一切都是最好的安排，人类用道德和法律建立了对自己的约束，有好人就有坏人，有时我们太过较真好与坏，是与非，不过是立场不同罢了。希望这些善良的人不要丢失了自己，希望他们能在命运将其击倒后，抖抖身上的尘土，勇敢地站起来，坚信自己走的路。走过黑暗，终将会有清晨的光，洒在你的肩膀上。

　　敦煌，我一定会再来，我还会再来这家小馆子坐坐，希望你有一天能看到我的这本书，想起2017年秋天的一位客人，记得微博上给我发私信（新浪微博@白嵩）。无论你在哪里，我会飞去见你，听你说说后来发生的故事。语文的文，森林的林，马文林，我记着你的名字和清澈的眼神。

　　愿你一切安好。

# 流浪者的西域

## 【陪你去一百公里外遛狗】

古罗马人把中国到印度之间的地方称为"Serindia"，中国人把这里叫"西域"。出了阳关便是西域了。清晨我有些不舒服，好像是感冒来临的征兆，加之一路西行，气候越发干燥，嗓子出现了严重的不适，服了几片药匆忙背上行囊。今日的目标是挺进西域，争取天黑前抵达新疆哈密。

出敦煌向哈密方向搭车，我和老李都做好了充分的心理准备，路途遥远不说，最重要的是敦煌前往新疆的车少之又少。从地理位置分析，从河西走廊而来，除了来敦煌旅游的自驾客，进疆的车辆都不会拐进敦煌城，所有由河西走廊进疆的车都会从瓜州直接向西北方向行进走 G30 高速越过敦煌，这也是之前来敦煌时大多车辆都是前往新疆方向的原因。故此搭从敦煌到新疆的车只能靠运气了，虽前途未卜，但对于完全进入搭车旅行状态的我来说此刻没有什么顾虑。俗话说得好，条条大路通罗马，享受丝绸之路吧。

老李的脸上透露着焦虑，说出了最坏的打算。这样也好，凡事考虑到最坏了，无论最终处境如何，心里都不会有太大的落差。

我们在 G215 国道和 G3011 高速分叉口前不远的地方开始了今天的搭车。如我们所想，平均每分钟路过的车在 10 辆左右，而庆幸的是路边有一棵树的树荫刚好能遮住头顶暴晒的阳光。我把行李放在树荫下，举起写有"哈密"字样的纸牌。

大概 30 分钟的时候，远处一辆大白天开着车灯的白色大众车慢慢停在我俩身边，透过玻璃可以看到车上坐的是一对年轻情侣，副驾驶位置上的姑娘抱着一只白色比熊。车主摇下车窗问："你们是要去哈密吗？"

我说："对，您去哪？能带我们一段吗？"

"上车，我们就是去哈密！"他一边笑着说，一边推开车门，下车帮我们开后备厢门。

抱着最坏打算的老李兴奋极了，紧锁的眉头松了几个扣，这也许是新疆给我们的一次见面礼物吧。就如很多人所说的，到了新疆好搭车！

车主叫何强伟，前一天他带着女朋友从哈密跑到几百公里外的敦煌来遛狗散心，今天在返程的路上遇见了我们。第一次听说为了遛狗跑几百公里外来，这日子过得太潇洒讲究了，我调侃他这是理想主义约会仪式感。

相比我和老李这两个被帮助的人，帮助我们的人显得更高兴。何强伟说他经常帮助驴友，因为他是中国登山协会的会员，登山和探险是他生活中很重要的一部分，凡是看见在路上的人需要帮助，他从来都没吝啬过。他说，在路上帮助别人是帮助自己。还没进入新疆，就已经感受到新疆的友善和热情，这无不让我们对未知的新疆充满敬意。

在星星峡附近有一个加油站，10 分钟的时间，大家停下来歇歇脚。

在不远处的一块荒草丛中有一片停放高速公路事故车辆的停车场。通过锈迹和斑驳可以看出，如今这个停放废弃车辆的停车场也已经废弃了。湛蓝的天空下，阳光把废弃的铁皮灼得滚烫，人类的工业废墟被丢弃在荒野之间。越往深处走，这些惨遭车祸的汽车遗骸越让人感觉毛骨悚然，一辆辆扭曲变形的汽车尸体无声地凝视着你，像某种强大的磁场在唤起一种觉醒。

返回路上继续前行，戈壁尽头逐渐浮现出连绵不绝的山脉，天山出现在了右手车窗外。在巍峨雪山的注视下，前行的路显得更加庄严神圣，搭车旅行的第十四天，我们进入了魂牵梦绕的新疆。

## 【馕坑肉】

说起新疆，大部分没来过新疆的中国人的第一反应都会蹦出几样东西，羊肉串、葡萄干、哈密瓜、维吾尔族美女。而对于我来说，到了新疆第一件事不能干别的，必须得先验证一下之前二十多年吃到的羊肉串是不是真的，这有着 1800 多年烤羊肉串历史的疆土到底烤出来的羊肉串是什么味道的？临下车前，我向何强伟打听哈密最值得一吃的烧烤店是哪家。他毫不犹豫地说："小巴郎羊排，我常去，你们可以去尝尝。"

我们放好行李，漫步在哈密的街头。傍晚时分，天气好极了，街道两旁尽是高大的树木，街道上会有戴着维吾尔族帽子的当地人贩卖水果。正值下班时间，道路上车水马龙，虽然路边并不是高楼林立，但人声鼎沸，生活气息很足。哈密这座城市 70% 左右是汉族人，维吾尔族占总人口数不多，置身这座城市的第一感觉没有非常浓厚的异域风情。穿过一个街心花园，情侣坐在长椅上，少年在一旁追逐，老人慢悠悠地在扯满藤蔓的长廊下漫步，整个城市非常舒缓，原来新疆是这样，起码哈密看起来很悠闲。

夜幕降临时分，我们漫步到小巴郎羊排的店门口，一个不大的小餐馆里面空无一人，看了一下表：7：14。一个身材微胖的维吾尔族姑娘走了过来，她眨着大眼睛用不太标准的普通话说，现在还不是当地人来吃饭的时间，当地人吃烧烤一般在 8 点左右。根据她的推荐，我们点了烤羊排、馕坑肉、烤肉筋。在西安生活久了，吃烤肉一个人都得 20 串往上叫，到了新疆可千万不能用固有的逻辑去点羊肉串，新疆的羊肉串个大肉美，用维吾尔族姑娘的话说，3 个大小伙子也不一定能吃完 20 根羊肉串。

我们最终点了 1 份羊排、4 串馕坑肉、4 串羊肉串、1 份凉菜、1 个馕，维吾尔族姑娘不允许我们再点下去，她觉得两个人一定吃不完。

今日入疆，我们想着得喝酒庆祝一下。10 分钟左右，一个盛满羊排的铁盘子端上来了。还没等吃，那股浓郁的香气已经让人垂涎三尺，我用筷子夹了一块放到嘴边，羊排外皮烤得酥软金黄，一口下去鲜香多汁，用三个字来形容就是"好满足！"为什么别的地方的羊肉烤不出来这样的味道呢？询问得知，有两个原因，一个是羊肉不一样，再一个就是这里的羊排不是在炉子上烤出来的，新疆的烧烤方式非常神奇，是用馕坑烤出来的。说起这馕坑，它应该算是新疆的一宝了！除了烤馕，新疆人把这馕坑运用到了极致。把羊排放进馕坑里烤就成了烤羊排，把包子放进馕坑里烤就成了烤包子，把肉挂在馕坑里烤就成了馕坑肉，一个不起眼的馕坑烤出了舌尖上独有的新疆风味儿，当然这馕坑的火候控制也是非常有学问的。

那晚数量不多的几串肉硬是没吃完，乌苏啤酒喝得人昏天暗地，在新疆的第一晚我们是带着幸福的醉意睡去的。

## 【新疆见闻】

可能是前一天车上的空调冷气开得太足了，早上起床我感觉嗓子非常不适，浑身没劲儿，我应该是着凉感冒了。旅途中最不希望发生的事情来得有些措手不及。我吃了几粒感冒药，慢慢走到窗边，透过白叶窗的缝隙看到窗外阳光明媚，今天继续向西走，争取抵达鄯善。老李问需不需要休息一天，我拒绝了，有时候一休息反倒病情会加重，不如放松心情继续前行，我想这点路对于我来说是没问题的。我们整理好行囊，离开酒店。

在住处不远的地方有一个农贸市场，出于好奇，我想进去逛一逛，一来接接地气，二来挑选一个哈密瓜。我背着硕大的旅行包往市场里走，一个维吾尔族大叔叫住了我，他的左手胳膊上套了一个红袖标，写着三个大字"安全员"，手里拿着一个手持安检机在我的包上来回地扫，并让我出示身份证登记。我回头一看，原来不只是我，两位维吾尔族大娘正排在我的身后等待着被安检，原来这已经是约定俗成的规矩。我笨拙地放下背包，从内包中掏出身份证，登记好，这才进入了菜市场。仔细地观察了一下刚刚通行的入口，门卫除了那个检查我的大叔，还有一个大叔坐在旁边的椅子上，左臂上挂着一个同样的袖标，右手环抱着一根一米长的粗木棍，门半掩着，随时都可以用挂在上面的铁链将门牢牢锁住。

这可能就是很多人对来新疆的一种担心，自从发生过暴力事件以后，在外人眼里治安问题成了新疆最大的问题，包括此时正跟在我身后的老李，一路上已经反复给我讲过他的朋友几年前在新疆某酒店门口被人索要钱财的经历。在抵达哈密之前，老李甚至提议过进入新疆地界天黑以后不出门等安全措施，我完全理解，但作为一个旅行纪录者，我更想亲身去感知这片土地和这里的人们究竟是怎样生活的，从客观的角度去全方位感知当下的新疆。眼前的这一幕让我觉得，如此高等级的防范措施，曾经脑海中的某些顾虑略显敏感了，可能只有来了新疆你才会知道什么叫真正的安全感！

菜市场太"新疆"了，和我脑海中的样子很像，当季也正值瓜果飘香的季节，四处的摊子上摆放的都是各色新鲜的水果和干货。农贸市场热闹非凡，但很明显这里的生活节奏很慢，各民族同胞无论是店主之间还是和客人之间的闲谈，都像是一个巨大融合的自由社区，来往的人都像多年交情的街坊邻里，毫无陌生感，尤为融洽。

在一家顾客挺多的水果摊前我看到了哈密瓜。哈密，瓜以地得名，地以瓜闻名。赶上这个季节来到这，怎么能错过这座城市享誉世界的味道，在摊前让维吾尔族老板帮我们选了一个小号的瓜，老板顺势帮我们切分开。但现在还不是吃它的时候，因为我们想带着这个"哈密"上路。

接近正午时分，我们徒步在去往哈密出口的路上，酷热和阳光的暴晒让人想找个地方歇歇脚。在高速路口附近，我和老李决定歇口气，掰开一牙哈密瓜开始享用，那清甜的味道，在酷暑下如一丝甘泉流入心田，这是旅行者对这个城市象征最崇高的致敬了，不是在电视机前，也不是在用晚餐后，而是赶路者在疲惫不堪时用它止渴解暑。

远处一位高速养路工人推着滚烫的油漆车在暴晒下向我们走来，离老远就可以看见，他穿着长袖外套，把毛巾围在头上，应该是为了防止暴晒。这么热的天穿着这么厚的衣服，还推着滚烫的油漆车，既然一个瓜两人吃不完，不如和有缘人一起分享吧。

养路工人是个年轻的小伙子，他很客气但也欣然接受了邀请，并叫来了远处另一个同伴，四个人一起坐在树荫下吃瓜。他说干这行一个月能赚6000多块钱，但实在是太辛苦了。我问他有换工作的想法吗，他撇着嘴摇摇头说别的他也不会干，就图个稳定吧。在得知我们是搭车旅行的，他和同伴在年复一年工作的公路上为我们滔滔不绝地比画着，规划着能最快搭到车的位置。他们建议往前徒步一小段去另一条公路上搭车，那里成功的概率会大很多。吃上两块哈密瓜，肚子饱了，离别时老李把剩下的瓜都留给了他们，希望他们一会儿热了继续用它解暑。这一路上我们得到那么多人的帮助，用一座城的名字得名的瓜果来帮助这座城市的人，反倒觉得这挺好。

再见，哈密。

## 【*爱的救护车*】

徒步了几公里，路边没有一处阴凉地，只好在烈日下开始今天的搭车，目标是吐鲁番鄯善县。无数大型货车从我们面前驶过，卷起的风浪令人恨不得把头藏进衣服里。太煎熬了，我的咽喉伴随着一阵阵的疼痛，感冒好像加重了。

暴晒的荒漠的戈壁滩让人想找个地缝钻进去。大概晒了 10 分钟，远处一辆飞驰而来的 120 救护车减速停在了我们的面前。我是产生幻觉了吗？海市蜃楼吗？我看了看老李，他直勾勾地看着我。这什么情况啊？无人的戈壁公路上一辆救护车停在搭车旅行者的面前，不禁让人想到了《大富翁》游戏，被炸伤之后救护车前来营救，车上的人是不是误解了我们的意思？没等我再往下想，从副驾驶的窗户里探出了一张俊朗的面孔，蓝色的 POLO 衫，利落的短发，一个热情洋溢的维吾尔族小伙子用不太流利的汉语问是要到鄯善吗，我赶忙说："我们是搭车旅行的，能不能带我们走一段？"

他看着我："嗯，我们到乌鲁木齐，路过鄯善，上来吧。"紧接着副驾驶位置上坐着的维吾尔族青年打开门利落地从救护车上跳下来，开始帮我们抬行李。这一切发生得太突然了，救护车、维吾尔族小伙子，我不敢相信眼前的这一切，也许是还没有完全被带入新疆的节奏，第一次有维吾尔族朋友为我们停下车，想着想着倒觉得有些兴奋。

跟着上了车，车厢内响着很大声的维吾尔族歌曲，驾驶室坐的那位维吾尔族青年，留着稍长一些的头发，他笑着向我点头以示友好，这时副驾驶位置上的那位短发小伙子，转过身递过来两张卡片。仔细一看，是身份证，难道维吾尔族朋友都是这样打招呼吗？驾驶室的那位长发男子叫买买提，短发男子叫买日当，两个人的年龄都与我相仿，买日当指着自己的身份证，用蹩脚的普通话说道："名咋！"

找点点头，把身份证还给了他，从包里把我的身份证也掏出来递给他，"这是我的名咋……"

他耸耸肩膀，表示看不懂。

我说："白嵩，我叫白嵩。"

他挑着眉毛，睁大眼睛，一边微笑一边伸出右手："你好，白送。"

……一边和他握手，一边笑着，他看我笑了，自己笑得更高兴了。真是谢谢你了，给我起了这么一个新名字："白送。"

车上的音乐一水的维吾尔族歌曲，买买提遇到自己喜欢的歌就会兴奋起来，他会一边开着车一边把方向盘当作手鼓，双手跟着音乐打着拍子，"咚咚，哒，咚哒……"一直这么循环着，买日当会时不时地大臂带动着小臂，那是标准的新疆舞动作，他们一边笑着，一边跳着，极具感染力，或许那早已是他们的一种生活方式，想尽办法地取乐自己。你只需要静静地旁观，就能直观地感受到维吾尔族朋友血液里流淌的那种能歌善舞的基因代码，音乐响起，他们就进入了另外一种状态，高速公路外茫茫的戈壁滩与车厢内的欢笑形成了极大的反差。我也不时地跟着音乐晃着脑袋，享受这奇遇般的旅程。这里是新疆，无须语言，一支歌曲足以让我们互相熟悉。

买日当用蹩脚的普通话说，他们兄弟俩是乌鲁木齐医院的救护车司机，前几天开着这辆车送一位外地的病人回成都，任务完成现在正返回乌鲁木齐执行新的任务。中途我换了个座位，坐到救护车后舱的病床边，各式各样的医疗用具把我包围。我掏出耳机放了一首脑浊乐队的《爱的急救车》，肖容那慵懒的嗓音吟唱着："如果你的理想需要急救车，请你给我打个电话好不好……"我从腰包里掏出一张出发前梁凤专门替我们手绘的明信片，在上面写好文字，敲开驾驶室隔板的玻璃，买日当接过明信片，他跟着驾驶室里音乐的节奏点着头，嘴里不停地说："谢谢，谢谢。"

我意识到他可能看不懂汉文，于是一边指着那两行字，一边告诉他写的都是什么意思："爱的急救车，感谢一路有你。"买日当一听，哈哈哈地笑了出来，用维吾尔族语告诉了正在打节奏的买买提，买买提一边大笑一边说："谢谢，谢谢！"

我说："谢谢你们才对。"

车厢内传来了一阵爽朗的笑声。

在鄯善县附近的国道分岔口，爱的急救车放下了我们，两个维吾尔族兄弟要加快脚步赶往乌鲁木齐方向，那儿还有更多需要他们帮助的人在等待着他们。我跳下了救护车，兄弟俩也打开车门跳了下来道别，拥抱。

迎着落日，我们向鄯善县的县城方向徒步，今天的相遇令人很兴奋，第一次得到维吾尔族朋友的热情帮助，也第一次融入了维吾尔族朋友的日常生活。我也越来越相信那个传言，越往西部走，车变得越好搭了。

盘算了一下，到了新疆地界搭上车的效率真的比之前有了大大的提高。旅途不就是时间、地点、人物吗？在不同的地方相识一方水土养育的一方人，感受他们不一样的生活，不断刷新对世界的认知，然后再由下一个在路上的朋友带我们去往下一个地方，前方的路还很长，救护车不仅救命，还治愈了向西的旅者思想的顾虑，只要心存善意，面带微笑地与这个世界拥抱，会有更多和你一样的人，在你需要帮助的地方给予你回应。脚下变得更有劲儿了，在被落日余晖洒满光芒的戈壁公路上，整个身体变得轻盈。

【火焰山往事】

鄯善，古丝绸之路要冲。鄯善向西行便是吐鲁番市，在两地之间有一山，山体呈火红色，连绵不绝100多公里。《西游记》中对此山的描写："无春无秋，四季皆热，方圆八百里寸草不生。"此山不是别个，就是"火焰山"。

去火焰山之前，我们计划让出租车司机先前往吐峪沟。吐峪沟是一个大峡谷当中的古村落，曾是佛教和伊斯兰教的圣地，也是新疆最古老的维吾尔族村落之一。为了不浪费时间，我们在宾馆楼下包了一辆出租车，谈好了价钱，一次性走完吐峪沟和火焰山两个地方。出租车司机是个汉族中年男子，炎热的车厢内，他以空调坏了为由拒绝开放冷气，要知道吐鲁番是中国最热的城市，空调是出租车最基本的服务功能。出租车窗户大开着，吹进来的风有些烫脸，为了保护那面瘫刚好的半张脸，我干脆把窗户关上了，因为医生嘱咐过一定不要常吹风。

汽车晃晃悠悠地行驶在布满黄土的山路上，车厢里的温度让人煎熬。可能是出租车的密封性太差，地面上的黄土灰尘不知从汽车的哪个缝隙钻进了车厢，司机和老李赶忙都关上了窗子，整个车厢像是被扔进来了一个烟雾弹，我赶忙把挂在脖子上的运动毛巾捂在鼻子上。滚动的灰尘在车厢内翻滚，灰落在衣服上，落在司机流着汗的脖子上，那司机一边咒骂着，一边捂着自己的嘴。

高温加上灰尘，每一秒都是煎熬般的折磨，老李也不耐烦地在一边抱怨，这个车厢被负能量填满。又开了一小会儿，司机把车停在了悬崖边，我推开车门跳下车去换口气。一抬头，眼前的一幕令人震惊，"这过不去了？"我对着司机喊道。

"不会啊，这条路是去吐峪沟的老路，一直都通着啊。"他一边说一边从车里走出来。

我突然意识到一路走来为什么没遇见一辆车。老李开口问："你上次走这条路是什么时候？"他的回答更是令人大跌眼镜。

"一年前！"

由于这位出租车司机路线选择错误，县城通往吐峪沟的那条老路正处于维修状态，乱石堵住了去路。我问接下来该怎么办，他说没有办法，如果绕路去的话就必须得加钱，随后他指了指前面被堵住的峡谷说："车是肯定过不去了，你们要真想去，从这山涧往下爬，应该也能到。"

我和老李此刻非常恼怒，连看他一眼都觉得浑身难受，更没有兴致再听他废话。我走到悬崖边探头向下看，山谷深处有一条清澈的溪流，顺着溪流向远处望去，山谷的尽头是一处密林。我环顾四周，山上寸草不生，清一色的黄土，这和那溪流与密林产生了极大的反差，远处的山上有几台挖掘机，依稀可以听到有施工的声音隐约传来，这里不可能过去，路全被堵死了，有些地方甚至有滑坡的痕迹，土地干裂且松动，没有一点下脚的余地，在这种地方冒险只有一种可能，就是丧命。

这时司机走过来，指了指山谷深处的绿洲："看，就是那个地方，那就是你们要去的吐峪沟村落，在这就能看到。我跟你们讲，那村子也没啥看的，这山路也不好走，走吧，咱们去火焰山吧！"

老李心中的火一下窜了上来，开始跟司机争吵起来。我很明显地感觉到，这是一场有预谋的骗局，但荒郊野外也不是争吵的地方，如果司机一气之下走了，徒步出山谷那就更惨了。想到这，我赶忙劝了劝老李，一同上车掉头前往火焰山方向。

车一发动，本来平复的灰尘又飞起来了，这真是悲惨的遭遇，心里的忍耐已经接近临界线，一路上没有人再说话了。我蜷缩在后座上，用毛巾遮住了整个脑袋，只留一个缝望着窗外。

抵达火焰山已经下午三点多，司机走下车伸了个懒腰，说在停车场等我们。我问这里一般要游览多久，他推了推鼻子上的墨镜笑着说："快的话 20 分钟，最慢的话也就 40 分钟，没啥看的，快去吧！早去早出来，我回去还交班呢！"

我和老李听罢，慢悠悠地走到景区售票处附近的商店买了瓶冰镇饮料，坐着休息了大概 20 分钟，缓过神来，起身买票前往景区大门。火焰山，《西游记》里拦住唐僧师徒去路的那座山，孙悟空三借芭蕉扇正是为了熄灭火焰山上的火。神话故事也是有来源的，因为这里是中国最热的地区。

走进景区，到处是《西游记》主题的人物雕像，在下沉广场甚至还立了一根巨大的金箍棒造型的温度计，仔细看了一下，今天的地表温度在58℃。想了想刚刚的遭遇，那充满灰尘的车厢，这遭遇真的像是西行路上的一难，好比唐僧师徒一路遭遇的磨难。身边的游客都在那根巨大的金箍棒造型的温度计和孙悟空等西游记人物的铜像周围合影，好像没什么人对远处真正的火焰山感兴趣。人们都撑着太阳伞，匆匆拍照匆匆离去，旁边一个大妈说道："这地方一辈子来一次，足够了，真遭罪。"可能天气确实太热了，在城市习惯吹空调的人根本无法忍受这种炎热和缺水的干，但我认为来到火焰山只和雕像拍几张照怎么能说自己真的来过？

从观景台往火焰山的山脚走，步行起码需要15分钟。走着走着，地表开始干裂，恍恍惚惚有种进入了恐龙灭绝时代的感觉。距离火焰山越近，山的奇特更加明显，整个山体呈深红色，表面尽是沟壑。

红色山体的起源是在1.45亿年前的白垩纪时期，这一地区的砂石中含有大量的铁，经过高温和雨水的洗礼，铁元素被氧化了，再加之喜马拉雅造山运动，一座颜色似火的山脉就屹立在了丝绸之路西行的古道上。那真是上亿年地貌变化而雕琢成的艺术品。

目测了一下，火焰山有很多个自然形成的阶梯，我们在有着几人高的沟壑里向上攀爬，四周静极了，没有一个游客，喧闹早已被抛在脑后，只能偶尔听见阵阵风的声音。每逢走进一片阴影，置身于此能感受到阴影带来的凉意。大概爬到了半山腰，我从沟壑里爬了出来，回头再看，来时的路竟如此平缓，抬头向前望去，火焰山的山势如同海中的巨浪，在眼前翻滚。

　　坐在一块岩石上，我想起了玄奘，但不是《西游记》里杜撰出的唐僧，而是历史中真实存在的玄奘。电视剧《西游记》对中国人的影响太大了，以至于玄奘真实的西天取经之路很多人却并不熟知。神话故事里火焰山是一难，但现实中这是玄奘西行的一块福地。当时火焰山附近便是西域三十六国中的高昌国，这个国家信奉佛教，一天国王得知东土大唐来的高僧玄奘由此经过，便盛情款待这位僧人。

　　高昌国当年处于一个很尴尬的地理位置，北方匈奴，东边大唐，无论哪方，高昌国必须在一对敌手面前站好自己的立场，而此时的高昌国又急需一位智者指点迷津，国王觉得玄奘应该就是最佳的人选。

　　他再三挽留，希望玄奘可以留下来当国师，可玄奘一心只为西行，《三藏法师传》中写道："高昌王的挽留最后变成了威胁，法师务必留下，否则只能遣返大唐。"众所周知，玄奘西行并非官方许可，一旦遣返，对于玄奘来说一切付出前功尽弃，于是他绝食反抗。最终在绝食的第四天，高昌王被玄奘舍身求法的精神打动了，二人在佛前结拜为异姓兄弟，高昌王举全国之力助玄奘西行。他为玄奘准备了 30 套不同的衣物用来抵御风沙和寒冷，并准备了黄金 100 两，银钱 30000 两，绫绢 500 匹，马 30 匹，随从 25 人，徒弟 4 位，还配备一位高昌官员随行。高昌王给的路费足够这个小团队 20 年的花销。考虑到接下来的地界受西突厥管控，高昌王又亲笔给西突厥可汗写信，恳请可汗不要为难西行取经的玄奘，并请求可汗下令西边的国家赐予玄奘马匹并护送出境。为了打点到位，高昌王还为沿途 24 位国王准备了厚礼，叮嘱他们多多关照玄奘。

如此大的支持，是玄奘西天取经不可忽略的成功因素，这段历史也成为丝绸之路上最具传奇色彩的往事。深为感动的玄奘最终决定，西天取经归来后会回到高昌国讲经 3 年，然后再返回大唐。

而数年后玄奘学成归来，途经于阗国时，得到了一个令他难过的消息，高昌国早在 3 年前被大唐灭了，高昌已是大唐的西州，而曾经的拜把兄弟高昌王麹文泰也早已离世。高昌国已不复存在，结拜兄弟不幸离世，玄奘带着忧伤最终决定调整返程线路直抵长安。

如今望着连绵数里的火焰山，我想象着这位东土大唐来的高僧从独自一人到一行 30 人的马队是如何从这里经过，那西域风沙中的兄弟情义又是何等的豪迈。慢慢地太阳就快下山了，往回走的路上，我捡了几块红色的石头，红色有着好运的寓意，希望它们能在西行路上给我带来些好运。

停车场里停着的车几乎都走完了，剩下几辆出租车无精打采地停在那里，司机看见我们两人出来了，一下跟被电打了一样站起身来，喊道："你们在里面干啥了？啥东西这么好看？能看这么久？"

……

## 【行吧！】

离开鄯善前我们去了一趟库木塔格沙漠。我早就对这片沙海满怀期待。与敦煌的鸣沙山不同，库木塔格沙漠因鄯善这个县城而奇，因为全世界没有几个地方是沙漠与城市零距离接触，库木塔格沙漠却是其中之一。鄯善老城的边缘地带就是库木塔格的黄沙漫漫，城市与沙漠之间几乎没有任何过渡，一面黄色，一面绿色，无论再大的风，沙子也不会侵蚀城市半步。西域真是个传奇，大自然太眷顾鄯善了，在这里留下了一个个神奇的作品。

前往沙漠的路上，老李说了他对本次旅行的一些见解，他觉得这次纪录片的拍摄工作，素材可能有些不够用。说到这，我有些许无奈，一位电视台工作了17年的专业摄影师说他的纪录片素材拍得不够用，我甚至觉得这个问题应该是用来自己反思的，而不是拿出来抱怨的。

此行我背着电脑，所以每天临睡前我都有一个固定工作，就是把当天两个人所拍摄的素材一同导入电脑硬盘。一路走来，每天我的拍摄素材都是20G左右，老李的素材大概在3 5G。我的素材多是记录旅程，而他的素材多半是空镜头和一些精心设计的风景画面。

我安慰他说素材非常够用，我几乎拍摄了所有与陌生人对话的记录和搭车寻路时的素材，同时在每一个关键的节点上都拍摄了现场介绍和情况介绍，这可以更好地在后期进行二次创作。老李没多说，最终就说了一句话："行吧！"

我不知道这句话想表达什么意思，但我也深刻地意识到，在出发前还是没有很好地明确分工，导致两个人各自的拍摄都有点随心所欲，缺少了业务上的配合，并且总有一种感觉在两人的关系中逐渐放大，原来的熟悉变得有了一层隔阂。原本都以为两个无话不说的朋友在路上就算遇到问题也可以解决，或许是因为在路上生活在一起，所有好的坏的缺点完全暴露在对方面前，有些话突然就没法往深了说了，你怕你说完对方会瞎想，旅途会不欢而散。在路上，一切赤裸裸的现实都展露无遗，但又有什么办法呢？还得接着在路上。

## 【坎儿井】

没有发生任何争执，因为这是工作，我必须要站在工作的角度来说明问题，老李应该也意识到了问题的所在。在鄯善的客运站，我们乘坐一辆客车前往吐鲁番，一个多小时的车程就到了。沿途经过了一些村庄，村庄农田里总会出现棱角分明的砖房，这好像是吐鲁番地区独有的建筑，房子外壁镂空出十字花的洞，自成一景，很是漂亮。

我向车上的本地人打听才知道，原来这些砖房不是用来住的，而是葡萄干的晾房，那些晾房墙壁上好看的洞是为了通风而设计的。

打我记事我就知道吐鲁番的葡萄最甜，这个概念存在于绝大多数中国人脑海里。而吐鲁番还有一个特别吸引人的东西叫"坎儿井"，那是吐鲁番地区一种神奇的灌溉系统，它与万里长城和京杭大运河并称为"中国古代三大工程"，早在《史记》当中便有记载。

去坎儿井那天，天气非常燥热，这个景点可以说是把坎儿井的原理完全呈现在游人面前。顾名思义，坎儿井是一种在地下的井。走近坎儿井，你可以清晰地看到它的独特构造，井下的气温很低，像是一个大冰窖，很难想象干燥的吐鲁番地下竟是如此的清凉，昏暗的洞穴中可听到清泉流淌的声音，暗河里的水在周围"哗啦啦"地流淌。

为什么会有坎儿井？还是因为缺水。吐鲁番地区地表干燥，加之土壤的结构特点，导致冰山雪水融化后地下水藏得比较深，一千多年前生活在这里的老祖先便研究出一种特殊的灌溉系统。这个系统由竖井、暗渠、明渠和涝坝四部分组成，主要利用山的坡度，引地下潜流灌溉农田。由于是暗渠灌水，所以也不受风沙的影响，让后人受益至今，可以说是一项伟大的发明。

一个维吾尔族姑娘从身边走过，我注意到她手里拿着一个木桶，好奇地跟了上去，跟随她来到坎儿井上游出水口的附近。她小心翼翼地俯下身把水桶轻轻放进水里，我在一旁轻声问道："这水能直接喝吗？"她点点头，早已口渴难耐的我和老李赶忙凑了过去，用手捧了一捧水，一口喝下去。嚯，真是冰凉甘甜！不愧是冰山融化的雪水，沁人心脾，太解暑了。我接着又捧了一大捧，一饮而尽，没倒进嘴里的水顺着下巴流进了脖子里。

古代中国最炎热的城市，没有科技制冷的仪器，如果再没有了这神奇的坎儿井，很难想象人们该如何熬过夏天。

## 【车师前国】

汉武帝时期，张骞奉命出使西域，在西域发现了"三十六国"，后统称"西域三十六国"。光听这个名字，就酷到没边儿了！之前在火焰山提到过的高昌国就是其中之一，但吐鲁番境内还有"一国"，而且留下浓墨重彩的历史遗迹，它就是两千年前的"车师前国"，而今天这里被称为"世界上最美的废墟"。车师前国这个古老的国度虽然早已废弃在荒野中，但沉睡不醒的它却完好地保留了两千多年前原始的城市样貌，因曾经地处两河交汇之处，所以称它为"交河故城"。

站在交河故城遗址的制高点向远处俯瞰，黄土残留下来的城市遗迹填满了整个视野，不难看出这里曾经是个大都市：建筑宏伟，错落有致。这里的形制布局与唐代长安城相似，城内市井、官署、佛寺、佛塔、街巷，以及作坊、民居、演兵场、藏兵壕都有据可依。而这座城市最惊人的地方不是它的大，而是所有的建筑并不是从地上加盖而成，眼前的每一处建筑竟然都是从高耸的台地向下挖出来的。天哪！很难想象古人是用什么样的技术完成如此浩大的工程，而他们就居住在地表以下挖出来的建筑中。

据说居住在里面会有冬暖夏凉的奇效，此时我不得不感叹如此神秘的西域，到底还有多少文明被无情的风沙所掩埋，庆幸的是两千多年的风吹雨淋没有毁坏这世界上遗留的最大、最古老、保存最为完好的生土建筑城市。交河故城堪称奇迹，它应该算是目前为止西域这片土地上的"古迹活化石"。面对如此庞大的城市，人的脑海中都会发出一个疑问，这么大的城市怎么就毁灭了呢？翻阅西域的历史，从这一条条街道、一座座亭台楼阁去梳理上千年前的蛛丝马迹，曾经的人声鼎沸回到这一片废墟之上，时间让这里变得死寂一般。这时耳边仿佛飘来一曲苍凉的羌笛，曲中演奏着公元 450 年匈奴大军围困车师前国八年之久，车师前国国王弃城而逃的故事。从那以后，"车师前国"这一曲便从史册中彻底消亡。

我随着风的指引漫步到这片废墟当中，在一个四面以墙为主的地方停下了脚步。我惊奇地发现保存还算完好的墙面上有许多食指粗的小孔，小孔遍布墙面的多个角落。我原本认为这应该是腐朽和风化，再或者是虫蛀之类的破坏，没想到一旁蹲坐着的老人对我说："这洞是人为的，那是车师人的大智慧。"

人为的？"这小孔是两千多年前就有的？"我追问。

那老人站起身，说道，这荒漠上有一种树叫胡杨，胡杨树千年不死，死后千年不倒，倒后千年不朽，而这神奇的树木就像是西域风沙中的古老神话，今天我们在交河故城的墙壁上看到的小孔，仔细往小孔的深处看会发现里面会露出一点木头，那上千年的木头正是古车师前国人在修筑城市时把胡杨的树枝插进了墙里。这样做的原因有两点，一是胡杨木不会腐朽，它们还会在墙中吸收多余的水分；二是胡杨木的存在达到了如今钢筋的效果，它可以对建筑起到加固的作用。没想到这一根小小的胡杨木竟然有着如此大的作用，不禁让人猜想或许正是这一根根插入墙体中的胡杨木棒，才使交河故城在这荒漠中屹立了 2000 多年不倒。

胡杨，大漠的传奇。

## 【中国最低点】

那一天清晨，我被窗外街道的喧闹声吵醒。又是万里无云的艳阳天，吐鲁番夏天的气温好像与凉爽无关，这个盆地中的人早就对此习以为常了，可外来人依旧需要长时间去适应。我曾经想弄清这个中国最低的盆地的最低点究竟是什么样的，来之前我特意查找了很多的资料，得知有个坐标叫"艾丁湖"，那里是吐鲁番盆地的最低点，低于海平面 154 米，是继约旦死海后地球陆地的第二低点。一个盆地，最低的地方是一个湖，一张3D 透视图浮现在我的脑海中，这太有意思了，必须得亲自去看一看。

我和老李在楼下打车，停下的司机每当听到我们要去艾丁湖，就挥挥手，表示不去。

奇怪了，怎么都不往那边走呢？过了大概 20 分钟，依旧未果，我们便回宾馆让前台帮忙找一位司机。半小时后，一位维吾尔族大叔出现在我们面前，他同意带我们前往，但价钱要得不低。上车后，我问维吾尔族大叔为什么其他人都不往那跑，大叔说："那个地方现在没人去。"

我说："中国海拔最低的地方现在没人去吗？"

"没人去！"他秒答。

我奇怪地问："为什么？"

大叔往嘴里灌了口茶水："那地方周围没其他景点，而且路太远了，我们跑车的到那不划算，旅行社也不带客人去，现在就很少有人去了。"

"那太好了，我就怕人多的地方。"我笑着对司机说道。

"你们这一看就是专业旅游的，我也很久没往那边跑了，刚好去放松放松。"大叔一边说着，一边扭开音量键，维吾尔族歌曲响彻车厢。

车真的开了很久，穿过城市，经过村庄，驶入戈壁，越开越荒凉，天和地面形成了一线，一望无际没有任何参照物，路上也遇不到过往的车辆。不知道过了多久，车慢慢地停了下来。我透过车窗往前看，一个收费抬杆拦住了车的去路，亭子里出来了一位腿脚不太方便的维吾尔族老汉，维吾尔族大叔推门下车和那老汉说起话来，几句话过后没想到两个人却吵了起来。我和老李一头雾水，3 分钟的争执后，维吾尔族大叔皱着眉头回到车上，一边咒骂一边说："我说我是司机，他让我也买票，我们当地人来这地方，哪个还会买票？真是……"

我惊讶地问道："大叔，这里就是景区大门啦？"

维吾尔族大叔转过头来说："对啊，你俩快去买票。"

我下车望着不远处的抬杆，面前的一幕让人有些哭笑不得，中国海拔最低点，这么神圣的一个坐标，这景区是不是有点太过于随性了？

买好票回到车上，维吾尔族大叔一脚油门冲过了"关卡"，那是一种一辈子都不想再从这里经过的气势。车就这么弹射出去，又在公路上开了一会儿，慢慢地，路的尽头出现了一个不大的广场。

景区里一个人都没有，走了没几步看见地上趴着一只足有手掌那么大的扁担钩，现在城市里长大的孩子可能很少知道扁担钩是何方神圣了。那是一种绿色的昆虫，属于蝗虫的一种，脑袋呈锥子状。只有在原始的地方才能见到个头如此巨大的扁担钩，上一次见这么大个头的扁担钩应该是二十年前在东北的稻田里，这足以说明艾丁湖这里的自然生态完好。顺着广场走就是艾丁湖了，湖的面积很小，水面非常平静，不时有几只鸟从湖面飞过，远处有成片的芦苇群，我们绕着湖的周围走，越过一些杂乱的荒草和树枝，走着走着就走进了一片干涸的浅塘。

我惊奇地发现这里的地表一直干裂到湖的深处。我用力踩了踩干裂的土地，可以清晰地感受到这不是短时间形成的地貌特征，而最令人惊讶的是，每当脚踩到地面上，石缝中都会爬出许多只小指甲大小的土灰色蜘蛛，它们就像被惊扰的亡灵，从缝中钻出，四处逃窜。接着往前走，因为距离河岸越来越近，干裂的土地变得有些松软，但可以清晰地看到，透过清澈的湖水，浸泡在水中的河床也是干涸的，那些干涸的裂缝一直延伸到湖的最深处。我从没见过这样的地貌，而再往前走，脚下干涸的地面有些让人站不稳了，不小心的话会有陷入其中的可能，没人愿意被蜘蛛爬满全身。

老李在远处的空地上摆弄着无人机，我继续往没人的地方走。往前走又发现了一条小河，我加快步伐朝着小河的方向跑去，没想到这一跑倒惊动了河里的生灵，一大片小鱼从河面上跳了出来，发出水花拍打的声音。大概两米宽的河道里，鱼都快要挤出来了，有些小鱼被水带到浅滩处，它们不停用力翻腾拍打着身体，努力回到水中。

这里真的太原始了，连鱼都没人捞，任其生长，几乎成灾。在这里捕鱼不需要渔具，随便丢一个袋子下去提上来就够两人吃晚饭了。我心想，如果今天带着帐篷过来在这里露营该多好。正想喊老李过来，低头转身时突然发现地面有两排已经干裂的犬科动物脚印，脚印很深，可能是雨天的时候留下的，蹲下仔细观察了一下，目测是狼爪！虽然脚印是几天前留下的，但我背后还是生出一丝凉意，顺着脚印的行踪往前走，一片芦苇丛挡住了我的去路，风吹过芦苇发出沙沙的响声。这时远处的司机大声地吆喝我，叫我别走得太远了，荒郊野外不太安全。我环顾四周，周围尽是芦苇和草丛，一阵风掠过，大片的草丛像是隐藏着狂欢者的屏障，这里有戈壁滩中少有的水源地，动物们都会到芦苇这里来饮水。不知怎么了，我感到肩膀一阵痛痒，侧脸往肩膀上看，一只足有拇指大的黑色飞虫正在隔着我的衣服吸血，我赶忙疯狂地抖动肩膀让它自然飞走。我心想糟了，这荒郊野外的地方吸血的有可能是毒虫，野外遇到这种事情很正常。我下意识地伸进腰包去摸青草膏，可怎么摸也摸不到，好像清晨把它放在了酒店床头，包里只有一瓶预防蚊虫叮咬的乳液。老天，你是在跟我开玩笑吗？

没等我多想，肩膀已经开始肿胀，接着发烫，我赶紧把半截袖子撸到肩膀，整个肩膀有些红肿，肿胀的圆心处有一个淡红色的红点，那是性感的"吻痕"。我掏出那瓶预防蚊虫叮咬的乳液，挤出一大坨涂向患处。

太残忍了，也许是太久没有游客来这里，吸血昆虫饥不择食，竟然隔着衣服就开始吸血。我担心再有毒虫飞来，于是便掉头往回走。没走几步，我听到左手边的草丛里有动静，便轻轻地放慢脚步，一只小狐狸从草丛中钻了出来。它一点都不认生，这太原生态了！我突然觉得自己好像正行走在没有牢笼的野生动物园。小狐狸试探性地朝我的反方向走了几步，停下了脚步，它盯着我，我一动不动地看着它，几秒钟后它回了回头，向草丛的方向望了望，闲庭信步般地从我面前走过，钻进了另一片芦苇地。我为这次偶遇感到兴奋，被惊吓，被吸血，被偶遇，这里的一切都真的太原始了。

与其说这里是个不被人待见的景区，不如把它定义为没太被破坏的自然区，因为这儿的无人问津为动物们的生长提供了很有利的条件。没有人类的丁顶，这里看起来更加真实、自然。而此刻也想提醒一下我的读者，如果有一天你来到艾丁湖，一定要带上一件不容易被刺透的服装，起码这样不会被昆虫隔着衣服吸血。

## 【干尸】

走在吐鲁番的街道上，我花一块钱买了一个酸奶蛋卷冰淇淋。那种酸奶的味道是童年的味道，如今在都市中吃到的冰淇淋总觉得牛奶的味道有些浓得过了，就像现在想在城市里吃个正经玉米都觉得难，市场里和餐厅里卖的都是水果玉米。虽说那种玉米很甜，但它根本已是另一种食物。老的食品既是一种味道，也是一种情怀。

吐鲁番这个地方说来也神奇，你说它酷热难耐，但它的热也热出了自我价值，就像任何事情都有两面性一样，这里干燥、高温的环境却帮人类保留下来大量完好的历史遗存，特别是在保存尸体方面尤为出众。

世界上出土干尸最多的地方不是埃及，而是中国新疆。西域地区的干尸不仅出土多，而且保存非常完好，如果来到新疆想看沉睡千年的尸体，一定要带着身份证去吐鲁番博物馆。我们在博物馆三楼找到了传说中的那具干尸，展厅的四周陈列着吐鲁番地区发现的各类干尸。（友情提示：胆小者勿入。）

无论是合葬的夫妻还是夭折的孩子，面容轮廓清晰可见，可以说相貌和神态都很真实了。在干尸身上可以清晰地看到包裹着尸体的彩色绸缎，有些干尸的皮肤保存得依旧完好无损，有的甚至胳膊上的文身都清晰可见。仔细端详能感受到曾经这些人活着时大体的模样。这时我终于弄明白了，为什么这几百年来很多欧洲探险者想方设法来西域寻宝、探险，原来这里是人类文明史被封存的宝贵一页，大量的文物和坟墓都完好地埋葬在茫茫戈壁的黄土之下。

离开吐鲁番的那一天，我恨不得脱掉衣服，外面的天气真的太热了！也许这是吐鲁番在用自己的方式与我道别。背着沉重的旅行包一步步行走在市区边缘的国道上，街道被烤得发烫，像铁板一样，热浪在脚下翻滚。

"就这吧！"老李一边说，一边卸下背包。

我跟着把背包放在路边，掏出准备好的一张纸牌子，上面写着今天的目标："达坂城"。达坂城这个地方因为西部歌王王洛宾的一首《达坂城的姑娘》而扬名天下。如果在中国提到达坂城，人们的第一印象都是歌词里的那句话"达坂城的姑娘辫子长啊，两个眼睛真漂亮"。对于这座城市，再也没有其他的认知了。为了漂亮的姑娘，我们决定要前往那里看看，看看这座城市到底是不是歌里写的那样。正巧这座城市的地理位置在吐鲁番和乌鲁木齐之间，今天就要去一睹传说中达坂城的姑娘到底有多漂亮。

### 【*风一样的男子*】

不远处有一个打着太阳伞卖葡萄的商贩。

"葡萄！"我猛地拍了拍大腿。

这几天光顾着跑了，都没顾得上尝尝吐鲁番原汁原味的葡萄。老李一听葡萄，也把手放在了脑门上，两人不约而同地朝着太阳伞走去。商贩是个汉族中年男子，看到两个背包客走了过来，拿起一长串葡萄喊道："来来来，坐下来尝尝葡萄。"我接过葡萄放在嘴里，嚯！甘甜多汁！"这是什么品种？"我问道。

"吐鲁番的马奶子，这是正儿八经的马奶子葡萄。"商贩说。

作为一个不常吃水果的人，我对水果的认知自然有限，不过口中的葡萄相比之前吃过的所有葡萄果肉更饱满，皮脆多汁！一种香甜在口中卷起龙卷风般的感觉，像一场香气四溢的倾盆大雨让口干舌燥的旅人醋畅淋漓。"这一串我们要了"，老李对商贩说道。商贩熟练地称斤装袋，付了钱回到路边两人都舍不得吃，我说："今天咱们到了达坂城，怎么着得用这吐鲁番的葡萄认识几个达坂城的姑娘吧。"老李笑着说："没毛病。"

这时候一个骑电动车的维吾尔族姑娘停在我们面前。我心想，说曹操曹操就到了。那姑娘好奇地看着两个外乡人手里的牌子问道："你们是搭车的人吗？"

我一听赶忙点头："对，我们想去达坂城。"

那姑娘一本正经地对我说："这条路不能搭车的。"

我赶忙问："那距离这里最近的地方，哪里方便搭车？"

姑娘说："你们可以去坐大巴，这里都搭不上车的。"

姑娘试图说服我们去乘坐大巴车，但那样做就违背了这个旅程的初心，我谢过了姑娘，还是想在这试试。因为一路走来这些好心人的建议通常是站在常规角度去考虑的，而搭车旅行本是常规生活以外的生活方式，所以自己的判断力和经验也尤为重要。老李同意我的看法。我们在街头一边忍受着吐鲁番的暴晒，一边伸手搭车。

过了大概 10 分钟，一辆车慢慢地停了下来。车主摇开窗户的时候我就感觉从车窗里飘出一股冷气，哇，太舒服了，大汗淋漓的两个人不由自主地把脸朝车窗又贴近了一点。听我说明来意，他还没说话，放在挡位上的右手已经开始整理副驾驶位置上的杂物。这个彬彬有礼的男士停顿了一下："我路过达坂城，上来吧。"

好家伙，太爽快了，此刻我和老李恨不得一下子跳进车里。地表的温度在逐渐地升高，如果还没有一辆车载我们，中暑和脱水在所难免。放好行李，我拉开车门，凉爽的冷气扑面袭来。和车主聊了几句，听他的口音，我不禁问道："你是东北人？"

"是啊，我黑龙江绥化的。"他一边扶着方向盘，一边平静地说。

"又是个东北老乡！"我和老李几乎不约而同地说出来。

车主笑了："咋的？你们这一路上还遇见过很多东北人吗？你们东北哪的啊？"

我一一回答他提出的疑问，讲述了这一路受到各种老乡帮助的经历，最后总结出真理："老乡见老乡，两眼泪汪汪啊！"

他叫张希尧，土生土长的东北汉子，因为工作现在举家移居到了乌鲁木齐。车一路西行，窗外逐渐出现星星点点的白色风车。张大哥说这就是达坂城著名的风力发电站，这里有很多个大风口，也正是因为风力过大，因此时不时会全段封路。

我惊讶地问："封路？风会大到什么程度？"

"车根本都开不了，之前遇见过风大得把石头都卷起来，打到车上都能打出坑来，这地方大风封路都是很常见的。"张大哥平静地说。

我望着窗外："为什么很多风车都不转啊？"

"这就是风力发电发的电太多了，根本用不完，所以有时候就不让风车转了。"

这还是我第一次听说，张大哥指着窗外说："现在路过的这个地方叫小草湖，这里有个很大的发电站。"

跟着张大哥的指引向窗外望去，一片片的风车群在戈壁上转动着旋翼，原本没有生机的戈壁一下变得灵动起来，漫山遍野巨大的白色旋翼一同共振，震撼极了。

"你们知道这里的风力发电站花销比较大的是什么吗？"张大哥问道。

我和老李无奈地摇着头，期待他的答案。

张大哥说："新疆这边的风力发电站花销比较大的是水，因为这些风口的位置一般都在干旱空旷的地带，所以工人吃水得从外面一车一车地拉水过来。这里水特别珍贵，在这里生活上一阵子你就能感受到。"

"张大哥，你懂的也太多了吧！"我表示敬意。

"咱就是干这个的。"他笑着回应道。

"啊？……您是干这个的？"

"对啊，我现在在新疆主要就是做风力发电机安装工作。"

张大哥笑着说。

我心里莫名地激动，这就是上天的安排，在风车最美的一段路上安排我们遇见了一位最懂风车的人。有了张大哥，这段路变得更加生动了。

在即将抵达达坂城的时候，张大哥放慢了车速："要不跟我直接去乌鲁木齐吧，达坂城特别小，如果你们想逛，我可以带你们在达坂城逛一圈，逛完干脆跟我走，不然从这地方再搭车可就不太容易了。"

张大哥的话说得很坦诚，令人觉得很放松，直接去往乌鲁木齐非常具有诱惑力，但我还是向他摇了摇头："我们要花点时间去看看达坂城的姑娘，看看她们到底有多漂亮。"

……

# 奇女子

**【达坂城的姑娘】**

"张大哥，为了表示感谢，我们把在吐鲁番买的葡萄留在了你的车上，特别甜，有缘再见！"看着张大哥的车消失在公路尽头，我发了条信息给他。虽然吐鲁番的葡萄只吃了一颗，但一颗足够了！把最甜的葡萄留给帮助了我们的好心人，遗憾的是用最甜的葡萄认识达坂城姑娘的计划破灭了。

沿着街道往前走，向路人打听才得知原来眼前这条小小的街道就是达坂城城镇的中心街道。街道两旁盖着一些矮房，它更像是西行路上的一个驿站城镇。路上没什么外来人，我这时想到了张大哥的友情提示，看来达坂城这个地方足够原生态，打眼望去整个街道没有什么像样的餐馆和住所。

"哼，行吧！"耳边传来老李标志性的感叹。

不知道又是什么让老李心里感慨了，我猜是现实与理想的落差。

沿着街道往前走，在一个菜市场附近碰到了一排门脸房，最靠近市场处有一家宾馆。几层高的小楼，牌子挂得高高的——"红英宾馆"。入口是一个堆满各种水果的窄道，与旁边的食品店相连。我打量了一下食品店的门头，牌子上面写着"红英大豆副食品店"，再往一旁看，食品店的隔壁门脸上挂着"红英商店"的牌子。怎么到处都是红英？这个"红英集团"像是个以小聚多的综合体，麻雀虽小五脏俱全，想必红英本人是镇上的大企业家了。就住在这里了。为了确定宾馆是否是从窄道进入，我向一旁头上裹着淡紫色纱巾的一位老阿姨问路，上了年纪的她虽然脸上有了褶皱，但那褶皱难以掩盖住她雪白的肌肤，她看上去非常瘦弱，胳膊上绑着一个红色的袖标，上面写着三个大字"安全员"。

老阿姨一边上下打量背着硕人旅行背包的人一身的行头，一边指着旁边的过道说："你们从这走。"我们径直朝里走去，右手边的木门开了，几个湿着头发，头顶还冒着热气的女学生从门里嘻嘻哈哈地走出来，门上写着两个大字"浴室"。女学生看见两个背着大包的男子出现在她们的澡堂门外，欢笑声戛然而止。

这时前面楼梯间传来了孩子的哭声，一个穿着白衫，年龄在 50 岁左右的男人抱着孩子出现在视野中。男人站在一楼和二楼的楼梯拐角的一个开阔小平台处，阳光刚好透过后面的窗户直射进来。他身后摆着很大的花架，架子上摆满了花盆，各式鲜花在泥土中争相开放，地上没有一片落叶和尘土，老板一看就是个爱干净的人。孩子大声地闹着，我从她身边走过时抓了抓她的小手，逗着玩地对她说："发生什么啦？"

那个男人笑着，一边轻轻地摇了摇孩童，一边也跟着轻声问："发生什么啦？"

孩子哭声未止，我继续往楼上走，一个扎着辫子的姑娘止步在了台阶前："你们是登山的吗？"那姑娘诧异地问。

　　"不，不，我们是搭车旅行的。"我答道。

　　姑娘上前帮忙卸下行李，然后又分别登记了我们的身份证，好奇地问"从哪里来啊？"老李一一回答了她的提问。

　　"你是达坂城的姑娘吗？"我笑着说。

　　"是。"她含蓄地笑了笑。

　　"听说这里的姑娘都特别漂亮。"我接着问。

　　"那都是王洛宾瞎吹的。"她抿着嘴笑着说。

　　"为什么说是瞎吹的？"我问。

　　"你不是亲眼所见吗？"说完这句话，她开始自己捂着嘴笑了起来。

　　我反应了一下，赶忙说道："你很漂亮啊，你是哪个民族的？"

　　"回族。"她说道。

　　"我们是从西安过来的，西安回族朋友也特别多。"

　　"啊，西安很有名啊，有个回族小吃一条街是吧？"她眨着大眼睛。

　　"对，去过吗？"我问。

　　"没去过，以后会去。"她笑着说。

　　办理好入住，我们把行李放在了屋里。这时候我们有点想念葡萄了，虽然没有葡萄，但是依旧得认识一下达坂城的姑娘们。我们换上轻便的服装，现在最想的就是出去转转，在这阳光明媚的午后。

相比吐鲁番的天气，达坂城要凉快许多，这给旅行中的 9 月增添了好的心情。从西安出发，一路走来，由于地理环境，越向西越热，终于在这里感受到了怡人的秋日时光。出了宾馆一楼那条窄道，刚刚那位登记身份证的达坂城姑娘抱着那个原本在男人怀里哭闹的孩子坐在椅子上，孩子已经恢复平静，不难看出她就是这孩子的妈妈。见我们下来，她点头微笑打了个招呼。

我问："难道你就是红英？"

她有些懵，张着嘴望着我。

"我的意思，你就是这家店的老板？"我用手指着门头上的"红英"，向她解释。

她大笑起来，左手搂着孩子，右手指着红英商店门口坐着的那位包着淡紫色头巾的老阿姨："她才是。"

视线转移到刚刚还问过路的老阿姨身上，阿姨一脸无辜地看着我。

那抱着孩子的姑娘又接着说："她是我婆婆，老板是我公公。别看我婆婆现在老了，她年轻时才是达坂城的漂亮姑娘。"说完把脸凑近怀里的孩子："这是我女儿，她也是达坂城的姑娘。"

突然出现这么多达坂城的姑娘，一时让我有些回不过神了。拜见过红英阿姨后，我和老李决定先去逛一逛达坂城，再回来和达坂城的姑娘们好好交朋友。

　　离开城镇的主道，沿着一条新修的公路往前走。路的两边都是有一定年纪的老树，公路的左边开始出现草坪和公园，眼前的一幕有些像欧洲的小镇，空气清新，绿草如茵，如果再有一杯茶或者咖啡就更好了。真想在这安安静静的午后好好地发会儿呆。漫步在达坂城的街道上，嘴里不由自主地哼着王洛宾的《达坂城的姑娘》的旋律，脑海却突然出现了台湾女作家三毛，想起她和王洛宾之间的那段传奇情恋。

　　那年王洛宾77岁，三毛47岁，三毛在给王洛宾的信中写道："我们是一种没有年龄的人，一般世俗的观念，拘束不了你我。"

　　我对这样的文字没有抵抗力，因为对活得自在洒脱的人一直抱有高度好感，好感可能来源于与世俗眼光的对抗和某种奋不顾身的勇气。王洛宾在得知三毛自杀后，十天内独饮八瓶烈酒，这对于一个年近八十的老者来说是何等悲痛欲绝！因为爱情，因为姑娘，午后的阳光透过树梢洒满了整个街道。街上没姑娘，漫步在达坂城几乎无人的小路上，这座城镇慢得让人太容易醉掉。

　　逛了一大圈，回到红英家才知道，达坂城县城主城区就是一条街道，红英家可以说是达坂城CBD（中央商务区）了，坐拥农贸市场，路对面就是邮局，自家又集住宿、洗浴、水果、副食品、商店于一体，在整个县城担当着商业综合体的角色，隔壁还有整个达坂城最红火的打馕店。我们搬了板凳坐在商店门口晒太阳，在这我们又遇见了那个起初在楼道哄孩子的大叔。一打听，才知道此人就是旗下所有"企业"都以老婆名字命名的好男人老丁，红英的丈夫。为了表示对老丁的敬意，我们想支持一下生意，于是让他儿媳妇帮"杀"了一个西瓜。

办理入住登记身份证的女子是红英的儿媳妇马荣。马荣是个精明能干又懂得变通的女人，她不仅要照顾楼上的客房，还要打理家里的琐碎事情。西瓜"杀"好了，摆在我和老李面前，如《达坂城的姑娘》里所唱："达坂城的石路硬又平啊，西瓜大又甜啊。"来都来了，怎么能不尝尝歌里所写的西瓜？还没等吃，马荣就对我说道："现在西瓜过季了，可能不太甜。"咬下一大口，西瓜是甜的，但口感明显不够沙脆，味道还算是不错。我挨个给马荣一大家子分发，旁边坐着晒太阳的街坊邻居们也人人有份。马荣吃了一口便说："这西瓜不甜，我不收你们钱了。"

我说："哪能不甜不要钱？吃个热闹。"

这时候红英阿姨传来了一声："晚上想吃啥，在家吃吧，我给你们做。"

嚯，还有这种待遇，红英阿姨开口了，也不便再推辞了，旅行就是该走进当地人家，融入日常生活中去。一个不够优秀的西瓜拉近了所有人的距离。这时马荣问道："你们口里的西瓜甜不甜？"

"口里？你说现在嘴里的西瓜吗？"我纳闷地重复着这个陌生的词"口里"。

"口里，是新疆人对内地的统称。"马荣细心地解释着。

我啃了一口瓜，笑着说："哦，口里的西瓜也不错，但口里的西瓜不甜也要钱。"说完所有人都笑了起来。

一位老汉打断了我们的谈话，他是来寻老丁的，老丁从屋里出来笑脸相迎，两人在一旁坐下聊了起来。原来老汉是来给老丁家修理热水器的，我赶忙递了牙西瓜，老汉非常客气地道谢。我问老丁一家是不是在当地人缘特别好，老汉想都不想就说："他是我们这的首富啊，没他我们都活不成了。"

"哈哈哈哈！"老丁笑得前仰后合。

交谈过后，我才得知老丁不仅有身后的这些商铺，自己的家里还有上百只羊。这时屋里跑出来一个活蹦乱跳的小家伙，嚯，我一看又是个达坂城的姑娘。小家伙冲出来一下子跳进了正在板凳上坐着的红英怀里，红英一边指着我一边对着小家伙说："看，叫叔叔。"小家伙一点都不认生，站起身来，挥挥手和我打招呼。

她叫猫猫，是老丁和红英的小孙女，马荣是她的婶婶。猫猫很懂礼貌，留着男孩子般的短发，两个眼睛很漂亮，长长的睫毛扑闪扑闪地眨着。我递给她一牙西瓜，她双手接过，把一只眼睛藏在西瓜后面，挑着眉毛用另一只眼睛瞧着我，突然一口咬下西瓜，笑着对我说："谢谢叔叔。"

　　我和猫猫就这么成了朋友，她给我唱了半首《达坂城的姑娘》。作为交换，我给她讲一路搭车旅行的故事。她听得特别入迷，数不清的问题贯穿在故事之间，她好奇外面的世界，也好奇大人为何要去旅行，我说："叔叔和你一样都是在认识世界，想去更远的地方看看别人的生活，所以就来到了你的身边。"

　　猫猫一直笑，她蹦蹦跳跳，我甚至觉得这孩子可能明白了大人的世界。

　　讲着讲着，旁边传来一阵浓郁的香气，猫猫首先被吸引住了，她拉着我的手就往前跑。我朝那个方向看，原来是一坑馕出炉了，一个长得特别像梅西的维吾尔族年轻小伙子正在用钩子把馕从馕坑里挑出来，猫猫蹦着跳着在馕坑前跳舞，我看出她想吃，便对维吾尔族梅西说："给我来上一个吧。"

　　维吾尔族梅西手上的活一直没停，他微笑着用下巴指了指桌板上的馕，意思叫我自己拿就好，我把钱放在桌角，挑了一个相对凉一点的，他挑了挑眉，示意我挑的不错，又笑着点了点头。

刚从馕坑里烤出来的馕我还是第一次吃，掰了一块给猫猫，掰开的一瞬间香气散了出来，嗯，真香啊！这是新疆人最爱的主食，也是最平常的食物，它方便保存也方便食用，但刚刚烤出来的馕真的和我们平时吃到的那种烤好很久拿出来卖的馕很不一样，刚从馕坑里烤出来的馕口感更加鲜活一些。猫猫一边吃馕一边蹦蹦跳跳，我叫她安静下来，并告诉她吃东西蹦跳肚子就会生病，一听会生病，猫猫马上乖乖地靠在我的身旁叫我继续讲故事来听。

故事一个接一个地讲着，不一会儿馕吃完了。一旁的老李也没闲着，他帮马荣卖起了水果，曾经有过摆摊卖衣服经验的老李，在叫卖东西这方面很自信，马荣家的水果几个小时就被卖得所剩无几。

晚上吃饭的时候，一大家子围坐在一楼客厅，红英阿姨做了她最拿手的过油肉拌面。一大碗过油肉放在桌上，想吃多少自己往面上加，搅拌在一起后，过油肉的香味和劲道的面条产生了神奇的反应，每一大口都觉得自己变得更有劲儿了。老丁在一边不停地喊多吃点，喊的同时他把自己碗里的面吸溜得响彻天际。饭后闲聊的时候，猫猫跑过来在我耳边轻轻地问道："叔叔，你什么时候还会再来啊？"我盯着她那双美丽的大眼睛说：

"等你辫子长长了，到时候叔叔来看看咱们猫猫，看看咱们达坂城的姑娘到底多漂亮。"

猫猫一下把手捂在了嘴上，害羞地点了点头，一溜烟地又跑了。

## 【不然会生病】

清晨，我被风吹着窗户发出的低鸣声吵醒了，紧紧地裹在被子里，鼻头冻得有些发凉。屋外阳光明媚，但刮起了大风，老李还在睡梦中，我加了一件厚衣服走下楼去。老丁他们早都醒了，"红英副食品店""红英商店"早就开门营业了。

马荣看我从楼上下来，笑容满面地说："早上好！"

猫猫竟然穿着一件薄T恤在她婶婶的怀里喝着稀饭，我摸了摸她的小脑袋："冷不冷你？别感冒了。"

不说还好，一听我关心她，她一下从婶婶怀里挣脱开来，在沙发上开始又蹦又跳，我皱了皱眉头："昨天不是说了嘛，吃东西别乱跳！"

"不然会生病！"她接着我的话大声地说。

真是古灵精怪的小家伙，我朝门口的方向走，红英阿姨正在整理货架上的货物。走到门外，风大极了，这条小镇最繁华的街道上此时空无一人，我的余光扫到了街对面的邮局，唉，看有没有什么特产买点给爸妈邮回去。我转过身问正在整理货架的红英阿姨："达坂城有什么特产吗？"

她指了指不远处的麻袋："蚕豆，我们这里产的蚕豆是全新疆最好的。"

得知我想给家人寄些东西，她挥起小铲子，三两下装了整整一大袋子，也不上秤称了，在我的再三恳求下，她才收下了钱。

我提着一大袋豆子，跑到街对面的邮局。邮局里没其他客人，柜台前坐着一个维吾尔族姑娘，她的普通话着实有些不太好。她需要把我填写的个人信息输入电脑，但她的汉语拼音能力无法让她完成这一艰巨的任务，于是我一个字一个字地读给她。我说一个字她跟着打字，但有些字的前后鼻音仍然让她很难区分，后来我给她纠正读音，她开始认真地跟着读，就仿佛回到了我大学时期播音主持专业的课堂上，老师一个字一个字地给同学纠正字音，这个场景实在是有些滑稽。终于填好了，我站起身和她击了个掌，她一边笑一边说："太难了。"

"啪！"掌声很清脆，手劲不小！

走出邮局的时候，红英宾馆楼下打馕的维吾尔族梅西已经在忙活了，我在馕坑前选了一个比昨天要大很多的馕。

"这个和昨天的不是一种吗？"我问道。

他摇摇头，笑着用吃力的汉语对我说："有皮牙子。"

"皮牙子"是新疆人管洋葱的叫法。这个馕比昨天的要大将近一倍，圆心部位更脆更薄一些。我掰下一块，洋葱和不知名香料的味道，再配上馕坑里高温烘烤出的麦香味儿，倒是真有点披萨的意思了，我甚至怀疑披萨和馕在古老的丝绸之路间是不是存在着某种近亲关系？

上楼和老李一起吃馕。可能是新疆梅西的馕烤得好，老李今天吃早饭了。

该出发了，今天我们打算从达坂城出发继续往西走。在距离这里不远的地方有一座盐湖，那湖里的含盐量是海水的近百倍，它被称为新疆的"天空之镜"，有人称那是"中国死海"。这种比喻很荒诞，但中国一些旅行社或是媒体，为了包装产品，喜欢在有海岛的地方加上"中国夏威夷"，在有热气球的地方加上"东方土耳其"，但凡山脚下有一片草甸的地方都叫"东方小瑞士"，公路修在无人的地方都叫"中国66号公路"，类似的例子很多！

媒体、旅行社，还有些景区本身，利用这些无聊的噱头诱导受众消费，潜移默化地传达一个概念：国外的是最好的。从商业和流量的角度看，这些噱头可以很好地吸引消费者和点击率，但不应该以牺牲自己为代价，世界之大，每一个陌生的地方都有独特的闪光点，为什么不保留并放大自己的优点呢？中国的文化、历史、地貌、饮食等不也是全球各国旅行者为之向往的吗？他们来中国不是为了体验被拆掉重建的巴洛克风格建筑和被广场舞取代的民族歌舞，人们需要故宫、兵马俑，或是保留原貌的村落，或是沿袭古老习俗的村民，这是人类的文明，一种无声中传承的美，可现在环顾四周，不少好的文化和古老的遗存甚至在利益背后被无声息地替换。年轻人对国内旅行缺乏兴趣，甚至网络上突然兴起的"旅游博主""旅行家"都在用曾去过的国家来标榜自己的价值，可去了那么多地方又能怎样呢？镜头前成了无所畏惧的探险家，镜头外是个躲在阴凉处抱怨着全世界的吐槽者，所有人都在为流量服务，可流量究竟在这个年代是一种促进还是导致审美和价值观逆向生长的罪魁祸首呢？这个链条里的人只接受商业模式的健康运转，不愿接受价值观健康的底线了吗？路应该在心里，不只是在脚下，人应该有责任和使命感，旅行不该是为了走很远而去最遥远的地方，或许旅行应该是与陌生的生活环境发生情感共鸣的过程，距离不是问题，对新鲜事物的好奇心和对生活与美的感知能力才是决定旅途好坏的关键。

红英一家人送我们到门外 20 米处的公交站，猫猫使劲地挥手，我也向她挥手，大声对她喊："好好留辫子，叔叔会回来看你的。"

猫猫一直在跳，慢慢消失在视野中。

我在公交车上睡着了，是被司机扯着嗓门喊醒的，上车时我叮嘱过司机到盐池的时候提醒一下。一个年近五旬的老汉隔着整列车厢扯着嗓门大喊："那两个到盐湖的！下车了！"

我猛地从梦中醒来，转头一看老李也睡着了，赶忙叫醒了他，拖着行李就往车下走。下了车，整个人有些绝望，风太大了，眼睛根本睁不开，人几乎没办法轻松控制自己的身体。我顶着风戴上了户外墨镜，把旅行包抱在怀里跟跄地往前走着。起初我以为这样的大风就是当地的气候特点，没想到推开景区售票厅的玻璃大门，屋里的两个大姐被两个访客吓了一大跳，她们惊讶地瞪圆了眼睛盯着长途跋涉而来的背包客，诧异怎么会有人在这种极端天气来这。今天的风力起码在 7 级以上，售票厅大姐劝我们别浪费钱买票进去了，我和老李还是毅然决然地选择进入景区。

湖岸边是一座盐场，被大风拂过后，地面上飘起了阵阵白雾，那是风卷起了盐或者硝。今天工厂因为大风停工了，湖面上的波纹被吹得很不自然，远方山的背后挂着一片坚挺的残云。我艰难地走在盐池池面上方的大桥上，四周没有一点遮挡物。我觉得有些不对劲，脚下想站稳都有些难，风在使劲地往衣服里灌，裤腿被吹得鼓了起来，我用运动毛巾把整个脸包住了，又把帽衫上的帽子戴在头顶，生怕狂风把我刚能动的那半张脸再一次吹坏。我试着迎风往后躺，风就像一个有力的手臂顶在后背，根本连躺都躺不下去，设想一下如果现在张开双臂使劲朝天上跳，整个人可能会像一张纸片一下子被吹进盐池中。

我和老李连对话都要扯着嗓子喊，风的声音太大了，望着桥对面扬起几米高的一阵阵白雾，真的不能再往前走了。售票厅的大姐，她是个好人。在路上还是要选择性听人劝的。

## 【一本书改变人生】

由东向西前往乌鲁木齐的旅行者都会在一个叫"柴窝堡"的地方稍作停留，因为这里有新疆最出名的柴窝堡辣子鸡。从车上下来，冷极了，饥肠辘辘的两个人扛着包一路小跑找到了之前马荣提到过的一家辣子鸡餐厅。我原本以为新疆辣子鸡可能和大盘鸡有几分相似，没想到满满一大盘端到面前，盘子里堆满的竟是油炸后的鸡肉和干煸出来的干红椒、花椒等作料，这倒颇有点川味儿的意思了。

饱餐一顿，走出餐馆，冰冷的小雨点打在了脸上，变天了。再一看，这哪里是雨点？这打在脸上的分明是雪花，寒风冷得刺骨，顺着裤腿直往里钻，这对于一个刚从炎热的吐鲁番西行而来的旅行者来说真是一种生理上的极限挑战。两天时间内，从短裤到羽绒服，新疆邻近城市之间的天气还真是有些让人摸不透了，但是再冷的天气也阻挡不住我的兴奋，下雪了，我们赶上了新疆的初雪！我兴奋地把嘴张到最大，让雪花随风吹落进嘴里，我想尝尝这新疆第一场雪的味道。雪有些甜，可能更多的甜应该是心理层面上的。初雪的夜最适合表白，希望今晚的情话可以讲给乌鲁木齐听。

路上没有行人，我们在路边站了将近 20 分钟，生理几乎已经达到极限了，寒风把整个人冻僵。不得已，我们拦了一辆出租车。

今年新疆的初雪比往年提早了整整一个月，抵达乌鲁木齐时雪已经停了，街道上没有一点积雪，地面都是湿的。

那天，我在成都读大学时的同班同学佳琪得知我当日抵达乌鲁木齐，傍晚她邀请我和老李去一家火锅店叙旧。其实我和佳琪在成都读书的那四年没有太深的交际，学播音主持这个专业的人，都喜欢各自搞些自己喜爱的东西，那几年我一直在校外忙活着搞乐队，并搞着自己的摇滚音乐电台，而佳琪在我印象里是个酷爱打游戏、看小说的姑娘。虽然毕业五年未闻未见，但能在旅途上相遇还是非常亲切的。

佳琪是个奇女子，有韧性又有韧劲。这个长相甜美的姑娘，大学毕业后并没进入媒体行业，而主要原因是一本小说，小说中的剧情和人物故事让她深受触动，当她合上书最后一页的时候，下定决心要考四川大学考古系研究生。

......

一个本科学习播音与主持艺术的妙龄美少女，毕业后放弃了电视台的工作，却因一部小说要发愤图强报考名校考古系研究生。有朋友劝她算了吧，她把自己锁在屋子里仔细地想了几天，最终还是觉得这个决定是对的。她觉得做自己喜欢的事情才是真正的人生，而此刻她终于找到了，那就得去干！

于是她开始给家人做思想工作，给异地恋的男朋友做思想工作，可万事怎能都如她所愿？好不容易等到毕业，可以结婚生子过上向往已久的小日子，履行曾经的承诺时，怎能因为一本小说就要再次逆转剧情？佳琪被冠上了"不成熟"的罪名，而这段坚不可摧的异地感情也因为一句"不成熟"而彻底瓦解。

佳琪伤心了一段日子，但她不后悔，因为她知道这对于两个人来说是最好的结局。从那天起，她翻开了一本本陌生的书，把打游戏的时间都用在了恶补习题上。也许是因为那本小说，所有的苦都不是苦，她几乎进入了学霸模式。有一段时间她从人间蒸发了，等她再次出现在人们视野的时候，是她拿到录取通知书的时候，这个爱打游戏的艺术生考上了四川大学的研究生。

佳琪一边涮着火锅，一边对我说："当时那股子学习的劲儿，我要用在高中，估计咱俩就不是同学了，我肯定上北大了。"

我仰头喝了一口酒，表示对小女子的万分敬意，没有想到这个印象中的小女生，竟然如此坚定地主宰自己的命运。如今佳琪和她的未婚夫生活在乌鲁木齐，而她是乌鲁木齐一家私人博物馆的馆长。

我一边笑一边问她："到底是什么小说让你走上了这条不归路啊？"

她把手蒙在脸上，叹了一口气，害羞地对我说："《盗墓笔记》。"

……

## 【下天山】

抵达天山大峡谷是个午后。秋天让这里的绿草已经有些泛黄，那是一个宽敞开阔的高山草甸，有上百匹高头大马自在悠闲地沐浴着阳光。哈萨克牧民们就生活在这片草甸上，不远处可以看到几个他们的毛毡房。

沿着山坡往下走，脚下的泥土有些松软，微风轻轻地拂过脸颊，这里真的好安静。但每当夏天这里却是热闹非凡，因为夏季这片草甸会上演哈萨克的传统民俗"姑娘追"。其实这个名字你可以倒着理解为"追姑娘"，只不过追的过程中有些太过个性，而现如今它成了哈萨克族的一种非常时髦的马上运动。

"姑娘追"的具体玩法是一男一女两人一组，二人各骑一匹马一同走向指定地点。在去的过程中，小伙子可以向姑娘开各种玩笑，甚至可以接吻、拥抱，总而言之怎么着都不为过。这一路上，姑娘也不会生气，但当到达指定地点后，小伙子就要立即挥起马鞭纵马急驰回返。这过程中，姑娘在后面紧追不舍，每当追上时便用马鞭在小伙子的身上抽打，以报复小伙子之前的"不为过"。而小伙子还不能还手，反倒这个时候便成了验证真爱的好时机。如果姑娘对小伙子颇有好感，她便不会用力抽打，如果遇到毫无好感的哥们儿，呵呵，那惨了……

沿着草甸向远方走，草甸的尽头是一个天然的高山湖泊，再往远看是错落有致的山谷，山谷被笔直的松树林覆盖，夕阳挂在两座山的山峰之间，金灿灿的光洒入平静的湖面，耀眼极了。朝前走着，有种慢慢迈入光明的感觉，光几乎穿过身体将我融化。我俯身捡了一块石子，打了一个水漂，石头在平静的水面上轻盈地跳过，点起了四道波纹。盘腿坐在地上，一切都仿佛静止了，你能感受到眼前的山与水之间的对话，草地与天空之间的对话，有如心生莲花，一切都那么地自然，那么地恰到好处。

那晚，我们在半山腰找到了一家针对游客而建的哈萨克毛毡房，老板已经几天没有见到客人了，看到两个背包客，便以100元的低廉价格让我们住一晚。推开毡房门的时候我惊呆了，里面是一张巨大的榻，大得几乎可以在上面唱歌、跳舞、翻跟头，上面至少可以并排睡下 8 个成年男子，坐上去的感觉有些像东北的土炕。山谷的夜里冷极了，我和老李分别铺好被子，因为没有暖气和炉子，毡房内冷得让人直打哆嗦。更让人心寒的事也随之发生，我的手机突然响了，一条信息，发信人是大学时期小一级的学妹。学妹毕业后便回到了自己的家乡，如今在新疆阿克苏沙雅县做电视台主持人，短信很简单，九个字："师哥，独库公路封路了。"

我蜷缩在被窝里，把这字字千斤重的九个字读给了老李。这是一个极坏的消息，因为后面规划的路线中，从伊犁前往库车唯一的一段必经之路就是被称为"独库公路"的 217 国道，而独库公路如果全段封路，我们很有可能无法完成这场搭车旅程，那是一条自北向南唯一的路。这条全长 561 公里连接南北疆的公路也是此行最向往的一条公路，被称为中国公路建筑史的神作，在南北疆之间修通一条路太难了，从独山子到库车的这条"独库公路"是无数解放军官兵用十年时间才打通的。这是多么浩大的工程，也正是因为它的环境的险恶，当年在这条路上有 168 名筑路官兵牺牲，而这条路也因其极致的自然景观成为新疆最美公路。

老李点了一根烟，叹了一口气对我说，不行的话咱就坐飞机直接到喀什吧。我当即反驳了他，那是我无法接受的。我打开手机地图，详细地查阅从伊犁前往库车还有没有其他的公路。昏黄的灯光下，老李手中的烟气弥漫了整个毡房，空气中的寒气几乎把香烟飘散时的波纹都凝固了。

最终我选定了一条路线，目前可以先按原计划继续前行，如果到了伊犁独库走不通，我们就向东南方向搭车，通过 218 国道前往库尔勒，再从库尔勒向西前往库车。这样虽然绕了很大一段路，但不至于取消搭车计划，同时还可以弥补走独库公路而错过的城市库尔勒。这样一来，碰巧又绕了回去。

老李没有发表太多的看法，他在网上查找新闻，只看到了一条关于独库公路封路的消息。他祈祷这段路只是封了一小段而不是全段，也许封路的地方是伊犁以北，如果这样的话也许还可以按原计划行事。总之有了第二方案，心里踏实了一些。

大概 11 点钟的时候，整个山谷都断电了，山里的夜漆黑一片，屋外的几十个毛毡房都没有人住，安静极了。这时除了睡觉没有别的事能做了。

半夜我睡得正香的时候，突然听到有人叫我的名字，我猛地惊醒了，原本还以为是个噩梦，没想到一睁眼，黑暗中老李拿着一把手电，他几乎把所有的衣服都套在了身上。"你这是要装鬼吓我吗？"

还没等我回过神儿，他说："外面太黑了，我有点害怕，你陪我出去，咱们拍几张星空吧。"

......

　　我摸出枕头下的手机眯着眼睛看了一眼，半夜 3 点，心想既然都醒了，干脆出去看看吧。因为山谷里的电全停了，一点光污染都没有了，如果老天赏脸万里晴空的话，天上的星空一定属于纪念版了。我二话没说就爬了起来，凌晨在天山里看星星，也许会成为一次难忘的记忆。

　　我几乎把所有的衣服全套在了身上，衣服中被禁锢的寒气令人不禁打了几个冷战。推开门，真是伸手不见五指啊，相比下午的光明，整个山谷已被黑暗彻底吞噬。我顺势往天上看，那一瞬间足以让人终生难忘了，因为我从没见过如此透彻的星空，天空干净到一尘不染，银河如同一条狭长的小河流淌在夜空之中，小河的周围被闪烁的群星点缀着。我目不转睛地盯着这条小河，不一会儿就会有一颗流星从天边划过，天哪，这不会是做梦吧！几分钟后，我才弄明白在天山峡谷里看流星根本不需要祈祷幸运，流星划过之频繁大大刷新了我浅薄的认知。我掏出手机，播放了一首《就在今夜》，空灵的钢琴声配上一个男人孤独的吟唱："今夜把心灵的火焰熄灭，群星为你我绽放。"仰着头站在星空下，自己渺小得像一粒尘埃，无数颗恒星如捕梦网在黑暗中闪烁，思绪逐渐拉远，那微毫的距离间却是用光年来计算的遥远，平静的山谷里，每次呼吸都像是一种奇迹。

　　我和老李打着手电在漆黑的路上走着，一直走到了半山腰。我关掉手电，安静地坐在崖边，可真的太冷了，我努力把注意力集中在夜色里。和刚才相比，山腰这边的夜色呈现出另一种美，一轮月亮出现在天边，倒映在平静的水面上，它映出山的些许轮廓，美得有些朦胧。

突然右边不远处猛地一声嘶鸣。

"什么东西？"老李大喊着。

我赶紧打开手电照向发出声音的地方，在光的反射下，一对雪白色的眼睛直勾勾地盯着我。仔细一看，黑暗中站着的是一匹棕色的高头大马，在悬崖边一动不动地站着。

"怎么这么多马？"老李惊呼。

随着他手电光的方向看去，十几匹高头大马一动不动地跟被点穴了一样站在不远处看着我们，马儿们的眼被手电的光反射出耀眼的白点。那场面瘆得慌，但又略带魔性。虚惊一场后我觉得倒是多了几分安全感，马儿们休息的地方更不会有野兽随意出没，这时耳边传来了老李的声音："原来马是站着睡觉的。"

# 北上克拉玛依

**【缘起】**

阳光唤醒了整个山谷，悬崖边的马早就消失了，它们回归光明的草原，日出像一朵盛开的雪莲让眼前的一切都显得那么地温润。离开天山大峡谷，我们计划偏离古丝绸之路的主线，向西北方向搭车三百多公里，去一个叫克拉玛依的地方。

下午 4 点半的时候，我和老李才从天山大峡谷一路转乘大巴车赶到了乌鲁木齐一个向克拉玛依方向的国道口。去往克拉玛依的距离起码有 300 多公里，就算今天抵达也该到夜里了。一路的流浪和旅途的不确定性像一个缩影，与城市生活的延长线是并行的。人生就像是一场升级打怪的过程，你在一步一步地努力到达，一切都是时间早晚的问题，你不知道下一步会遇到什么样的人，接下来会发生什么奇葩的事，我爱这种流浪旅行的自由，让人在最短的时间里，体会着一种上帝视角的人生旅程，这是我爱上搭车旅行的一个理由。

老李一路上没少抱怨，他的抱怨也许是一种习惯，走着走着我们的话也变得越来越少了。旅伴还真和谈恋爱一样，如果对待一些问题的价值观不同，很有可能走着走着大家更愿意与自己的内心交流了，越往前走我们会变得越孤独，但有个人陪你上路，彼此的心里会觉得踏实一些。或许人和人没办法完全实现精神上的互通，除非我们尽可能地减少精神洁癖带来的自我困扰。

　　管他几点到克拉玛依呢？走到哪是哪吧！我在路边高高地举起写着"克拉玛依"四个大字的纸牌，老李伸出大拇指做了一个搭车的手势。一晃就是 15 分钟，路过的车不少但没有停下的。这时不远处一辆黑色的轿车缓缓减速，他打开双闪灯稳稳地停在了我面前，车窗摇开，里面坐着一个微胖的男子。我告诉他我们想要搭车往克拉玛依方向走，他上下打量了一下我的装扮，不慌不忙地说道："我不去克拉玛依，去石河子，但也顺路，上来吧。"

　　我问能否开一下后备厢，男子皱了皱眉头："后备厢不太方便，你们还是把包放到后排座椅上吧。"

　　司机叫王林。一上车，我约定俗成地坐在了副驾驶的位置上。这个位置最大的缺点就是不管你困不困，都得跟司机聊点什么，不然显得很没礼貌，气氛也有些拘谨和尴尬。我一如既往地使用了打开话匣子三部曲，还没等聊到第三步他的家乡有什么好吃的，王林在第二步就已经进入状态了。

　　王林从小是在石河子长大的。说起石河子，王林三句离不开父母。他的父母不是土生土长的新疆人，当年从湖南出发跟着同是湖南人的王震将军来到石河子，如今石河子这座城市便是那个年代的产物。解放前这里曾是个只有 20 户的小村落，后来新疆生产建设兵团在戈壁滩上开荒生产，硬是把戈壁中的石河子由村庄改变为一座花园城市，因最早村落边有一条布满碎石的干河床而得名"石河子"。后来王林的父母干脆就把家安在了亲手开荒建成的城市，王林长大后追随父母的脚步也当了兵，因转业后自己做生意经常奔波在外，但每个月再忙碌他都会抽点时间回两次石河子探望年迈的父母。

这时他左手摸着方向盘，右手用大拇指点了点脑后的方向："刚为啥说后备厢不方便，里面全是给爸妈带的东西，放不下了。"

## 【大吉大利今晚吃鸡】

戈壁滩上的石河子就像一座海市蜃楼，那种反差是极具冲击力的，如果一个人在茫茫戈壁中流浪了几天，突然看见远处的石河子，他一定觉得是自己产生幻觉了。正如王林说的那样，石河子像是新疆的小江南。车子从一路乏味的戈壁滩突然间就闯进一座后花园般的小城，城市中清泉点点、绿树成荫。正值下班时间，街道上的人们都在悠闲地走着，看起来这是一个幸福感很强的地方。

和王林分别是在一个客运站的门口，离别时从他嘴中得知了一个令人兴奋的消息，距离石河子几十公里处有个小县城，那地方虽面积不大但名字却如雷贯耳——"沙湾"，一个全世界大盘鸡都愿意把它作为前缀的地方，新疆大盘鸡的发源地。一路走来，还在想什么时候能吃上一次地道的大盘鸡，没想到这场不期而遇得到了发源地的眷顾。谢过王林，我们坐上一辆破旧的中巴车通往全球大盘鸡的发源地"沙湾"。

抵达大盘鸡一条街的时候，眼前的一切令人震惊，上百个店铺就像是孙悟空拔下一根猴毛吹出无数个相似的猴子一样，每家店的名字、门牌的颜色、内部的装饰几近相同，并且每家的门牌上都附加一句"《舌尖上的中国2》拍摄地"。《舌尖上的中国》是央视出品的一部具有里程碑意义的纪录片，因为中国人讲究"民以食为天"，这份中华美食博大精深的认同感增加了这部纪录片在全体华人心中的热度，而其每每更新的时候也总会带火一些取景地的餐馆和名吃，沙湾就是其中之一。

眼前的一幕真是让人有点哭笑不得了，这时耳边再次传来老李那熟悉的冷笑声："哼，行吧，太一般了吧！"

他一边点烟，一边用这种腔调，轻声地读着每家店门口写的几乎相似的店名。我突然想起王林走时给我留了一家店的老板的电话，赶紧拨通。

接电话的是一名有着甘肃口音的男子，电话还没放下就看见不远处一个人向我挥手，打了招呼走进店里。刚接电话的那个人正是老板，一个和善的甘肃武威人，从小在沙湾长大，一旁站着的是正在上高中的女儿。看到有客人进来，小姑娘放下了手中的课本和习题，老板娘从厨房走出来更是笑脸相迎。得知我们二人是搭车旅行慕名而来的，老板兴奋地拍拍胸脯对我说："今天加量不加价，我给你们好好做鸡去。"

二十多年的大盘鸡烹饪生涯让他对味道的掌控非常精妙。沙湾大盘鸡主要的优势还是在于它的食材，除了鲜嫩的土鸡外，当地特产的土豆也是一大特点，通过高压锅蒸压后土豆沙而不面，而当地产的红椒更是全国大盘鸡优选的上等作料。老板说沙湾这地方基本家家都会做大盘鸡，而且味道都略有不同，所以正宗的沙湾大盘鸡也没有一个最标准的味道。如果硬说什么是正宗，那也全得靠客人们自己的口味。现在的大盘鸡一条街生意其实并不景气，因为他们的生意主要是针对慕名而来的游客，之前来的主要是新疆本地周边游的客人，直到《舌尖上的中国2》拍摄了沙湾的大盘鸡，越来越多的外地人慕名而来。需求大了，店就开得多了起来，为了招揽生意，名字也就都改成了"《舌尖上的中国2》拍摄地"，当整个一条街都改成"《舌尖上的中国2》拍摄地"之后，生意反倒一下子冷清了不少。

说来也巧，这种相似的情景在中国大地上没少出现，它的背后预示着某种商业逻辑，人们都在拼了命地投入一个个漩涡里，后来人们把这叫作"流行"，红利期过后流行就变成了过时。

出门的时候天都黑了，街上只有一少部分店还亮着灯，这里的生意正如那家老板所说似乎并不那么红火，街道上几乎没有什么过往的车辆了，吃饭的客人更是少得可怜。最终，我和老李商量决定留宿沙湾，明天一早赶赴克拉玛依。

## 【*早餐的负担*】

早上我是被饿醒的，看了看表八点多钟了，老李睡得正香，我没狠下心去打扰他的懒觉，穿好衣服匆匆跑下楼。宾馆的前台姑娘告诉我，过了马路向左走 200 米就有吃早餐的地方。走在沙湾的林荫道上，路的两边绿化带星星点点地点缀着紫色的小花，那不是薰衣草，是一种叫不出来名字的花，青草的芬芳随着风扑面而来。每次前一天是夜里抵达的地方，第二天清晨总会充满吸引力，一种夜与昼产生的奇妙反应。早餐店大概只有十平方米，屋里几乎坐满了人。我点了三个水煎包、一碗豆腐脑，这和我在西安吃的早餐没什么两样，也许因为这里大多数居住的都是汉族人，所以饮食习惯几乎相似。这时候两个壮小伙走了进来，一看就知道他们是这家店的熟客，其中一个小伙大声喊道："老板，来 12 个包子，在这儿吃！"

……

原本计划昨夜抵达克拉玛依，因为大盘鸡耽误了行程，今天还要抓紧赶路。吃完早餐匆匆回来，老李已经蹲在厕所里了。他习惯一边上厕所一边打《王者荣耀》，厕所里传来了战斗的号角声。宾馆厕所的门一般密封得并不好，换气扇也形同虚设，整个房间都弥漫着尼古丁的味道。对于一个戒烟一年多的人来说，尼古丁的味道让我很敏感，甚至让我有些恶心，但这次旅行老李为了照顾我的感受，每日躲在厕所吸烟，让我很感动，虽然那些烟其实早已弥漫了整个房间。

从厕所出来，我问他刚刚结束的游戏战况如何，他摇了摇头抱怨自己匹配的队友多么愚蠢，我耸了耸肩表示遗憾。出门的时候大概十点多了，不吃早饭的老李问我要不要去吃个午饭再出发，我摸着自己的肚子讲述了刚刚为了体验当地人的早餐吃6个包子的经历，现在实在吃不下了，但可以陪他去感受一下，没承想，老李说："那行，咱们直接走吧。"

我觉得他可能误解了意思，把我的话理解成"我吃过早饭了，你不吃还要耽误大家的时间"。从那时开始我不再和老李乱开玩笑了，毕竟彼此都挺疲惫的，也许老李早就想给我甩他的口头禅了。

站在距离酒店外10米的马路边，我再次希望陪他去吃点东西，得到的回答都是"哎，不吃了，走吧"。那种语气有一点赌气，但我不知这气从何而来。老李自然地点了一根烟，掏出手机查找附近合适的搭车地点，我顺手掏出写有克拉玛依的纸牌，看路边有车过来就慢慢地举起来。老李随口说了一句："你觉得这会有人停吗？"没想到话音刚落，一辆白色的轿车就停了下来，我一声惊呼，老李差点被肺里的烟呛住！

"行吧。"

车窗摇了下来，一个皮肤晒得黝黑的汉族小伙子，白色T恤外面套着一件天蓝色的夹克衫，微胖的身材，他向我们打了声招呼。他是要去往乌苏方向的，虽然不到克拉玛依，但可以带我们到奎屯附近，奎屯是通往克拉玛依必经的地方。一次小幸运，我们继续上路了。

### 【红海行动】

帮助我们的车主叫马新林，在中国福利彩票工作的他是喝着夺命大乌苏啤酒长大的乌苏人。一路上，他都在畅谈对未知旅途的那种向往，他说羡慕有勇气和魄力迈出第一步敢去搭车长途旅行的人，但是他表示自己不敢尝试，只能幻想一下。

汽车行进在宽阔的公路上。今天的阳光太好了，可以看到很远处的一些树林和村庄，过渡的地带尽是黄土戈壁，时不时路边会洒满一大片的红色。满满的一大片啊，红得似海，仿佛大地披上了袈裟，又有点像是哪位艺术家的行为艺术，绚丽夺目，在戈壁的映衬下显得有些突兀。我问马新林这到底是什么东西。

他却反问："你们在沙湾吃大盘鸡了吗？"

"当然，要不是因为大盘鸡就不在这停留了。"老李回答。

他笑着说，眼前似海的红色其实就是沙湾大盘鸡的灵魂"沙湾辣椒"，沙湾这地方还有个称号叫"中国辣椒之乡"，几乎全国有点名气的大盘鸡餐厅都会从这里进货，供不应求。

这让人不禁想到了昨晚冷清的大盘鸡一条街，虽然来沙湾吃大盘鸡的人变少了，但通往全国的沙湾大盘鸡辣椒却正好相反。那条街道上的聪明商人们好像还没弄清一些逻辑，如果他们坐车刚好路过这里会不会立刻改行去种沙湾辣椒了呢？人们像过年贴春联似的把这一份份红色的喜气铺展在戈壁滩上，与过往的人们一同分享火红似海般的喜悦。

分别的时候，马新林把我们放在了一条通往奎屯和克拉玛依的分岔路口。公路上的车不多，手上那张写有克拉玛依、用了两天的纸牌几乎快被风力撕碎。在路上久了，越困难和越多的不如意反倒令人振奋，接下来会遇到什么样的人？令人充满期待。

正午 12 点钟是搭车旅行的灰色时间段，公路边无处可躲的暴晒会令人很容易就被晒得疲惫无力。时间就这么一点一点地过去，终于一辆小货车在开离我们 30 米的地方停了下来。面对希望,我疯狂地奔了过去,一位戴着墨镜、50 岁左右的汉族男子,一边整理着副驾驶位置上堆着的东西一边说:"我路过克拉玛依。"

紧接着又说:"到克拉玛依很远的,你们给多少钱啊?"

我的回答让他有些失望,他一脚油门踩下,车渐渐地消失在茫茫戈壁。再试试运气吧。

老李不停地抽烟,也许他有些焦虑,也许在想为什么不给点钱直接坐上刚才那个人的车走了呢。也许是我太顽固了,太遵守游戏规则,从实验开始尽可能地让它保持理想状态。没过几分钟,又有好几辆车停在我们面前,几位车主都希望帮助我们,可都因方向不太顺而离开。不过这还是令人感到很暖心,起初我认为搭车旅行最怕的就是一直无人问津,那种冷落会让人的内心产生莫名的恐慌,没人愿意被那种苍白摧残着意志力,而对于已经在路上 26 天的人来说,无人问津又何妨呢?我是在流浪,无人问津也是流浪的一部分,随便缘分怎么安排,总之我认为会遇见最好的陌生人。

时间过了快一个小时,这应该是我和老李在新疆地界搭车用时最久的一次了。一旁的地上散落着几个抽到底的烟头,一上午没吃饭的老李蹲在路旁,显得有些筋疲力尽。难道我们会在距离克拉玛依不到 200 公里的地方陷入困境?我继续打起精神用眼睛与每一位路过车辆的驾驶员互动,就在这个难熬的时候，终于有一辆白色福特缓缓地停了下来。车窗摇下，一位英俊的维吾尔族男子缓慢地用汉语说道："上来吧，我们去克拉玛依。"或许几个小时的等待和数次的擦身而过冥冥之中安排好的那个人就是他。这位男子从主驾驶室走了出来，英式的毛衣里面搭配着白色的衬衫，再加上修身的裤子和休闲皮鞋，看起来十分绅士。

他一边顶着力帮我卸下重重的背包一边说："你们很厉害啊，一路从哪里来？"

"我们从西安过来，想去克拉玛依看看这座石油之城，还有魔鬼城。"

"好啊，魔鬼城很远的，你们要去的话我可以帮你们找车。"那男子关心地说道。

我上了车才发现车上不止他一个人，后排还坐着他的妻子和一岁半的儿子。我坐在副驾驶的位置上，老李坐在他的妻子身旁，她用非常流利的汉语和我们热情地打招呼。女人怀里的孩子嘴里含着一个奶嘴，大眼睛一眨一眨地，可爱极了。我仔细地在脑海里翻阅了一下这二十多年记忆中所有长相可爱的小孩，真觉得没有一个比得上面前这位可爱的维吾尔族小朋友，这让我努力忍住笑容，生怕刚刚恢复好的半张脸发挥失常惊吓到可爱的孩子。

【*吃瓜群众*】

他递给我身份证，示意我上面的名字"艾合买提"，一位出生在哈密的维吾尔族人，家住克拉玛依，因为妻子在独山子上班，所以时常往返在克拉玛依和独山子之间。相遇也正是艾合买提从独山子接妻子和儿子返回克拉玛依的路上。我做了详细的自我介绍，告诉他这次搭车旅行就是为了真实地记录丝绸之路上生活的不同民族最真实的一面。

"记录最真实的新疆？"艾合买提问道。

我点了点头。

他用不太标准的汉语说："我的汉语说得不是很好，不过特别高兴可以帮到你们。现在很多人可能对我们维吾尔族人有些误解，我希望你们可以真实地记录新疆，把维吾尔族最真实、热情、善良的一面传达给大家。"

我在逐渐了解他的过程中得知他是退伍军人，对此我感到好奇。他说身边的战友很多都是汉族人，在兵营里都像亲兄弟一样，那些全国各地来新疆当兵的汉族兄弟学会了说些维吾尔族语，维吾尔族人们也跟着他们学汉语："我们根本没有民族之分，大家都是兄弟。"

能看出，在他说话的过程中由于汉语能力有限，有些内容他实在无法用言语表达，但我能理解他想传递的是一种希望。这种希望也是很多维吾尔族人心底的声音：他们希望人们不要对维吾尔族人有更多的误解，希望大家知道哪个民族都有好人也有坏人，不要因为极小部分坏人就误解一个民族的人。我非常赞同这种看法，并且事实也足以证明，我一路上碰巧遇见的维吾尔族朋友都好极了！

开了不远，艾合买提停车，接一位朋友一起回克拉玛依。当车再次出发时，车厢内变得更加欢乐了。前排我和艾合买提聊得火热，后排老李和艾合买提的妻子、朋友开始逗起了一岁半的艾米扎。车开到了一片田地边，艾合买提再次停车，指着路边装满西瓜的车说，这附近的西瓜最甜，咱们买几个尝尝吧。于是我们跟着他一起下车去寻找瓜农。

路的对面停放着一辆破旧的三轮车，车子的后斗里装满了西瓜，西瓜的个头很小，应该是当地特有的品种，和哈密瓜的大小差不多。地上有几个西瓜被摔得稀巴烂，果肉上爬满了蜜蜂和苍蝇。艾合买提说有蜜蜂就代表瓜非常甜，这时艾合买提的朋友从车里随手抱起一个西瓜，一边有节奏地拍着瓜一边点着头说："这瓜肯定甜！"

半天不见卖瓜人，艾合买提便沿着通向田间的下坡小路小跑过去，去田地深处的农棚和小房子寻找瓜农。从老远处就看到他对着我们耸肩，瓜农不知去哪了。他的眼神里表露着很想买几个瓜回去。又等了一会儿，依旧无果，他决定开车去 100 米外的商店问问，这时我有一些犹豫，因为所有的行李还在这个刚认识不久的维吾尔族男子车上，仔细看了看车上的这一家人，我选择信任。

我和老李，还有他的朋友在原地等候。虽然我深知如果他跑了后果不堪设想，但我想赌一次信任，我相信眼前这位维吾尔族兄弟不会弃我们而去的。没过 3 分钟，他回来了。他推开车门，说商店的人也不知道瓜农去哪里了。于是我提议陪他继续等等。

等待的过程中我问艾合买提的朋友，你们这里买瓜都是直接去田里买吗？他说："这样买来的当然是最好的，而且又便宜。"看着艾合买提不停地看手表，老李对他说："要不然咱们给人家留些钱，拿两个瓜走也就当买了。"

我赞同老李这个说法，可没想到艾合买提说："算了，那样也不太好，咱们还是走吧。"

这个回答有些令人意外，面对自己内心渴望的东西时他竟然如此坚守原则，他真的是在用自身行动证明维吾尔族人的善良与文明。那种证明根本不是虚假和经过思考的刻意，那是他骨子里与生俱来的东西。

抵达克拉玛依，车停在了一个火锅店的门口，艾合买提一边解开安全带一边说："我退伍转业后搞的第一份工作就是加盟了这个火锅店，今晚我请你们吃饭。"

　　我一听，都帮了这么大的忙了怎么好意思还让人请我们吃饭，于是和老李达成共识：就近找一个住所，完后就过来支持一下艾合买提的生意。我们在距离火锅店50米外的一家酒店安顿好了一切，起身下楼。

　　克拉玛依友塞乐火锅店，艾合买提正带着艾米扎在门口玩耍。看到相处了一下午的两个人，艾米扎高兴地朝我们走了过来，他应该刚学会走路，我生怕这个可爱的小宝贝儿脚下打绊子，赶紧迎上去抱起了他。艾米扎咯咯地乐着，我摸了摸他的小脸蛋，他的两只小手轻轻地摸了摸我的脸，然后高兴地叫了起来，那是肆无忌惮的童真和对一切事物基于友好的叫声，我整个心简直都快被这小家伙融化了。我把他还给了他的爸爸，这时他的妈妈从店里走了出来，满是笑容地迎接我们。屋里放着热情洋溢的维吾尔族音乐，我们径直走了进去。店里空空的，除了艾合买提一家和两个店员、一个厨子，其余一个人都没有。

　　"生意不好吗？"我问艾合买提。

　　"这几年油价下调，克拉玛依这座石油城市的经济没以往那么景气了，原本红火的火锅店一下子冷清了不少。"艾合买提的火锅店除了火锅，还有烧烤，这对于老李来说是个好消息。老李平时不太爱吃火锅，一听有烧烤他来了劲儿。整整一天，除了喝水啥都没吃的老李甩开腮帮子拼了命地吃肉，今儿我们就是专门来消费的，难得清静，难得自在。难得在路上遇见温暖的一家人。

克拉玛依的夜在这个小餐馆里变得特别生动，虽然我从没来过这里，但却觉得像回到了一个陌生的家。艾合买提幸福的一家人令离开家很久的人感到温暖。这个城市是暖色调的，和童年从我爸嘴里听到的克拉玛依一样。克拉玛依是个好地方！

## 【*魔鬼城*】

克拉玛依真是个好听的名字，童年时在卧室墙上挂着的儿童地图上，我多次读到过你的名字，跨越了时间和距离，终于见到了你真实的模样。

清晨醒来，一场秋雨浸湿了克拉玛依的大街小巷，乌云像海啸般舒展在天边。这座城是本次搭车旅行国内段最靠北的一个坐标，它已经偏离了古丝绸之路。昨晚在艾合买提的帮助下，我们在克拉玛依微信拼车群里找到了一辆刚好顺路的车，司机愿意一百块钱带我们前往80公里处的一个地方。

在西域，"魔鬼城"出现在了这片广袤的土地上，而最具代表性的魔鬼城就在克拉玛依。感谢这场雨，因为再没有什么比漫天的阴云更配"魔鬼"的登场。

在即将抵达克拉玛依郊外的魔鬼城时，透过车窗你能看到一颗诡异的眼在云雾的映衬下注视着远方，那便是乌尔禾魔鬼城的景区正门，在远处你就能感受到那凝视中蕴含的神秘，透露着一股子阴森，令人毛骨悚然。

"沙依坦克尔西"是维吾尔族人对这片区域的统称，意思是"魔鬼出没的地方"，后来人们叫这里为"魔鬼城"。走进乌尔禾魔鬼城，一个个屹立在荒漠上、形态各异的怪石和耳边风的哀号让这儿的氛围诡异，其实风是这座鬼城的主宰，时间率领着一股股强大的气流雕琢着一座座参差错落的古堡，加之土层上天然血红、灰蓝的颜色衬托，四周平地而起的"魔鬼"充满了地狱般的惶恐。

一阵冰冷刺骨的寒风吹过脸颊，更像是善恶分明的诉说，令人无处可藏。我们沿着一个干涸已久的河床向深处探索，脚下的松土每踩一脚都会留下下陷的痕迹，河床边枯萎的树木令眼前的画面被荒凉所充斥，你很难想象上亿年前这里竟然是巨大的湖泊，湖岸边生长着茂密的植被。

除了地貌的改变，时间还让这里古老的生灵彻底灭绝了。因为水源和植被，一亿年前这里成了恐龙的繁衍栖息地，而今在这黄土层中发现了大量乌尔禾地区独有的恐龙种类，甚至有以乌尔禾命名的乌尔禾剑龙。生命的基因库在一亿年后变为了荒芜，也许上亿年后人类也将灭绝，而这里也许会呈现出另一番景象。离开魔鬼城，马路的正对面是一片油田，一望无际的磕头机在不知倦烦地重复着同一个动作。它的出生好像就是为了一成不变，有点像忠贞不渝的爱情，又有点像无法受自己掌控的人生，节奏不变地和时间共处，直到有一天这片土地再也不需要它。我穿过公路朝着那个方向一直走，想近距离地感知一下它们，这是克拉玛依的灵魂，是这些抽油机让克拉玛依成为某个年代的某个焦点。我站在一个正在磕头的磕头机旁，注视着这头被蒙住双眼如同中了魔咒般疯狂的猛兽。它们和达坂城的风车一样，让原本没有生机的戈壁滩灵动了起来，达坂城是因为歌里的姑娘，这里却是因为黑色的石油。

## 【*再见，克拉玛依*】

昨晚睡前收到了艾合买提发来的消息，下午他要开车从克拉玛依出发送妻子回独山子上夜班。这样一来，打算搭车去往乌苏的我们又可以搭上艾合买提的顺风车，这真是一个幸福的消息，像美梦一样。中午我们如约在艾合买提的火锅店门口见，他正计划去市场给店里采购些东西，顺带带我们在克拉玛依转一圈。大家现在像老朋友一样亲切，我们也没有再客气。

艾合买提对我说，克拉玛依是一座干燥的城市，但我们看到的却都是它温润的一面。今天又是个雨天，本来以为陪他直接去菜市场买菜，结果车停在了一个绿化很好的草地停车场中。一下车，我就清晰地听到不远处很大的水流声，艾合买提指着远处说，克拉玛依河从这个城市中穿城而过，河的源头就是这"九龙潭"。

眼前巨大的水流从高处的九个巨龙嘴中吐出，站在这个被艾合买提提起过无数次的地方，水花从八米高的龙口倾泻而出，那巨大的水声确实能令人感受到一种强大的气场，犹如天空中盘着的九条巨龙发出的威鸣。克拉玛依这颗西域的黑珍珠，石油热曾让这座城市的人引以为豪，那种自豪你能够从点滴中体会得到，从这九条龙发出的轰鸣中感受得到。

陪艾合买提采购完店里的所需，该出发了，没想到他让店里的厨子准备了一桌饭菜为我们饯行。一盘巨大的烤包子端到我们面前，艾合买提说："前天在车上听你俩说还没吃过新疆烤包子，今天特意为你们准备的，来尝尝吧。"一股暖流从脚底板钻了上来，我被这一家人的热情和用心感动得有些不知所措了。从陌生人到亲人一样的关系，这一家人原本的那种善良是一直没变的，那是一种在繁华都市生活中很少遇见的真情流露。有人说越小的地方越能找到人淳朴善良的一面，克拉玛依不算小，但只要在路上保持微笑和善良，友善会经常出现的。我有些不想离开了，因为我在这里遇见了让我不舍的朋友。大嫂娴熟地给我们盛米饭，一顿非常丰盛的午餐，除了味蕾，精神上更是大快朵颐。

该出发了，艾合买提带着我们四个人向城外开去。车没开过 5 分钟又停了下来，他转过头对我说："这里是克拉玛依油田第一口井的位置，现在是个纪念广场，你们应该去看看。"

他的妻子笑着说："对，我老公希望给你们多提供一些素材。"

可我知道他的妻子下午 5 点要到独山子上班，时间已经有些来不及了，又不好拒绝艾合买提的一番好意，赶紧跑下车去瞧了瞧克拉玛依最具意义的一号油井。

一号井如今在一个广场的中央，早已停止了使用，如今被象征着石油的艺术造型所包围。井周围地上散落着像水滴一样造型的半圆体，走到跟前，反光的镜面映射出很多人的缩影，我能看出来设计师对这个广场别具匠心的设计，因为那是城市的灵魂，也是克拉玛依的自豪。

我匆匆地回到车上，不能耽误了大嫂的上班时间。在路上，艾合买提问我云南是不是很美，能看出他的眼神里也有对远方的渴望。我给他讲我见到的大理古城、苍山、洱海，告诉他那里生活着和维吾尔族一样热爱生活的白族朋友。后来我邀请他和家人以后一起去旅行，他特别希望能带着妻子去旅行。他说大嫂也喜欢旅游，在企业里是绝对的文艺骨干，家里的奖状都快堆不下了，还自嘲地说如果自己能有妻子一半的学识，当年在部队当兵时一定大有所为了。

大嫂抱着儿子哼唱着维吾尔族的催眠曲。"这也太好听了"，我小声地说。她笑着说："都是我自己编的。"话音一落，又继续哼唱起来。

那歌声是如此的纯洁，像一个保护在孩子周围的屏障，艾米扎甜甜地睡着，享受着正在发生的一切。分别时的时光总是短暂的，一个多小时的路程，艾合买提把车慢慢地停在了独山子和乌苏方向的分叉口。该分别了，搭车旅行快一个月了，我第一次感觉不舍。艾合买提的妻子说："不如你们就跟我们去独山子吧，明天我就放假了，可以来家里尝尝我的手艺。"我和老李多想跟着去啊，但还是谢绝了。新疆的冬天就要来了，后面的独库公路是否全段封路还不知情况，如果封路该如何继续旅行还没有商定，不能再耽搁了，我们还有很长的路要走。我能看出车里每个人的眼神里都有些不舍，这时艾米扎依旧在甜美的睡梦中不愿醒来，希望他健康地成长，下次见到他的时候是一个帅气的维吾尔族小伙子。天下没有不散的筵席，握手，拥抱，微笑，牵挂。

"独山子"，我欠下了一次问候，艾合买提发动汽车，摇开车窗："再见了我的朋友，下次来新疆别忘了来找我，一路顺风，兄弟。"

车消失了，我望着远方，心里着实有些空落落的，希望还能再见到你们，我新疆的家人。再见，克拉玛依。

## 【啤酒城市】

告别了艾合买提，我站在路边举起了写有乌苏的纸牌。不一会儿，一个偏胖的维吾尔族小伙子在远处对我喊："一起拼车去乌苏吧！"

雨下得有些大，老李在原地看包，我小跑了过去。那个偏胖的维吾尔族小伙子说："一人 10 块钱，我们两人，你们两人，一起拼车就走吧。"看着越下越大的雨，我连连点头答应。上车 15 分钟不到，车就开到了乌苏老城。既然来到乌苏，必须要尝尝最纯正的乌苏啤酒。在遇见艾合买提之前，土生土长的乌苏人马新林说，乌苏的乌苏啤酒和其他地方的乌苏啤酒的味道还是不一样的，我想试试到底有什么不一样。

下着小雨的夜，我和老李漫步在没什么人的街道上，清新的空气和路边的街灯让这座小城显得柔情似水。我们在一家门口炉子正冒着烟的烧烤店前停下了脚步。走进小店，几个维吾尔族青年正喝得醉醺醺的，用维吾尔族语大声地聊天。我打眼看了一下，他们喝的是白酒，桌上摆放着几根放凉了的羊肉串和未被吃完的馕饼。一个维吾尔族中年男子走了过来，递给老李一份菜单，并大声用拗口的汉语说道："汉族和维吾尔族永远是兄弟！"

我笑着给他比了个大拇指，他拍了拍我的肩膀大声地说："这屋子里如果谁喝醉了闹事，我一定会把维吾尔族人先赶出去！"说完他便望了望身后那桌嬉闹的维吾尔族青年，那桌醉醺醺的维吾尔族青年一下子就安静了些许，可见这位中年男子江湖地位不低。我忙说道："大家都是来吃饭的，开心最重要。"

中年男子听后哈哈大笑，晃悠悠地走到几个维吾尔族青年的桌边端起酒杯，几个青年一下乐了，跟着他起身，纷纷举杯开怀畅饮。

原来中年男子是他们的叔叔。中年男子同样习惯性地从口袋里掏出身份证递给我，想证明自己是个好人。他借着几分酒意笑着说："乌苏都是好人，你们来这里开怀畅饮就是啦！"

后来我和老李喝了几瓶绿乌苏，那酒的味道没有让我觉得有什么特别，那位中年男子端着酒杯坐到了我们这桌来。他讲起了自己的身世，我依稀记得他说他进过监狱，出来以后也没什么别的可干的，就在街边和朋友开了这家小店。

那天晚上我醉了……

其余的真记不得了。

扫 码 观 看

# 小幸运

【*国庆节*】

从一周前开始，我们听得最多的就是"你们怎么才来新疆啊？这个季节太冷啦！"没错，今年新疆的冬天比以往提前了将近一个月。上周我收到一位阿克苏的学妹发来的消息，告知我独库公路独山子段已经封路，再没有什么比这个消息更令人沮丧了，后半段的路我们预计要从伊犁搭车经过独库公路前往库车，不知道那一段路是否也因为冰雪已经封路。虽然我计划了第二路线，但不知反方向绕路是否好搭车？荒芜的野外公路是否有人愿意帮助两个流浪的旅行者？这一切都是未知，此时我只有安慰自己一切都是最好的安排。

两个人的旅行是对人性的挑战，走着走着，更多的话都不愿说出来，灵魂好像越走越远，躯体依旧在前行，心却选择了各自的路口。都说行走是认识自己最好的方式，也许这也是旅行的另一层含义吧。

背着行囊将要走进新疆的冬天，从乌苏出发向伊犁方向搭车。那里已被冰雪覆盖，赛里木湖、果子沟这些都是耳朵里磨出茧子的地方，想一想前方最寒冷的路，一切都危险而诱人。

而今天到底会抵达哪儿，我已经不太在意了，何必去安排自己在路上的时光呢？不必匆忙，不如让这条公路去为你寻找答案吧。一条路线，一个目标，站在乌苏宽阔的高速公路旁，心变得也开阔了许多，辽阔使人平和，平和使我不会被任何事物所束缚。这应该就是被释放出的那股子狂野的劲儿吧。旅途正该如此，在最恰当的时候不顾一切地把心打开。

西大沟，乌苏向西的收费站。今天是国庆节，临近高速收费站的时候，一位大个子高速交警朝我们走来："你们是徒步的吗？要去哪啊？"我如实地说："对，我们想去伊犁方向。"本以为交警会劝说我们离开，可没想到的是，他转身指了指岔路的一个方向："你们顺着这个方向走下去，那边准能搭上车。"

有点意外啊，这应该算是国庆节给搭车旅行者最好的礼物了。当你在路上，一位陌生人友好而主动地替你指引方向时，人会本能地感慨生命的光亮，还能有什么比这更能令人满足？

跟原本生活圈中纷繁的假象说再见吧，在路上一切都烟消云散了，走在离家越来越远的路上发现原来生活本可以如此美好，为何那么多人却无法挣脱牢笼只愿原地望着天呢？

我一步步地向前走，老李也走着自己的路，远处的天边挂着这次旅行以来最美的云，新疆的秋色呈现在公路两边，在这种场景下搭车真是享受，自己像是在画中，在西部的旷野上放飞心底最纯净的云朵。没过多久，一辆黑色别克停在了我们的面前。

一口浓重的江苏口音回荡在耳边，我无法把眼前这个粗犷的大汉和江南水乡联系在一起。他说话声音有些大，也许是开窗户的一瞬间沉闷的气氛被释放了出来。他是一位中年男人，脸上的皮肤有些松弛下垂，红白相间的毛衣，搭配他微笑时洁白的牙齿，给人春风拂面的感觉。他叫张中辉。

上车后和老张闲聊，他二十多年前就来到新疆做棉花加工行业，直到现在依旧奔波在新疆各地。产业已经做得很大了，可我纳闷的是二十多年了他依旧乡音未改。他笑着说现在交通这么方便，基本上每个月都会回一趟家，家常回，乡音自然不改。

老张看着粗犷，但聊久了发现其实他是个腼腆的人。我问一个在这里生活了二十年的外乡人，他眼中的新疆怎么样。他想了想笑着说，前几天坐飞机回江苏老家，车就停在乌鲁木齐机场的停车场，回来取车的时候突然发现车发动不了了，当时急坏了，车场里的几个陌生人见状就过来帮他修车。耗了大把时间，几个陌生人帮他把车修好了。他转过头笑着对我说："没有人向你要钱，这就是新疆的热情。"

"这也是你帮我们的原因吗？"我问。

"在路上相互帮忙，应该的！"

## 【桥】

到了该分别的地方，老张放慢了车速："要不我送你们去赛里木湖吧，也就再走个几十公里。"

我们谢绝了他的好意，因为已经足够了，没必要去打破那个既定好的缘分，就到这吧。在一个叫"五台"的地方，老张把我们放下，临别前他一边挥手一边说：一定要保重，一路平安啊，为你们加油！"

老张的车消失在分叉口的公路尽头。突然一阵冷风，怎么这么冷？我赶紧蹲下打开背包添加衣物。风越刮越大，我看了看表，已是下午六点多，太阳就快落山了，远处山顶堆积着白色的雪，雪山散发着圣洁和威严的气势，但美的同时也散发着寒意。

望了望四周，一面是雪山，一面是戈壁，公路一直延展到远方。我有些担心，这个地方如果再晚一点，搭车的成功率基本为零，如果搭不到车那接下来面临的就是在此处露营，而此处夜晚的气温一定会让我和老李吃不消。老李焦虑地点了一支香烟，眺望着公路的尽头，我能看出他心里有点没底了，过往的车辆少得可怜。我突然觉得这有点像是在赌，把全部希望赌在下一个过路人身上，说实在的这种感觉并不好。

10分钟过去了，手几乎都快被冻僵了，一辆辆大车从身边飞驰而过，我狠狠地把牌子举高，脸上保持着微笑。每过一分钟，雪山的影子都在向我们的方向吞噬。不久后，太阳就快下山了，大概等了20分钟，一辆出租车竟然停在不远处。瑟瑟发抖的我就像遇见救命稻草一样狂奔过去。靠近那辆车，隔着玻璃看到司机是一位维吾尔族中年人，灰色的毛衣，深蓝色牛仔裤，脑门上架着一副复古的蛤蟆镜。摇开窗户的一瞬间，他用新疆味儿的汉语流利地说道："哎哟，这么冷，你们俩赶紧上来吧！"

他说话有些俏皮，可以看出他今天心情不错。由于停下的是一辆营运出租车，必须得问清到赛里木湖需要多少钱才能上车，老李问道："我们是搭车旅行的，钱不是很多，因为你是出租车，所以一定要告诉我们，您收多少钱？"

司机喊道："钱不够也无所谓，赶紧上来，到了新疆啦，我不会骗你们的！太冷啦！上来！"

我和老李对视了一下，心里有些犯嘀咕，但我心想出租车是营运车辆，应该不会有太大问题，更何况最坏的结果也就是被讹点钱，再怎么着都比在这冰冷的雪山下露营好多了吧。想到这，我拉开了车门。

把包放好，我坐到副驾驶的位置上，还没等我系紧安全带，司机大哥就把一个馕递到面前，说道："饿了吧，先吃点东西吧。"

那问候让人感到熟悉，那是来自维吾尔族朋友们的好客天性。他叫依力哈木。在我看来，他是本次旅行迄今为止我见到的最乐观的人，一路上满嘴都是自嘲的小段子，我甚至有点觉得自己好像买了一张脱口秀表演的门票。印象里，很多城市的出租车司机都沉默少言，甚至脾气有些不好，这让我不禁好奇他的生活究竟遭遇了什么。

"我们那个地方开出租的人性格都很好。"依力哈木扬高了声调。

"您是在哪个城市开出租？"

"克拉玛依！"他自豪地说。

克拉玛依？我们用两天时间从克拉玛依出发抵达这里，在这却又遇见了另一个从克拉玛依赶路而来的人。还没等我感慨，依力哈木便说道："早遇上你们就好了，我也不用一个人闷了大半天。"

依力哈木曾是油田上的一名石油工人，他说因为油田上乏味又枯燥的工作、生活，人必须得学会取乐自己："你需要想办法逗自己，如果你不是一个有趣的人，那你一定会在那里无聊死的。"因此，在他的心中，克拉玛依的人多多少少都会些自我调侃，这样显得活着才会更有意思。在这个稍显严肃的年代，很多人把心思花在了取悦别人上，往往取悦自己成了很难的事。

在一些沿途很美的地方，依力哈木会特意停车，他想让两个旅行者多看看沿途不能错过的景观。他嘴里出现最多的一个名词就是"桥"。果子沟大桥在依力哈木的心里是全世界最漂亮的桥。之前我做攻略时也曾了解过这座桥，一座横跨在伊犁果子沟山谷中的新疆第一斜拉桥，在依力哈木看来，它的样子像极了南斯拉夫电影《桥》里面的那座桥。他认真地说："每当我从这座桥经过的时候，我都觉得自己就是电影里面的人。"

依力哈木的那种略带调侃又直接的表达方式让人"上头"，他特意绕路上山，在果子沟大桥对面的一座山梁上停车，让我们看看他心中最美的那座桥。

下了车，我一眼就看到了横跨山谷的桥，我兴奋地对依力哈木说："给你拍张照吧，和你最喜欢的桥。"

他赶忙朝山崖边又靠近了几步："太好了，本来今天我想把两个儿子也带上，他们没来，叫他们后悔去吧，哈哈哈！"

可能是国庆节长假的原因，像样点儿的宾馆全都爆满了。赛里木湖和果子沟附近的酒店实在不太好找，依力哈木不愿意把两个背包客放到无人的荒郊野外，他握紧方向盘在泥泞的山路上费力地向前开着。再费力，笑容和冷笑话也一直挂在他嘴边。

凭着他对此地的了解，太阳落山前我们找到了落脚点。在泥泞道路尽头，一家哈萨克毛毡房旅馆藏在山的背后。太阳快落山了，山谷里渐渐暗了下来，依力哈木没急着离开，他先是帮我们跟哈萨克小伙子讲价，然后又跟他们提要求，要求他们明天上午开车送我们去赛里木湖，再送我们去车流量大的公路边继续搭车。当一切搞定后，依力哈木满意地点点头，用新疆味儿的汉语说道："我该走了，你们顺利噢。"

我伸出大拇指向他表示感谢，并问他一共需要收多少钱。

依力哈木把架在脑门上的眼镜放了下来，大手一挥，笑着说："都是朋友啦，不要钱！记得一定把我和桥的那张照片发给我！"

……

## 【最后一滴眼泪】

同样是哈萨克毛毡房，也许是因为这里的气温相比天山大峡谷要低很多，故此毡房里配有一个用来取暖的蜂窝煤炉。也可能是夜太漫长了，在我们睡得正香的时候，炭火烧完悄悄地熄灭了。黑暗中到处都是冷冰冰的。我醒来了几次，每次醒来都冻得把头赶紧蜷缩进两层厚的被子里。7点钟天终于亮了。

我套上羽绒服推开门，整个山谷都是白色的。原来趁梦里，山谷里偷偷下了一场雪，整个果子沟被冰雪覆盖成了雪山，远处山的顶端迎来了清晨的第一缕金光，这不是日照金山吗？上一次看到这烫金色的日照金山还是一年前在香格里拉的梅里雪山。我安静地站在那里，注视着眼前的一切，那种无声的震撼像某种神圣的仪式。不一会儿，整个山谷被渲染得明亮起来。对面毡房外一个哈萨克小伙子正在架着梯子清理毛毡房顶上的积雪。毡房老板是个热心的哈萨克族中年人，见我醒来，喊我去他们的厨房吃早饭。

厨房有些简陋，一个大木桌上摆放着一个盘子，稀饭、小菜配着切开的馕饼。馕存放的时间可能有些久了，加热之后口感不太好。席间老板说，再过一个礼拜他们会从山上撤下去，明年4月份再回到上山营业。原来他们不是常年生活在这里的。没错，一个礼拜后国庆节收假，这里将正式进入旅游业的冬季。

早饭后，老板开着一辆破旧的皮卡车带我们前往赛里木湖。

"赛里木湖"的名字和克拉玛依一样，谜一般地好听，神一般地存在。我在曲子里、文学作品里、画里都领略过它的风采。静落在新疆海拔最高的高山湖泊，大西洋暖流最后眷顾的地方，后来人们都叫它大西洋最后一滴眼泪。

最后一滴眼泪让这个高山湖泊总带些伤感。我原本以为这个季节的赛里木湖应该会是山花烂漫一片秋黄，谁知提早到来的冬季让圣湖早已银装素裹。走近它的时候，我被眼前的一幕震惊了，它像是一块被冰封已久的蓝宝石，湖水深邃的蓝就像一双透彻的眼，而她就像一位端庄华贵的女子，从容地依靠在俊朗的雪山脚下，雪白让这一切充满了浪漫色彩。

　　沿路而上，有些维吾尔族夫妇正在冰天雪地中拍婚纱照。姑娘们一点都不怕冷，她们在赛里木湖的衬映下显得柔美极了。白色的婚纱和白色的雪地，让维吾尔族小伙子手中的鲜花显得尤为鲜艳。我沿着湖边一直走，不远的地方有一大群野鸭在湖中嬉戏，没人会去打搅它们，它们就像赛里木湖的守护神在远处守候着神圣。

　　湖水有节奏地拍打着脚边的砂石，发出悦耳的浪花声，赛里木湖也像披上了婚纱的新娘，在凉风中用浪花倾诉着忠贞不渝的誓言。

　　远处传来了哈萨克人的歌声，一个自发组织的小乐队在不远处的阶梯上演奏着牧民们的歌谣，冬不拉在阳光的陪伴下尤为悦耳。我慵懒地在一块苔藓地上坐了下来，老李也去找了块属于他自己的地方。我闭着眼体会着周遭的一切，温度、气味、声响，还有阳光洒在脸上的温润，隔着眼皮都能感受到周边的纯净，那一刻我几乎把自己遗忘在了赛里木湖的湖底。歌声和浪花声，像一滴眼泪，在最合适的时间，最恰当的地点，不远万里与你相逢。

## 【睿智老王】

公路的对面是一座长满了松树的山坡，我站在路边，身后是湛蓝的赛里木湖，我们要在这里继续搭车，目标是伊犁哈萨克自治州的首府伊宁。沾了国庆假期的光，今天路上的车很多。大概 15 分钟后，一辆白色 SUV 停在面前。车上一男一女，男士皮肤白皙，戴着户外墨镜，穿着红色的户外绒衣，坐在副驾驶位置上的女士打扮运动时尚，扎着一头马尾，显得很有精神。姑娘先开了口："你们怎么会在这种荒郊野外？"话一出口，我便听出她是广东人。这两个人应该是自驾游游客，我耸了耸肩对她说是搭车旅行的，刚刚从赛里木湖走出来。

驾驶室坐着的男士用标准的普通话问："你们需要帮忙吗？"

我说想搭车前往伊宁市方向，还没等那位男士开口，突然身后传来一阵刺耳的警笛，一辆警车风驰电掣般飞驰而来，警用喇叭刺耳地喊道："谁让你们在这里停车的？"刚停稳车的司机转过头很有礼貌地对警察说："哦，不好意思，他们需要帮助，所以我停下了。"随后他又转过身向我做了个手势，他指向了前面不远的缓冲带，那里有一条分岔路，是一个临时停车区，我表示歉意地向他们点了点头。随后，我们用最快的速度把包背在肩上，向那位车主指的方向小跑。老李跟在我的身后喘着粗气。

由于那个弯道的缓冲带非常隐蔽，我无法看清远处的车是否停下，也许人家找了个借口就扬长而去也不是不可能。虽然需要负重小跑一段路，但必须去试试，搭车旅行久了就会使人养成一种习惯，不能主动放弃一丝机会，机会就是希望。

拐过那道弯，那辆车打着双闪就停靠在路边，刚刚那位男士已经在收拾整理后备厢，他在帮我们腾出更多的空间放置旅行包。

他叫王俊，姑娘叫 Vivi，他们来自广东。老王是个很睿智的人，无论他说什么总会逗得 Vivi 前仰后合，不难看出他是个有很多故事的男同学，而一旁的 Vivi 有点小女人的气质，她的世界很简单，好像听老王的就够了。老王告诉我这辆车上什么事情都要听 Vivi 的，因为 Vivi 是他的老大，而 Vivi 的白眼却又似乎表明一切都在老王的掌控之中。

深聊后才发现老王是个资深的旅行者，也是一个文艺青年。年过 40 的他在很早以前就搭车旅行过，来过很多次新疆，还曾搭车旅行去过几次西藏。搭车路上，他在拖拉机的装载铲里睡过觉，在加德满都和满大街的孩子一起踢足球，背着包到处睡青旅。他喜欢用虾米音乐播放器听歌，非常喜欢台湾金曲，从罗大佑、苏芮到胡德夫、薛岳，他是会为了一张心仪的专辑飞去台湾的人。

音乐是我们的共同话题，虽然我对台湾音乐并不那么了解，但能感受到他和我一样是对某种音乐文化痴狂的人。有着相似经历的我们在路上的相遇仿佛像一场旧梦，这一聊就停不下来。

老王这样的人正是我在搭车旅行中最想遇见的那类有故事的人。

我很好奇一个一路走来的文艺青年是拥有什么样的工作能有这么多的时间和精力常年在外旅行。他告诉我，他的工作非常繁忙，这些年在广州从事医疗行业，而无论多忙碌他都会合理地规划好自己的时间。工作和旅行就像是两个平行世界，他在这两个世界中自由合理地穿行，一切都被他规划得井井有条。

路很长，无话的时候老王就会用手机连接汽车蓝牙播放他下载好的电台节目。那是一段访谈，被采访人是台湾电台主播马世芳，台湾民歌之母陶晓清的儿子，他在电波里讲述着他童年家中客厅里聚会的那些哥哥姐姐、叔叔阿姨们的往事，而那些人后来都成了台湾乃至华语流行乐界的中流砥柱。每当马世芳在电波中推荐歌曲的时候，老王都会跟着一起深情地唱，深情得甚至有些撕心裂肺，Vivi 在一旁时不时批判老王。老王在跟着胡德夫深情哼唱《匆匆》的时候，Vivi 终于忍不住了，她说这几天已经受够了。Vivi 转过头问我，你能接受这种歌曲吗？我的回答可能让她有些失望，而老王听见我的回答唱得更加陶醉。后来 Vivi 干脆断开了老王的手机蓝牙连接，放起了自己手机上当下最流行的一些歌曲，老王见势干脆戴上了耳机。

也许他不想让哪怕一点自己不喜欢的事物干扰到旅行，而音乐这个富有情感的催情剂对于旅行中的人来说真的很重要，它代表了心情和氛围。老王戴着耳机又开始唱了起来，他完全沉浸在了自己的旅行世界里。

抵达伊宁市的时候，老王问我接下来的行程计划，我如实告诉他接下来的行程，去那拉提草原，然后从 217 国道经独库公路一路向南去库车，再从库车往喀什走，而没想到的是老王原本的计划和我们的计划几乎重合。他们两人的目的地是库车，也就是说从伊宁到库车我们的行程是一样的。Vivi 伸了个懒腰，很痛快地说："既然这么有缘，我们就同行吧，这样大家也都有个伴。"

这简直是意外惊喜，伊宁到库车这一段路途是最艰险的，而且独库公路是否全段封路至今还不知道。这样一来，就不用担心在最难走的一段路上流离失所了，而更让我觉得幸运和兴奋的是能和对路的人同行，真是一大快事。

### 【乌孙国】

我有一个从小玩到大的哥们儿，他心里一直住着一个来自新疆的姑娘。那姑娘曾经对他说新疆最美的地方在伊犁，伊犁有大片大片的薰衣草田，相爱的人会躺在薰衣草田上看落日。这个画面因为那个哥们儿对女孩的思念在我的青春记忆里也就变得尤为深刻了。

来到伊宁，我想看看那片薰衣草田，而 Vivi 听说这个故事之后，也嚷着喊着要去看看。老王开着车带我们一路导航到了一个薰衣草庄园，那是在网络上唯一能查到的附近与薰衣草有关的地方。下车走到门口，售票处的人说这里是私人景区，记者证不能使用，里面的薰衣草田也不是天然的，最令人失望的是薰衣草的花期已经过了。我对圈养也没有什么兴趣，没法躺在草地上看夕阳，四周的欧式建筑也十分刻意。老王的主张一向是来了就别错过，而 Vivi 看我没有了兴致，也决定放弃前往，说此刻的她想赶紧找个药店买点凉茶。凉茶是广东人的小癖好，那是一种能去火的中药饮料，对于广东人来说，凡是到了炎热或者干燥的地方，或是吃了油大或味道重的食物，不喝凉茶就内心缺乏安全感。

从伊宁市到那拉提差不多 300 公里，出了伊宁市，公路右手边便是伊犁河。伊犁河的水域非常宽阔，河道间有一些绿洲，两岸长满了茂密的植被。从进入伊犁开始再也没有荒漠和戈壁，这里是新疆地貌的另一极——伊犁哈萨克自治州，有哈萨克人的地方一定离不开茂盛的草原和植被，因为哈萨克人放牧。

沿着伊犁河一直往前走，从山谷到村庄，路的两旁尽是林荫，羊群点缀在草地间。牧民会把自家的羊涂上不同的颜色以示区分，有的羊群红点点在头顶，有的羊群绿点点在屁股上，有的羊群蓝点点在大腿上。车子有时会因为拥堵停下来，过一会儿，川流不息的羊群就会从你的车窗外走过。在这里，所有的车都要主动给牛羊让路，而习惯了城市交通的拥堵之后，在路上被一群羊团团包围是一种新的体验，每只羊脖子上的小铃铛都会在与你擦肩而过时发出"叮当叮当"的清脆响声。

等羊的时候我就会和老王闲聊。我们聊起了中国近代史。后来羊群散了，他向我推荐了一本书《南渡北归》。

午饭的点儿已经过了快两小时，我们在一个比较繁华的小镇停了下来。街道两旁尽是商店和小洋楼，商店的牌子上除了少数民族的文字，还配着汉语，可见这小镇是往来旅者的一个落脚点。老王把车停在了一个水果摊前，买葡萄的时候，我问哈萨克小伙子这个村庄叫什么，小伙子用不太标准的普通话告诉我这里是阿热勒托别镇。阿热勒托别镇？怎么这么耳熟？那不正是我原本在旅行计划中标注为落脚点的小镇吗？当初做攻略的时候因为它绕口的名字还特意在嘴里翻来覆去说过很多遍，阿热勒托别镇！如果没有遇到老王，恐怕我们的搭车旅程会在这一段停停走走耗费很多时间。望着这个原本可能会留宿的小镇，镇子很繁华，哈萨克妇女们围坐在一起聊天吃石榴，不远处站了二十几个穿红马甲的老年人，从马甲背后的夕阳红三个字可以看出，他们是老年旅行团的客人。与其他"夕阳红"不同的是，老人们的脖子上都挂着相机，他们是一群摄影爱好者。老李说圈内统称这些老年人为"老法师"，从老李的表述中看出他并不怎么瞧得上"老法师"，因为"老法师"团里面的法师们个个拿着极贵的设备但是往往水平都很差。我在一边和Vivi吃着葡萄安静地听老李慷慨激昂，我没有发表意见，Vivi时不时地笑。我倒觉得年纪大了有点爱好挺好，水平和技术并不是他们刻意追求的，重要的是在路上用一种方式记录生活。

抵达那拉提草原已经下午四点钟了，虽然有些晚了，但我们还是想进去看看伊犁地区最美的草原。那拉提在蒙古语中是"最先看到太阳的地方"，相传成吉思汗的一个军队由此经过，当河谷溪流逐渐浮现在蒙古人眼前时，有人不禁大喊"那拉提"，他们认为这儿一定是最先看到太阳的那个地方，从此"那拉提"的名字沿用至今。

那拉提草原有一个乌孙古墓。"乌孙国"是古丝绸之路西域三十六国之一，是西汉时由游牧民族乌孙在西域建立的行国。古墓周围有一圈石柱相绕，开阔的那拉提草原被这浓重神秘的仪式感笼罩，石刻的雄鹰和猎犬在阳光下坚定地注视着远方。老王闭着眼睛，双手插在胸前，站在那一动不动。我拍了拍他的肩膀，他说："你听这风声，这是上千年的风声。"

太阳快落山的时候车停在了一座山丘上，那里住着一户哈萨克人家，搭了两个哈萨克毛毡房，一个穿着花毛衣、运动鞋，目测七八岁大的哈萨克小孩儿不知从哪抱出了一个音响。他蹲下打开音响，律动十足的哈萨克民族音乐响了起来，那男孩儿在音乐的节奏下扭动着肩膀，脚下一前一后地跳着。说实话，他的肢体有些僵硬，但舞蹈中的神韵和整个人的精气神挺像那么回事。我问那孩子这是和谁学的，他说是学校老师教的。我好奇地问那拉提草原的学校在哪里，他指了指毡房后面的摩托车说："我爸爸每天骑车送我去镇上上学。"这时远处传来一阵慢节奏的马蹄声，马蹄踏在草地上发出"嗒嗒"的声音。一个英俊的哈萨克少年骑着高头大马缓缓而来，在毡房旁的一棵树下，少年勒紧缰绳，马儿顺势停下了脚步，小伙子单脚一蹬飞身下马，整个动作一气呵成，我脑海里所有对骑马王子的幻想都出现在了眼前，某种想象过的生活方式出现在眼前带来的冲击令人兴奋。

离开那拉提草原时夜幕已经笼罩大地，我们坐在镇子上的小餐馆里，就着椒盐羊排商议接下来的行程。其实我和老李对接下来的行程没有太多的要求，因为老王已经为我们节省了很多时间，但老王和Vivi在五天后需要返回乌鲁木齐，而为了给他们节省时间，明天晚上顺利抵达库车是最好的选择。随着最后一块羊排的骨头落地，大家决定赶夜路向南进发，走国道217独库公路段，争取在凌晨两点前抵达巴音布鲁克。这样不仅有望明天下午抵达库车，还能一早去看看巴音布鲁克的九曲十八弯，这个安排可以说是非常完美，全票通过。

匆匆上路，夜行独库，这样的选择是充满挑战的。大概开了 20 分钟，行至 217 国道口时一辆拖拉机横立在道路正中央，没有车能从那狭小的缝隙中通过。好好的路怎么突然横了一辆拖拉机？车厢内的气氛有些凝重，我借着微弱的月光打量四周，太黑了，几乎伸手不见五指。掏出腰包里的户外手电，随着一道强光，隐约看到路的周围被群山和树林环抱，没有其他的路可走了。万般无奈，我们只好折返至收费站询问交通警察。一个哈萨克族交警说："独库公路因大雪全段封闭！今年都走不通了。"

## 【焉耆国】

正如学妹之前发来的信息，路真的封了，这对于我们来说是个十足的坏消息。本以为会像老李说的那样只有独库公路独山子段封路，没想到最糟的情况还是出现了，眼前这条路是通往库车的必经之路，而且是唯一一条直达的公路。

了解完所有的现实情况，今晚只能留宿那拉提草原了。我将前不久在得知独库公路独山子段封路消息后作出的第二套路线方案告诉了老王：一旦无法从那拉提直抵库车，可以向东走 218 国道数百公里抵达库尔勒，而库尔勒向西有高速路可以直抵库车。这样一来，虽绕了一段路，但是行程也足够精彩，老王和 Vivi 听后觉得这是目前最好的方案了。旅途本身就是在解决随时面临的问题，过程也是一种享受。

第二天一早，我们用一碗不怎么好吃的牛肉面填饱肚子，便出发上路了。错过了独库 217 国道一定是遗憾的，我早已幻想过无数次与这条道路上的美景相伴。大家都很疲倦，没人说话，各自望着窗外，在昨晚横着拖拉机的国道 217 岔口我们拐向了不期而遇的国道 218。

进入国道 218 没到 5 分钟，我就有点受宠若惊的感觉。老王的车开得很快，大片巍峨的雪山从身边擦身而过，古松个个笔直地竖立在山腰上，溪流顺着河谷轻快地流淌着。这里和昨天的那拉提草原都是越往前开景色越开阔。后来汽车翻越了几座被冰封的雪山，随后进入一片平缓地带。虽然看似平缓，但手表上显示现在所处的海拔有一千多米。周围是一望无际的黄草，向远处望去，一条路笔直地通往天际。耳机里正在播放着痛仰乐队的那首《如期》："在炊烟缭绕的地方，我要找到她的名字。"

漫长的路程，一路醉人的风光。即将抵达库尔勒附近时，老李突然指着窗外说："你们看，这应该是个遗址。"顺势朝外看去，公路旁的围墙里有很多土坡，土坡上的建筑是黄土的残垣断壁，有点像交河故城的那类建筑遗迹。老王沿着路边慢慢地开，前面突然出现了一个大门。我们走进院子寻了半天才在一个半掩的门内找到一位看管员，这里就要闭园了，看管员见有人进来有些不大情愿理会。可能是因为这里的地理位置太偏以至于很少有游客出现，与其说它是一个景区不如说它是个保护区。在入口处有一个小博物馆，里面有一些关于这个遗址的资料，看过以后才知道原来这里就是古丝绸之路三十六国之一的焉耆国遗址。我翻阅了一下地图，原来现在所在的地方就是焉耆县，而前面的这座遗址是焉耆古国的佛教中心"七个星佛寺遗址"，因为之前的旅行计划中没有涉及库尔勒这个城市，所以我对这个城市的了解是一片空白。这里曾是佛教传入中国的重要坐标。玄奘的《大唐西域记》也对此处有过记载，七个星佛寺遗址位于焉耆县的西南部，因为地处龟兹和高昌两大佛国之间，故此它在佛教东传的过程中起到了推进性的作用。佛教在这里也盛行过一千多年，但与交河故城不同的是这里废弃的黄土建筑与大片大片的芦苇相伴，芦苇丛被风吹过发出沙沙的响声，让眼前的画面多了几分苍凉。

院内遗址很大，除了四个误入的旅行者，再无他人，我们走着走着就走散了。在一个阶梯附近，我找到了僧房遗址，虽然破损比较严重，但曾经的样貌依稀可见，佛殿的遗迹已经完全看不到了，但从地基能看出这里曾经是个大寺，应该香火旺盛，僧侣众多。

邂逅了焉耆的古迹，就像寻找到了一块原本没报希望能得到的宝石。

离开佛寺，我查阅关于库尔勒的一些历史和人文资料，希望能从中找到接下来的旅行提示。

抵达库尔勒酒店已是傍晚时分，办理完入住，前台服务员指了指一旁的果盘："你们随便吃啊。"我扭头一看，盘子里堆着满满当当的香梨。我第一次见到住酒店还可以随便吃梨子的，这种体验可能只有在库尔勒才会有，因为大名鼎鼎的"库尔勒香梨"吧。

【*在路上的中秋*】

说到库尔勒，内地人第一个想到的一般都是香梨，这个城市的梨子已经家喻户晓，享誉全国，那份满满的自信和地域特色最直观地带我们走进了这个陌生的城市。

今晚是中秋，中国传统佳节，一个关于团圆的日子。因为这一天月是故乡明，此刻身在异乡的旅行者倒是多了几分浪子的感觉。那晚我和老李请老王、Vivi吃了一顿库尔勒网评最高的馕坑肉，但吃了以后觉得这家相比之前刚刚进疆时在哈密吃的那家还是要逊色些许。老王从汽车的后备厢里拎出一箱之前从香港带回来的美心蛋黄月饼和一瓶高档白酒，这是他特意为此次新疆之行的中秋节准备的。在旅途的路上，相遇让我们变得像家人一样，我们一起经历，一起面对。一起在陌生的地方借着七分醉意，吟了李白的那首《把酒问月》：

今人不见古时月，今月曾经照古人。

古人今人若流水，共看明月皆如此。


周围的食客多数是维吾尔族人，没有人吃月饼，他们甚至不理解为何这几个外地人如此诗情画意，玩得不亦乐乎。

那晚大家都喝醉了，记不清喝了多少酒，吃了多少椒麻鸡和馕坑肉。从思念家乡再回到眼前，突然有些感伤，在路上随遇而安已经成了一种习惯，让我悲伤的是旅途总有一天会结束，而我该如何重新回到平淡无奇的生活？陌生的人总有一天会离别，而我在短暂的相逢后又会留有哪些收获和美好？江湖很大，人突然变得渺小。

有的人走着走着就散了。

有的人总有一天会遇到。

# 何为江湖

【*不行就梨*】

我一直想弄清库尔勒香梨到底为什么在全国这么火？它的味道有什么独特之处吗？顺着历史去寻找，发现它是汉武帝时期张骞凿空西域时由丝绸古道不远千里带到这里的，于是香梨在塔克拉玛干的土地上一代接一代繁衍了上千年。所以说库尔勒香梨是什么味道？我觉得应该是历史的味道。

清晨，我们去了"铁门关"遗址。在铁门关的入口处有一大片梨树林，老远就听见一位大爷向驻足的行人喊道："库尔勒香梨最甜的还得在我们铁门关！"

我过去和大爷攀谈了几句，大爷得知我是来新疆拍摄旅行纪录片的，立刻对我说："给你们介绍一下库尔勒香梨吧，它是分公母的……"

梨还能分公母？这还是第一次听说。大爷随手从框里拿出一个梨说这就是母梨。看着他深情款款的样子，我倒觉得有点好笑。他接着又从框里挑了一个梨，打眼看两个梨没有什么本质性的区别，他两手一翻说："看梨窝处是凸起还是凹陷就能辨别梨的公母。"定睛一看，果真一个梨的屁股是凸起的，另一个是凹陷进去的，我赶紧问道："那公母会影响梨的口感吗？"大爷说："母梨的水分比较多，而公梨会脆、硬一些，喜欢吃哪种因人而异。"这种拟人的表现手法真是为梨增加了不少的神话色彩。怪不得有些当地人都说那《西游记》里的人参果其实说的就是库尔勒香梨，除了分公母，还有一个原因就是库尔勒香梨的水分特别多，它落到地上不久后就会出现一摊水。

　　大爷指了指身后的果林邀请我们随意采摘品尝，只要不浪费，吃多少都行。多年行走江湖的老王同志一听便决定购买一箱梨，他的理由是希望能长生不老。付钱时才知道原来大爷并不是卖梨的，他只是梨园老板的邻居，之所以大费口舌，如他自己所言，能让外人吃上好梨是库尔勒人的使命感吧。

　　从铁门关的关楼进去是一条非常原始的古道。铁门关是中国古代著名26关口之一，古丝绸之路中段的必经之路。古道原本长约两公里，一边怪石嶙峋，一边溪水清清，上千年来这里没有经过任何的修缮。原本想沿着这条古道去体会一下当年古人们由此经过时的那种心境，可没承想由于年久失修，路的深处已被巨大的落石掩住去路，塌方让这条丝路古道被遗落在了山谷中央。

　　当年张骞两次出使西域都从这里经过，玄奘西行也从这里经过，遗憾此时我只能站在这里闭上双眼静静地想象，想象同是从长安而来的马队从我身边经过，"定远侯"班超牵着战马在溪水潺潺的孔雀河边小憩的情景。后来张骞走过的路又叫"丝绸之路"，班超饮马的孔雀河又叫"饮马河"。我喜欢这种在历史和空间中穿行的美妙，你会觉得有一个素未谋面的人也许曾和你一样站在这里静静地听风。也许西域是风化作的，浮浮沉沉的风沙中吹过的都是往事。

我在河道附近发现了一块石碑，上面用红色油漆写着几个大字："西域南北疆分界点，北纬 41° 48′ 35″，东经 86° 12′ 24″。这里竟然是新疆南北的分界点，南疆在我的心目中是干旱和沙漠，维吾尔族浓厚的人文历史遗留造就的别具一格，而北疆更多的则是高山草原般辽阔、壮美，哈萨克族文化在那里更为鲜活，反差极大的两种画面在我脑海的左右两边不断地浮现。我心里也曾提出过这样的疑问，南疆和北疆究竟是从什么地理位置来进行区域划分的？后来得知是天山将南北疆做了一个基本的地理划分，没承想如此神圣的分界线在这孔雀河边的羊肠小道上不经意地偶遇了。

有时不经意的，却很浪漫。

## 【吸血森林】

离开铁门关，老王加快了车速。他希望在天黑前抵达库车，而抵达库车前我们还要去沙漠上看看胡杨林。这个早该经独库公路抵达的城市因大雪封山与我们迟了两天才相见。但我相信命运的安排，如果不是绕库尔勒也不会有这两天精彩的旅行经历。

车行驶至一个小镇，Vivi 突然指着窗外大喊"西瓜"。舟车劳顿，早该停下车休息一下了，老王把车停在了一个叫"阿企丽水果店"的门口。大家在路边晒着太阳围在一起，商贩把一个皮薄肉美的西瓜分好递给每个人。离开库尔勒，天气又开始热了起来，一口下去，冰爽香甜的西瓜汁在嘴里翻起夏日的巨浪，没什么比这更适合炎热的新疆了。水果摊的一边摆放着一个玻璃柜子，里面堆着大小形状各不相同的馕，我想到了之前克拉玛依兄弟艾合买提曾告诉我："你到南疆就会看到各式各样的馕，那儿的馕真是太香了。"我和老李付了西瓜钱，又选了一个之前没见过的馕。这个馕不算很大，但很厚实，它的表面被瓜子包满，能想象那酥脆的表皮内正散发着坚果的香气。

从这里往前就是轮台县了，第一次听说轮台这个地方是因为那里有一条沙漠上的公路。这条公路从轮台县开始横跨有着死亡之海之称的塔克拉玛干沙漠，因此这条公路也得名"塔克拉玛干沙漠公路"。导航里林志玲用甜美的声音提示我们已经正式进入了塔克拉玛干沙漠公路，起初有些兴奋，可车开了将近 20 分钟，公路两边丝毫没有沙漠的迹象，难道是防沙治沙在这几年取得了重大的成效，沙漠不见了，取而代之的都是村庄和绿树？沿着公路就这么一直走，直到看到胡杨林，道路两边也未出现沙漠的踪影，下车询问才得知要往前走上几十公里才会看到沙漠。

大漠胡杨，我们虽然没有见到大漠，但必须要下车一睹胡杨。胡杨这个古老而神秘的植物是塔克拉玛干沙漠上的一个古老神话。据说每一棵胡杨都千年不死，死后千年不倒，倒后千年不朽。它的顽强与倔强让它成了沙漠中的传奇，像一个个立下契约的古老侍卫守候在这茫茫黄沙中，守护着西域上千年未被遗忘的文明。我们下车裹着户外头巾向树林走去，那是一大片胡杨林。胡杨和别的树有很大的不同，它的树枝上和树干上会长出很多干枯的藤条，仿佛根长在了树枝上，像一棵棵长了浓密胡子的树。

大部分胡杨的叶子还没有全黄，原本以为 10 月是最佳季节，当地人说起码还要一个月才会出现一片片金黄的景象。粗壮的树干，加之斑驳枯裂的藤条，让你一眼就能辨别眼前的树至少活了上百年。正当聚精会神欣赏眼前古树的时候，我突然觉得被户外头巾几近罩住的整张脸有些发痒，用手摸了一下脸，几只蚊子闻风而逃。天哪，它们竟然正隔着户外头巾吸我的血。我的整个脸被叮了 3 个大包，其中一个还在嘴唇上，火辣辣的，又烫又痒，我赶紧拿出青草膏往脸上涂。老王嘲笑我可能长得太帅了，我耸了耸肩。

车一直开到了塔河大桥，老王兴奋地要带大家一起去塔里木河上看日落。旅途应该浪漫一些，有的时候甚至要不顾一切地去追，黄昏一直是浪漫的色彩。塔河大桥最近在施工，有一车道可供行人驻足。我站在桥上眺望远方，脚下是中国最长的内陆河塔里木河，由于河上有风，附近的蚊子并不多，我趁机脱掉外套试着让肌肤感受一下河岸上的温度。可没过一分钟，头顶又盘旋着几只蚊子跃跃欲试，我赶忙套上衣服，让自己处于运动中欣赏眼前的景象。

迎接夜幕降临是一个寸秒寸金的过程，没想到过了十几分钟，乌云却遮住了太阳，落日的余晖被完全遮掩住，躲在了灰蒙蒙的远方。我有些沮丧地往车的方向走，一位修桥的维吾尔族中年人坐在拖拉机上离老远就对我笑。走近以后，他说："蚊子太多了吧？"我说："你们也太辛苦了，怎么忍受这些蚊子？"中年男子摇着头说："多穿点，桥上好多了，要去胡杨林里，那才（摇头）……"

我点了点头表示已经体验过了。

维吾尔族中年人笑着对我点头。

离开的时候，我对着宽阔的河和远处被遮住的夕阳高声地呐喊，那河水仿佛感受到了我的声波，变得更加有生命力。塔里木河是从天山而来的，因为这条河，塔克拉玛干沙漠才有了绿洲，荒漠中才有了古老的胡杨。我把思绪留在了那滚滚河水里，任它顺流而下飘过几个村庄，随它灌溉心田，养育牛羊。

## 【*库车！*】

抵达库车是夜里了，伴随着罗大佑的一首《鹿港小镇》，老王把车停在了提前订好的酒店门口。放好行李，出来想找点吃的。在这里，晚上想找点吃的还真不太容易，走出酒店大门，街上几乎没有人，除了路灯和红绿灯，街边的商铺全部拉上了卷帘，夜里的库车几乎没有什么店家开门。询问了街道上巡逻的警察才知道，这里的夜市不允许开张到深夜，只有少部分的餐厅会开着。我们沿着警察所指的方向走了大概 500 米才看到街对面有一家开业的烧烤店。

第二天清晨，大家都睡了一个懒觉，醒来我想到的第一件事就是明天老王和 Vivi 要和我们分道扬镳了，我们继续往西，而他们将返程前往乌鲁木齐。伸了个懒腰坐起身来，拿起手机就看到老王 20 分钟前发来的信息，他问要不要一起去"库车大峡谷"。那是当地知名的雅丹地貌，这本没在我们的计划当中，但重要的是要和朋友们继续上路，因为这将是我们共同旅行的最后一天。没有老王和 Vivi 的欢笑调侃，我甚至担心接下来的旅行会太过乏味。

早餐是杭州小笼包，老王从背包里拿出前一天在库尔勒打包的羊排。他不要求别人跟他吃剩下的东西，但嘴里会一边吃一边自言自语地说："某些人都不吃这剩下的东西了啊，真好吃，我一个人把它吃完。"说着说着还吧唧着嘴，这是他的惯用套路，他是在提醒其他人一起吃，不能浪费。我拿起一个在塑料袋里放了一天的羊排，嗯，味道果然……并不怎么样。

从库车向北行驶有一段路区间限速，为了放慢速度，车停在了一个休息站。老王买了三个甜筒递给我们仨，他自己在一旁嗑瓜子。我们为了"打发时间"，坐在路边研究老王那条打着补丁的做旧牛仔裤。老李打算在老王裤子上创作一幅画，被老王拒绝了。这件事的起因是老李说他上学的时候正流行香港电影《古惑仔》，大家都特别喜欢文身，为了找到雷同感，于是在牛仔裤上画龙。而老王正好穿着破洞的牛仔裤在老李面前晃，这让二十年没动手画牛仔裤的人找到了一丝情怀。说罢他撸起袖子，露出小臂上文的一行藏文。大家大开脑洞，聊得天马行空。在路上，有的时候需要一些低级趣味，这起码对于打发时间这件事来说是很好的一剂解药。

原来通往库车大峡谷的这条路是国道217，正是我们在那拉提向南行因封山而错过的独库公路。虽全段封路，但因为旅游交通，库车到库车大峡谷这一小部分路段是开通的，这也算是我们错过整段独库公路的心理慰藉。国道217的景色在这短短的一小段中就已经震撼了车上的每个人，沿途的红层犹如鬼斧神工，我甚至怀疑这真的是自然形成的吗？

当车行驶到库车大峡谷时，毫不夸张地说，那像一扇通往星际空间的大门。一座高耸入云的红色山谷屹立在你的面前，山体上上亿年造山运动留下了岩层和痕迹，叠叠断层般的岩层像一件件精美的艺术品，而那种高耸的威严直逼你的心灵。环顾四周，想去窥探它的美，但盯上一会儿就因错综交错的岩石而感到头晕。

走进峡谷是一条深邃的长廊，像在火星的地壳裂缝中探险一般。周围峡谷的石壁上是经大自然上亿年的风刻雨蚀形成的纹理，我每走一段就会看见一些写着"安全岛"字样的抬高式小岛。后来在一个警示牌前才弄明白了，这些"安全岛"是用来躲避洪水的。库车大峡谷6到9月是雨季汛期，时有洪水发生，安全岛正是游客在突发洪水时避难用的。

中国人有一种约定俗成的习俗，就是向一些水池里扔钱。在峡谷内一个叫玉女泉的地方我又看到了类似的情景。那是一个天然形成的小泉池，原本是一道精致的小景，可泉池里撒满了硬币，水面上还飘着一些纸币，周围潮湿的岩壁上也被贴满了一张一张五毛、一块的人民币。这种场面在中国很多旅游景点司空见惯，中国人喜欢把钱丢到有水的地方祈福。我之前看到过一个报道，北京故宫的荷花池内游客们扔的钱币太多遭了贼人惦记，有人专门跑到故宫用麻绳拴着磁石趁人不注意时吸走池中的钱币，就连绍兴鲁迅故居里摆放的咸菜缸也遭遇着同样的苦恼，每天都有人向里面扔大把的硬币。这些有水的地方遭"钱灾"不说，没水的地方也很难幸免。童年我还在北京的十三陵地宫里目睹过被人民币铺满的棺床，这一切的一切，最终的解释就是祈福保平安，这在中国好像是个不成文的传统，而眼前的玉女泉承载着游客的期许，自己却成了废墟般的水沟。

在峡谷深处有一处唐代的石窟，由于上山的通道被封住，所以没法去一睹其真容。据说这悠长的峡谷深处曾生活过些许僧侣，他们在此隐居修行。

我注视着周围的崖壁，幻想着第一个云游至此的僧侣看到此处场景时内心是怎样的。我不敢发出太大的声响，怕惊动了千百年来这草木间修行人的宁静。

【*后院的古文明*】

回到库车县城大概是下午 5 点，我提议去寻找"龟兹故城"。库车在古代叫"龟兹"，是西域三十六国中的大国。在张骞凿空西域之前，龟兹国就已经存在了。据说这里的原始居民应该是来自高加索地区的欧罗巴人，而这个在西域历史中浓墨重彩的龟兹国遗址确实难倒了我们几个人。随着汽车导航中林志玲甜蜜的引导，我们被带到了一个四周被围挡住的维吾尔族老生活区。在一处夹缝中停下了车，我叫住一个刚好路过的维吾尔族小朋友。

他叫阿迪利，今年 12 岁，是这个村子土生土长的维吾尔族孩子。我问能带我去找找"龟兹故城"的遗址吗？阿迪利眨着大眼睛点点头。老王因为这两天行走过度，脚被磨出了血泡。跟在最后的他穿着酒店的一次性拖鞋，一边追逐着我们一边喊"这靠谱吗？"

我让他放一百个心，从阿迪利的眼神中就能看出，他帮助过类似我们一样慕名而来的造访者。穿过一片农田，经过一片玉米地，再右拐穿过一片树林，阿迪利脚下如飞，在一扎宽的田埂上行走，确实是难为了身后的这群异乡人。也许我们的脚步声过大，突然一群野鸭从身边的玉米地挣扎着飞过头顶，安静的旷野上突如其来的惊鸿一瞥还真有点肾上腺素加快的感觉。穿过一片树林，一处荒废已久的废土墙映入眼帘。我猜测这应该就是龟兹故城的古城墙了，阿迪利转过身对着我指向远方："那就是，这边一个，那边还有一个。"听到他的话，我兴奋起来，跟随他的指引一路小跑，一个巨大的石碑屹立在远处："龟兹故城"。

石碑上方的小字写着："新疆维吾尔自治区重点文物保护单位，1957年元月立"。可环顾四周，又感到莫名其妙，一点也看不出这碑文上所写的"重点文物保护"是怎么保护的？这里没有像交河故城一样被封存保护，也没有像七个星佛寺遗址一样被围成景区，一个有着上千年历史的文明遗迹竟然就出现在村庄的后院废土堆上，所谓的围挡是村落改建的施工墙。我不得不为龟兹古国曾经的繁华叹息，千家万业在千百年后灰飞烟灭了。

老王为了感谢阿迪利，问阿迪利："你喜欢什么？"阿迪利说"踢球"，这正中了老王的下怀。老王这一路上就跟我讲了他对足球的狂热。听到这，老王一个马步开始给阿迪利讲如何正确运用内脚背射门和外脚背旋出弧线球。老王穿着一次性拖鞋不停地展示正确的脚法，阿迪利尤为认真地跟在一旁模仿。他们站在荒废的龟兹古城墙上完成了一次跨越民族、年龄的球技传教，临走时我对老王说，也许再过十年你在 CCTV-5 看到欧冠赛场上有位叫阿迪利的球员举起了圣博莱德杯，到时候拿着我拍的这张照片，你就会有数不尽的杏木烤肉（老王梦寐以求的库车特色烧烤）每年成吨邮往广州。老王差点笑破了肚皮，也祝愿中国足球队能在龟兹故城的废墟上被历史改变。

### 【馕饼与羊】

库车老城传闻是一个充斥着维吾尔族传统建筑的一座古老的居民区，我们抵达这里时，老楼正在被拆迁，四周很多地方围起了施工围栏。不难看出，这座老城正在被改造，公路一旁的一些小瓦房幸免于此。一位维吾尔族中年男子紧皱着眉头在远处盯着我，我走了过去。他是一个卖馕的，家门口摆着一个简易的方桌，上面用塑料袋包裹着三种大小不同的馕。我指着个头最大的那个问多少钱，他伸了伸手指示意一个四块钱。天哪！足足有车轮子大小的馕才卖四块钱。库车大馕和一路走来其他地方的馕有着大小上的不同，另外它也存在一种独有的香味，这独有的味道据说来源于烧火时的柴火多选用杏木，烤出来的大馕就有了一股独特的芬芳。

路过古城里的一所小学，学校附近有一家路边烧烤摊。这个摊子实在太简易了，一个留着长胡子的长者在炉子前不慌不忙地串着肉，这个摊上就他一个人，几个维吾尔族老街坊坐在一旁的长椅上正聊得起劲，肉串串得很大。我目测吃上两串应该就差不多饱了，询问了价格，1 串卖 5 块钱。这种价格吃羊肉几乎相当于不要钱了。我们坐在长椅上等待长者烤好肉串，正值放学时间，很多穿着迷彩校服的维吾尔族孩子从身边走过，有几个孩子驻足在炉子边排队买肉串。

我们的羊肉烤好了，我一手拿着相机一手端着香气四溢的羊肉回到桌上。老王看着放学路过的孩子感慨地说："如果我小学门口有卖羊肉串的，我一定不想毕业了。"我想这个比喻是比较中肯的，对于广州人来说，能出了门就吃上现杀的新疆羊羔肉这基本是不可能实现的事情。我喜欢到这种街坊邻居常聚的生活区吃当地小吃，极具烟火气的味道从来没差过，咽了一口口水，咬上了一口多汁的羊肉，每个人鼻子里都发出了"嗯……"的声音，那是从未尝过的鲜。仔细地用舌头回味，羊肉上也没撒孜然之类的作料，所有的香味儿就是羊本身的味道和些许盐的味道，足够了！就这简单的味道足以让桌上的四个人大呼过瘾，如果给一路走来我们吃的羊肉串排个名的话，库车老城的这顿应该是第一。

## 【文艺青年】

昨夜一场离别的酒醉，今早老王和 ViVi 醒后该开往乌鲁木齐，两天后他们的飞机将从乌鲁木齐飞往广东。天下没有不散的筵席，如若缘在重逢会有时。

而清晨我被隔壁老王发来的消息叫醒，他改变了计划，想赶早去克孜尔千佛洞看看，问我们要不要同行。这太让人兴奋了，我没有过多思考果断地答应了老王，也许是对克孜尔千佛洞的向往，更可能是对这两位朋友的不舍。老李蜷缩在被窝里，他决定留在酒店睡觉，而五分钟后我便出现在酒店大堂！

从库车一路向北驶往中国开凿最早、地理位置最西的石窟——克孜尔千佛洞。老王是个极度有情怀的人，来库车前我们在路上就提到了克孜尔千佛洞，他一边开车一边说："我昨晚上想了一夜，觉得今天得来看看克孜尔石窟与敦煌石窟之间到底有什么不同，所以就算晚上赶不到乌鲁木齐也得来看看。"

在这一点上我和老王有些相似，或许这就是一路上这么聊得来的原因吧，大家都渴望寻找答案。有时候甚至可以为此付出一些代价，往往这样的选择会令旅途变得更精彩。

抵达克孜尔石窟，空旷的广场上停了三三两两的车辆，眼前的景象犹如一路驶来陪伴在公路两侧的荒山。也许它所处的位置太过偏僻，但我不认为这份宁静有什么不好，也不认为客流量是决定一个历史遗迹好坏的因素，我更渴望能多了解一些关于这里的精彩。

我对克孜尔千佛洞如此感兴趣，是因为"鸠摩罗什"，中国佛教八宗之祖。鸠摩罗什就是龟兹人（库车），与此次旅行的方向正相反，他在两千多年前沿着丝绸之路从龟兹前往长安，所翻译的佛经在中国佛教史上有着划时代的意义，最终在西安户县的草堂寺圆寂。我曾在草堂寺绕过鸠摩罗什的舍利塔，今日一来就像探望一位尊者的故乡，只为一睹入长安前他所生活之处的宗教氛围，感受是何种氛围和文化塑造了这位伟大的僧人。

站在千佛洞前，老王一边发呆，一边提出疑问："这些人都是怎么爬到这么高的山上建造石窟的？"没错，很难想象匠人们是在何种条件下开凿的石窟。最早龟兹人信奉小乘佛教，小乘佛教讲究远离城市，再没有比这个依河沿山的地方更适合建造石窟群了。山谷此时传来清脆的鸟叫，如果把眼前的景象还原到几千年前，那将是怎样的一幅画面呢？

　　如今的克孜尔石窟只有 6 个石窟可供游人参观，其余的几百个石窟全部标为特窟，而 6 个石窟足以展示克孜尔石窟的特点了。第一个独有的特点就是菱格构图，这是西域其他所有石窟都没有的艺术特点。在克孜尔，你可以看到所有充满寓意的宗教故事被设定在一个个菱格中，这是龟兹地区独有的艺术形式，而石窟中最值得一提的是有着湛蓝海洋颜色的颜料。克孜尔石窟中出现的蓝色颜料源自青金石，但龟兹地区从不产青金石，古代青金石就像黄金一样被视如珍宝，故此丝绸之路的中东商人们从阿富汗的产地驮着大量的青金石不远万里来到龟兹，虔诚的龟兹国皇室为了大修石窟便成了丝绸之路上青金石的顶级消费客户。这些曾经价值连城的蓝色石头被磨成粉末化作颜料涂抹在石窟的墙壁上，千年后的今天，当你站在这小小的石窟里面对着墙上的一抹蓝依旧能感受到龟兹国的这些佛教文化先行者对信仰的敬畏。

　　佛教最早由印度经过西域传入中原，早在公元 1 世纪已经传入龟兹。这里的石窟是中国最早开凿的石窟，这是它的历史和地理位置决定的。直到公元 14 世纪伊斯兰教代替了这里的佛教，从此千佛洞成了放羊人冬季烧火取暖、外国"探险者"猎取文物的光顾地，而石窟中的佛像也因多事之秋全部销毁在岁月的伤痕中，文化仅被留存在了残缺不全的墙壁上。

和敦煌莫高窟一样，这里的壁画遭到了大面积的人为损坏，墙体上出现多个长方形的方框，后来研究者们猜测这是"德国探险队"本想割下带走的部分，但由于切割时破坏了下方的两个角，于是这块被阉割的壁画幸免于难。之所以猜测是"德国探险队"是因为"日本探险队"切割壁画善于用圆形，而德国善于用长方形。和西域崖壁上所藏有的悲哀一样，这些曾经的顶级宗教艺术品被保留在千里之外的地方。

翻阅了大量的资料，奇怪的是大量克孜尔洞窟的名字在国际上是由德国人命名的。比如当年德国人进入一个洞窟，看见了墙壁上画有 16 位挂有佩剑的洞窟供养者，于是德国人便为其起名"16 佩剑者窟"，而这个窟名沿用至今。

后来德国人把他们带走的龟兹克孜尔壁画放在了柏林印度艺术博物馆中，他们甚至认为龟兹文化始于印度。今天望着满目疮痍的克孜尔石窟，那些陈年旧账已无须再翻，但有些宝贵的文化本该属于这一个个狭小的洞穴，西域的黄土和风沙中孕育了各类兴盛的文化，克孜尔壁画中的人物造型身着印度服饰却长着龟兹人的面孔，这正是两种文化在丝绸之路上发生的文化交融和演变。如今画中的人物漂洋过海，被支离破碎地摆放在玻璃罩后，世界将其视为珍宝时，大部分中国人甚至没听说过克孜尔石窟，他们说到西域的石窟只会想起敦煌，我特别希望你能真的来西域走走，一路西去感受一下这条丝绸之路的文明和演变，记住这些属于我们历史长河中伟大的古老文明和艺术。

在景区一个存放行李的地方，我和老王看到了一些克孜尔文创产品，我说："老王，咱买个手机壳吧。"

老王说："对，买一个！我还从来没用过手机壳呢。"

柜台前是个安静的小伙子，老王叫我帮他挑一个，我一眼就看上了一幅有风神的壁画，我说："老王，你是风一样的男子，你就买这个吧。"

老王说："就这个了。"

我选了一个刚观赏过的"8号窟"最具特点的菱格壁画，本以为给钱走人，没想到柜台前的小伙子轻轻地端起手机壳说："我给你们讲讲这壁画的意思吧。"

话音如一阵清风掠过心田，在国内见惯了旅游景区卖文创的人，以往都是给钱走人，怎么今天遇到个愿意主动讲故事的？我从眼前这位小伙子眼中感受到他心中有杆秤，文化和热爱被商业行为压得喘不过气来。

小伙子温文尔雅地讲述着手机壳背后每一幅图像所表达的寓意。一个穿着得体的小伙子在中国最西边的克孜尔石窟卖文创，听他的口音也不是本地人，我和老王就像着了魔一样对此人产生了极大的好奇心。

他是扬州人，我问："你是大学毕业在这里做义工吗？"

他说："不是，我没读过大学，我的人生经历和你们是相反的，而现在我来克孜尔正是为了学习。"

"来克孜尔学习？学习什么？"老王问道。

"古龟兹画师在墙壁上绘画的方法。之前听说过这种画法特别难，结果我发现自己和古代画师的距离太大了，试过以后才知道古龟兹文化已经达到了艺术巅峰。"小伙子说。

他从一旁的柜子下取出一卷纸，那是他此前临摹的画。他一边向我展示一边对我说："我现在开始研究颜料，我想自己研制古代龟兹人是如何用青金石和其他物质磨出不同色彩的颜料，等研制成功了我会再研究如何把这些颜料像龟兹人一样画在墙上，画出精美的壁画。"

话都没说完，我却已热泪盈眶，太久没有遇到过那种一意孤行的执着和痴迷，那是一种对某种文化一见钟情后所产生的奋不顾身。克孜尔石窟艺术在我们的生活环境中已经算是小众文化了，甚至很多国人连听都没听说过，那为什么我们生活的故土上那么多灿烂文明的艺术文化总是在被某一部分小众人群坚守着？而我们自己的文明为什么没有更多人了解？在这个年代，有这样的年轻人走进文化的起源地，抛开繁华与浮躁，只为用现代的方式为其发扬光大，这让我热泪盈眶。

克孜尔也好，敦煌也罢，这千百年来世界顶级的壁画艺术和技法应该被发扬光大，不是在洞里，更应该在生活中。

我很认可老王对这位小伙子说的话："你是我这次旅行见到的最厉害的人！"我们彼此留下了联系方式，而我更希望在不久的将来，我们可以在推广文化的路上相遇，尽我之力推广龟兹文化和克孜尔石窟的艺术魅力。

回去的路上，老王和我感叹不已，克孜尔之行为老王和 Vivi 的本次旅行画下一个完美的句号。Vivi 嘴里不停地说："幸亏没一早赶回乌鲁木齐。"在返回住处经过一个检查站的时候，一位维吾尔族警察皱着眉头拦住了我们的车，我正要问他发生了什么事，警察对驾驶室车窗内的老王喊道："你右后轮胎漏气了！"

老王大惊，下车检查才发现果不其然，老王自语："这要是今天没去千佛洞，一早直接往乌鲁木齐开，在路上发现这问题麻烦可大了。"

"庆幸庆幸，一切都是最好的安排，不是吗？"我说道。

老王一听就哈哈大笑起来，我第一次见到因为自己车胎漏气还如此高兴的人。在库车郊区外，我们找到一家补胎店，一位身手不凡的大爷几下就在轮胎上找到了一颗钉子的"尸体"。

看着即将落下的太阳，老王皱着眉头盯着我，嘴中念叨："今晚到底走还是留呢？"

我说："及时行乐吧。"

老王和 Vivi 对视一笑："明儿一早走吧！"

"哈哈哈哈哈！"

那晚我们在库车吃了一顿久违的重庆火锅。老李吃了两份午餐肉，老王彻底喝醉了，我依稀记得他醉了以后考问 Vivi 中国的十大元帅都是谁，Vivi 没答出来，老王嘲笑她，笑得像个孩子。

## 一夜秋凉

【有原则】

我从小就特别喜欢雨天，在雨中行走是我最喜欢的放松方式，我喜欢闻被雨水打湿后的泥土的芬芳，喜欢不时落在脸上点点雨水的清凉。一路少言，我和老李横穿过一片泥地，雨越下越大，公路路面的积水变多，我们只好在一个天桥下放下背包开始今天的搭车旅程。

清晨醒来的时候，手机上显示的唯一一条信息是老王发来的，他们已经在奔赴乌鲁木齐的路上了，叫我们多保重，有缘再见。昨夜的酒醉便是离别的难舍。与老王、ViVi共同经历的六天自驾时光是这次旅行当中最奢侈的时光，在最艰难的路段，他们的出现帮我们解决了所有的难题。一个陌生的清晨，没有了熟悉的欢笑声，耳朵有些不太适应。我们又回到了流浪的生活，继续搭车一路向西，今天的目标是搭车两百多公里抵达阿克苏。

十一黄金周的最后一天，向西的车辆明显少了许多，偶尔有几辆车由此处经过也丝毫没有减速的意思。过了大概10分钟的时候，一辆七座面包车从面前开过，在距离我们30米开外放慢速度停了下来。我依旧兴奋地跑了过去，车上只有司机一个人，我告诉车主来意，想搭车前往阿克苏。车主是一位60岁左右的老人，他爽快地答应了，正要转身去取行李，他紧接着说："你们得给钱啊！"我向他表示了感谢，再继续试试运气吧。老人一脚油门，汽车像弹弓上的石子弹射了出去。每当这个时候我都会想我为什么要搭车行走丝绸之路，不正是为了试试在当下这个所谓金钱决定一切的时代，到底会不会有人因为人与人之间最简单的友好，帮助他人顺路去往最终的目的地，并不是想麻烦这些在路上帮助了我的人，而是记录下这真实的故事，好坏对错让读者去说吧，我要用这些鲜活的人物来表达一个真实的丝绸之路。

大概又过了 3 分钟，一辆 SUV 从我们面前驶过，在距离我们 50 米开外的地方停了下来。这和刚才的情形很像，我一路小跑到车前，车内有三个人，两男一女。还没等玻璃摇开，后门直接就被里面的人推开了，一位戴着黑框眼镜的中年女子扯着嗓门对我说："你们是去阿克苏吗？"

我说："是的，我们是搭车旅行的，如果方便，能带我们一段吗？"

女士说："我们路过阿克苏，你上来吧。"

副驾驶室坐着的一位身材精干、面相忠厚老实的中年男士推开车门，随后主驾驶室上也下来一位中年男子，个头不高但身材魁梧。他们向我微笑点头，并走到车后方拉开汽车后备厢。拉开的一瞬间，后备厢里的几床被子和脸盆等一些生活用品差点掉了出来，可能是走时有些匆忙也没有仔细摆放。趁两位车主收拾的时候，我赶紧往回跑去取背包并通知正在抽烟的老李该上路了。

司机叫唐龙，是四川人，车上的另两人是两口子，是唐龙的四川老乡，三人刚接到了一个在喀什修路的活儿，今天凌晨四点便从乌鲁木齐出发，只为尽快赶往工地，接活的人是那位戴着黑框眼镜的中年女人。从车上的对话和气场上看，那个女人在三个人中占有决定性的主导地位，她说自己除了是工头外，还有一个工作就是给工地上干活的人做饭，这样可以每个月再多拿 3000 块钱。我和老李，还有那位中年女士就这么挤在车的后排。她询问我们最终的目的地，在得知最终要前往喀什后，那女人瞪大了眼睛说："你们还去阿克苏干吗？我们可以带你们直接到喀什啊！"我还是谢绝了她的好意，因为到喀什的途中还有几个地方等着我去经历。而那位中年女士倒是提起了精神，她热情地拿出自己的手机给我们翻看此前的照片，前不久因为去看工地她跑了一趟喀什，四川人那种安逸好耍的天性使她在这个陌生的城市玩了几天。翻开手机相册，里面全是各种造型的游客照，不难看出她善于分享自己的故事。她从香妃墓讲到喀什老城，嘴里滔滔不绝，而前面坐着的两位男士一声不吭。

车行驶没多久到了一个加油站。加油站整个区域都被铁网包围，而且除了司机，其他人都得在铁网外下车，并刷身份证接受检查。我们在铁网外下了车，唐龙正要往里开，一个安全员拦住了他，那人说这儿已经不营业了。唐龙一脸无奈，只好继续上路，又开了几十公里，一直不吭声的唐龙用四川话说道："遭咯，没得油咯。"前方一个路牌上显示有一个闸道可以下高速，唐龙一把方向盘驶向了闸道："去镇上找个加油站，赶紧加些油。"唐龙小声地嘀咕着，这时中年女子扯着嗓门抱怨着眼前的一切。车开到了一个小收费站口，唐龙把车停下询问工作人员镇上是否有加油站，一位年轻的汉族小伙子说："这镇上没有加油站，你们只能返回高速向西40公里才有加油的地方。"

唐龙有些急了，中年女子再一次发起了牢骚，没人知道这车还能不能再开40公里。唐龙说："跑长途，最怕就是没油咯，没饭没水都不怕，没油可就真遭咯，这下只能试试运气了。"

车上的每个人都用屁股感知着行驶中的变化，每一根神经都跟着车轮时不时地抽搐。车厢里的氛围变得紧张，每个人都在替车子祈祷千万不要停在半路上，最后的一点点油终于撑到了加油站。车停靠在加油站的加油桩旁边，车厢里几乎响起了进球后球迷们几近疯狂的欢呼声。

在阿克苏的岔路口，我们下了车，中年女子再三问是否要和他们直接前往喀什。她不理解为什么明明可以直接抵达终点，而这两个背着大包的人偏偏要中途下车。我再次向三位表示了感谢："终点很重要，但现在我们要下车去体验过程了。"

她肆无忌惮地大笑。车发动了，她摇开车窗伸出了大拇指。

有缘再见。


## 【一个苹果】

　　阿克苏，自古以来丝绸之路上的驿站，西域三十六国之一的姑墨国的所在地。为了弄清这些历史，我打车前往阿克苏博物馆，可没想到博物馆大门前摆放着挂满铁丝网的围栏，一张红纸上用汉语和维吾尔族语写着："因馆舍拆迁，阿克苏博物馆于 2017 年 8 月 15 日开始闭馆，新馆位于多浪河二期故墨亭对面，开馆时间另行公布，欢迎到馆参观。"

　　老博物馆关门，新博物馆没有开馆，想梳理一下这座城市变得有些复杂了，但纸上提到的多浪河倒是引起了我的注意。多浪文化是一种象征着自由浪漫的文化，因为它与流浪有关。其实多浪本是一个能歌善舞的族群，由于 13 世纪时蒙古帝国对地方小势力进行压迫，多浪民族逃离了原本的家乡过上了流浪生活。他们不再受任何势力的管控和约束，一路流浪一路歌唱，一直流浪到叶尔羌河下游荒无人烟的胡杨林中，而据说那片胡杨林就是今天的阿克苏地区。

　　好奇心令我想去看看这个城市的人是否依旧如传说中那样浪漫。街边摆满了自行车，沿着街道一直走到街对面，出现了一个公园的广场，多浪河就从这里流过。岸边碰见了两个穿着校服的维吾尔族小朋友，他们一边玩闹一边用脚踢对方，我试图阻止他们的危险游戏，其中年纪大一点的维吾尔族小朋友用非常标准的汉语说："这不是我的同学，这是我的弟弟。"两个人一下子拥抱起来，嘻嘻哈哈像什么事都没发生一样一溜烟地跑了。

天总是阴沉沉的，直到离开这座城市，太阳都没有出来彼此问候一下。阴霾的小城街道上人并不是很多，一切都显得有些过于平凡了，也许因为赶上了中午上学的时间，我对这座城市的记忆总是那些匆匆忙忙的孩子。

离开阿克苏，我们选择乘坐出租车去往高速路口。开车的是一位维吾尔族女司机，她的汉语水平很差，交流起来几乎只能用词语和比画。起初她对我们是有些防备心理的，不停地问为什么要背这么大的包去高速路口，我连比带画地说，才向她解释清楚我们是搭车旅行的。她理解后张着大嘴发出了不可思议的那种感叹声，频频点头，自言自语地说着维吾尔族语。虽然我听不懂，但是能感受到那是在赞美这种行为或是在为这两个旅行者祈祷。到了地方该下车了，她拍了拍我的膝盖示意我稍微侧身往后，随即拉开我前方的抽屉，从里面翻出一个红红的苹果。她把苹果递到我面前，我看了看她，那是一双晶莹剔透的大眼睛，她的头轻轻地往上扬了扬："拿上！"

我接过苹果，并微笑表示感谢。她用蹩脚的汉语说："一路平安，年轻人。"

【*不建议前往*】

把背包放在公路边，耳边响起了老李打打火机的声音。我把写有"图木舒克"的纸牌举在胸前，没什么车，我习惯了。

老李的烟还没有灭，一辆车就停了下来。车上坐着一个戴着眼镜并有些沉闷的中年男子，可以看出他是个天生不太爱说话的人。简单的几句对话，他同意带我们一程。他叫张中伟。

张中伟的家就在图木舒克，今早送朋友来阿克苏看病，朋友住院了，所以留他独自返回图木舒克。就这样，我们在路上相遇了。张中伟不是新疆人，三十多年前他跟随父母从河南来到新疆，后来在图木舒克干工程开挖掘机，赚了些钱就自己买下了一台挖掘机。他抱怨这两年生意很不好做。我有些想不通，一路走来，完全可以感受到新疆正在大力地建设发展，这样来说工程应该少不了啊。他的回答稍微有些牵强，他说他只做图木舒克的工程，就这一个地方的活就够了，但生意不好的主要原因是同行竞争太激烈了。我问他为什么不去开发一些新的市场，他摇摇头未做解答。

就算生意再不好做，此刻的他也并没打算换其他工作，因为挖掘机几乎已经成为他生命中必不可少的一部分了。我问他平时会出去旅行或带着家人出去转转吗？他的回答很简单："每天都围着挖掘机，哪有时间啊？"

车行驶过一个叫"一间房"的收费站，导航告诉我们前方是"图木舒克遗址"。望向窗外，这就是大名鼎鼎的"唐王城"了，是古丝绸之路上的一个未解之谜。公元2世纪，这里是西域三十六国之一的"尉头国"，玄奘西行也曾路过此城。史料记载，这里信奉小乘佛教，僧侣众多。而最令人不解的是在公元10世纪的时候，关于唐王城所有的记载全部从史书上消失了。这座被西域风沙侵蚀，依山而建的旧城如今还依稀可见，但关于鼎盛的唐王城为何消失在西域的历史中至今仍是个谜。

我望着窗外古老的遗迹。唐王城遗迹与山相依，呈现出两种颜色，深红色的遗址依山而建，可以想象曾经这座古老的王城，正是一人驻守万人难攻的军事要塞。也许一座城的消失是因为一场不为人知的战争，也许是因为河流改道，也许是一场恐怖的瘟疫，但扑朔迷离的古丝绸之路总是让人充满敬畏，无处不彰显着它的未知。

图木舒克是塔克拉玛干沙漠边的一个城市，西面便是帕米尔高原。这里原是古丝绸之路的兵家必争之地，而抵达城市后我发现这座城市并没有曾经的文明痕迹。张中伟说："图木舒克，是个新城。"如他所说，无论是楼房还是街道，一切都像是近几年盖起来的，走上几步倒有点迷你版石河子的感觉，但图木舒克的街道上几乎和白天的嘉峪关差不多，很难在街上碰到人，也许这座城市的人口实在太少了。

告别张中伟，我们找了一家门前摆着防暴栏的酒店，被两位维吾尔族保安盘问了很久，弄清楚我们的来路之后，他们变得特别热情甚至给我和老李发烟。我把收到的那一支烟转交给了老李，老李幸福地点上了一支，并把另外一支别在耳朵后面。两位保安对着我俩笑，后来每次从这里经过，他们都会热情地向我们问好敬礼。

从大门进来是一个花园，栽满了各色花朵。到了酒店楼下的玻璃门，我们又经历了一次盘问，安检是必不可少的。图木舒克的安检是一路走来最严格的，维吾尔族小姑娘就差把两个硕大的旅行背包一一翻看一遍了，这里可能很少有游客前往，像这样背着大旅行包的游客更是少之又少了，所以每当此时我们都会被"认真对待"。

休整了一天，原本想去找图木舒克附近的胡杨林，看看这儿的胡杨叶子是否变黄。可走在图木舒克的街道上，一切都显得有些无奈，路上几乎碰不到人，碰见的人也不知道胡杨林该怎么去。我和老李在街道站了很久，街上竟然连一辆出租车都没有，打听了一下才知道这里甚至没有公交车。我俩同时明白了一个道理，该离开这里了。

在酒店前台询问可否找到车带我们去胡杨林，酒店前台的小姑娘说图木舒克是有出租车的，但是一般都要打电话呼叫，他们几乎从来不在街上跑，因为那对于一个没什么人的城市来说显得有些费油了。

一个司机接通了电话，得知有人要去胡杨林的时候，毅然决然地拒绝了这门生意，用非常浓郁的河南口音直截了当地说："胡杨林叶子根本没黄，你们可别去。"我听到这样的回答有些哭笑不得，还是要感谢他的真诚劝说，并向他预约了第二天早上的行程，要他带我们离开图木舒克，他答应了。

【*被拆掉的记忆*】

第二天一早，一辆出租车按时停在了酒店楼下，司机一开腔，是昨天电话里那位河南大哥。他的笑容让我想到了照片上焦裕禄的神情，我上车便调侃他，说图木舒克的出租车好任性，他笑着说："你知道图木舒克常住人口多少人吗？"

摇了摇头。

"只有两万人，出租车还不到一百辆！还没有俺老家镇上人多！"

这位图木舒克"任性"的出租车司机是河南周口人，曾经是个木工，1991 年村里有人告诉他去新疆库尔勒干木工活能赚到钱，于是他只身前往库尔勒。那一年他在库尔勒给人做门窗，一年赚了 3000 多块钱。在那个年代，他已经非常知足了，于是就决定留在库尔勒继续干。第二年他跑去工地干活，等到第三年他就开始跟工友搞起了装修队。一个小木工用三年时间做到小工头，在异乡找到了容身之所。而 2008 年过完年因为家里有点事就没按时返回库尔勒。这下可好，之前所有的努力付诸东流，库尔勒的工作丢了，工友们也各自组建了自己的装修队，他没想到短短的几个月又回到了起点。但有了外出打拼的经验，无奈之下，他前往郑州找活干，忙忙碌碌折腾了几年还是没折腾出什么名堂。机缘巧合，又有一位朋友告诉他去图木舒克开出租车能赚钱，他于是咬了咬牙重返大西北，只身前往图木舒克跑起了出租车，这一干就到了今天。

他说现在每天 7 点起床，晚上 12 点收车，一个月能赚上 5000 块钱。这让人诧异，图木舒克这个人口不到两万人的地方，有那么需要出租车吗？还需要如此这般起早贪黑？他说用车的人其实很多，只不过当地习惯电话预约制，这个小城有自己的一套生存法则。

在"一间房"收费站，河南大哥把我们放下，给他付了钱，临走的时候叫他注意身体，多保重，再干两年就赶紧回河南老家吧，毕竟老婆孩子还在周口。他脸上一直保持着微笑，那种笑很淳朴，很真切，笑得甚至合不拢嘴。我想也许他很久没有被陌生人关心了，他能看出我的真挚，我也能觉察出他像西部荒漠中的一座孤岛。虽然一切的一切大家都无能为力去改变什么，但我希望相遇总是美好的。

我希望这位质朴的河南大哥能幸福，希望他能尽早回家。

从"一间房"出来绕过一段土路，我和老李爬上了高速公路。高速公路安静极了，两面都是黄土戈壁，站在这真的有点美国西部片的感觉，就连风在这片空旷的土地上都吹不出多余的声音。这里离我们的目的地喀什还有不到 300 公里。

我坐在地上，用笔在一张纸上写下了两个大字"喀什"，柏油马路的地表不太平坦，或许是心情有点激动，用力过猛，一不小心把纸戳破了。

终于！前方就是喀什了，丝绸之路中国境内段的最后一个坐标，新疆维吾尔族文化最浓郁的地方，向往已久的喀什就在眼前，我站起身举起纸牌。老李点燃一根烟，靠在围栏上伸出胳膊做了一个搭车的手势。大概过了半小时，一辆 SUV 驶过了我们，停在不远处。我跑了过去，车上是一对母子，驾驶室的小伙子说他和母亲要去巴楚看望朋友，只顺一小段路，但非要把我们往前捎一段，他认为这个地方太难搭车了，往前走有一个收费站，那里应该会更好搭车。我们感激地跟着这位热心的小伙子出发了。

一上车，坐在后排的阿姨就高兴地说："爱出门的人啊，看见旅行者就特有亲切感。"

小伙子叫吴鹏。吴鹏的一家人都在兵团工作，他的爷爷辈是支援新疆塔里木建设的军人。吴鹏的妈妈非常健谈，她先是打听了我们一路的行程，再是为我们剖析这一路错过的风景，说着说着就聊起了新疆建设。我很想知道离开家乡来到边疆建设的人，如今过得怎么样。吴鹏的妈妈说很多人来到新疆都觉得兵团上的人退休早，工资待遇好，但大家只看好的一面，没看到他们当年来到新疆建设时吃了多少苦。

他们原本是自豪的，后来有一些伤感，但最终还是感到幸福，因为这群人不仅将青春交给这片土地，更将自己种在了这片土地上。他们的记忆深处那段过往不该被世人忘怀，如今从这些人的脸上依旧能看出曾经的风吹日晒。

当吴鹏得知我们是从西安搭车而来的时候，他睁大眼睛惊呼了起来。我以为他和以往遇到的很多人一样，感叹搭车旅行的勇气，没想到的是他说自己曾经在西安读大学。在图木舒克这个看到人都难的地方，遇见在西安读过大学的人，真的很神奇。我追问哪个学校，没想到吴鹏的母校就是我家附近的西安理工大学。车厢内的氛围一下被若干个巧合变得更融洽了，西安让我们之间的距离变得更近。

说到西安，吴鹏更是滔滔不绝。他已经很多年没有去过西安了，能感受到他对这个城市是怀有感情的。我告诉他西安近几年的城市建设和发展速度，很多地方都变了样子。他询问母校有什么变化，我告诉他附近的黄埔庄因为改建已经全都拆掉了，他惊讶地问："那些网吧都拆了吗？"

"全部都拆掉了。"我说。

"哎，满满的回忆啊，当年常和同学在黄埔庄的小网吧打游戏，一打就是一天，饿了就出来吃个砂锅，那种日子现在想想依旧都是美好的。"他顿了顿说。

这时吴鹏的妈妈说："当时我们送他去西安读书，他告诉我西安吃的可好啦，就是吃什么东西都特别辣，后来他变得特别能吃辣，回新疆还到处喊着要吃辣的。"

吴鹏一直笑，他的妈妈也跟着笑。

后来也不知怎么着，大家都开始感慨起来，感慨岁月匆匆，感慨变化万千，最终我们都希望在有生之年别忘了自己曾经的模样，别忘了曾经生活的地方，别忘了一个个短暂而被记忆长河冲散的那一次次相逢。

## 【*开房车的老夫妇*】

告别了吴鹏和他的母亲，我们在"三岔口服务区"卸下行囊。

服务区内停靠的几乎都是大型卡车，各民族的货车司机把车停到一边围坐着休息聊天。我们四处询问，也许因为语言沟通有些障碍，没有司机愿意带我们去喀什。

大概等待了40分钟，不远处一辆商务车慢慢开进了服务区，一对穿着红色卫衣的老年夫妇从车上下来，径直走向厕所。出来的时候，我和老李过去攀谈。老两口来自河北，是一路自驾到这里的，得知我们是搭车旅行者后，老师傅问我们有没有帐篷睡袋之类可以露营的东西，我点了点头。他说："都是在路上的人，走吧！我们带你们走一段，但到不到得了喀什不一定，不行咱们就一起找个收费站露营。"

"太好了！"我兴奋地说。

大爷说："我们自己改装的房车，走到哪儿就睡到哪儿。年纪也大了，一般也不太赶路，你们有睡袋，咱们就能一起露营，如果你们不赶时间，咱们就走。"

我有些诧异，甚至怀疑自己是否听错了，大爷刚嘴里说改装的？我看了看身旁这个普通的白色七座商务车，难道这看似普通的商务车被改成了房车？不会吧，我又打量了一下眼前这两位慈祥的老人，这有些不可思议！

"这是您亲手改的吗？我能看看吗？"我问。

"对啊，研究车很多年了，这车改下来没花多少钱，我也不是专业的，和老伴儿到处旅游凑合住就行。"他挠了挠头。

这时候阿姨把车门推开："欢迎上车，来参观参观吧。"

我简直不敢相信自己的眼睛，一个五脏俱全的生活空间摆在面前，没有豪华的硬件设施，但生活所需应有尽有，最后一排被改为一张简易的床，烧水壶、电饭煲、洗衣粉、大大小小的碗盆放在自制的架子上，自制的桌子上放着一筐洗好的新鲜水果，桌子旁有可以移动的沙发座椅，后排还晾晒着衣物。天哪！真是一辆外表简单内心却无所不能的房车啊，并且在车上的很多细节之处可以看出老两口非常用心的生活方式。在有限空间内发挥每一寸面积的作用，水杯的摆放槽等设计都将收纳术发挥到了极致。

最钦佩的还是老两口自己动手改造的精神。喜欢 DIY（自己动手制作）的人一般都很有趣，因为他们会探索实践自己的一些小想法，把这些想法运用到生活中去。DIY 源自欧美，其实起源很简单，就是很多人不想花过多的钱找工人来改造房子或花园，于是自己买来材料亲自动手，后来亲自动手创造的乐趣演变成了一种精神。用自己的双手花最少的钱创造一切事物，还能从中找到乐趣，何乐而不为呢？想一想都觉得很美好，眼前这两位再普通不过的退休老两口已经做到了，他们也许都不知道 DIY 精神是什么，但他们已经把这种精神最精髓的那一面体现得淋漓尽致。最酷的是他们已经开着这辆车来到了几千公里外的地方。在路上，老爷子告诉我，他们夏天还开着这辆车在东北三省沿着边境线走了一圈，顺着中朝边境自驾到中俄边境、中蒙边境，云贵川藏和南方沿海城市他们也都走遍了，现在绕着中国的国境线走一圈的计划基本已经实现。他们这次旅行的目的地是喀什，但和我们不一样的是他们有很多时间享受生活和旅行，这太令人羡慕了，只希望我的老年生活也可以和他们一样无忧无虑，和爱的人一直在路上。大爷今年 64 岁，我叫他老贾，他们用实际行动向我证明了旅行与年龄没有任何关系。

　　车向喀什的方向行进着，那是一条通向正西方的路，阳光从正前方直射进来，让人有些睁不开眼。大爷和很多人一样，对我们搭车旅行的故事尤为感兴趣，这正合老李的心意，老李的表现型人格发挥了作用。一路走来，他都很善于滔滔不绝地讲述一路发生的故事，而我相反，更喜欢在路上去聆听些别人的故事。听着老李的故事，我睡着了，醒来的时候天已经彻底黑了，老李还在向老两口介绍这次旅行的一些壮举，老两口像是被打开了一扇从未打开过的窗户，听得津津有味，还会适当地提些问题。

　　抵达喀什是晚上 10 点，老两口把车停在了街道旁的一个小停车场内。

停车场的旁边有一个公共厕所，这里是个很好的房车露营地，他们决定今晚就在这里宿营。街上有点吵，我有些担心这老两口在这么吵的街道边是否能睡个好觉，于是邀请他们去我们订好的酒店，酒店停车场起码能比这街头安静许多，而最终他们还是选择在此分别。

　　……

# 此乃江湖

【 *南疆见闻* 】

喀什的第一夜令人有些难忘。第二天我们起得很早，匆匆收拾一下便出了门，迫不及待地去街道上看看这个城市恢复白昼后是什么样子。

街道上几乎没有汉族面孔，人来人往，很多路人都会盯着外乡面孔的人看。维吾尔族人好像不是一个经常把笑容挂在脸上的民族，他们眼神深邃，和赛里木湖湖水的蓝色有些相似，带给人一种未知的渴望。

在喀什老城外的一条小街上，我们走进一家餐厅，服务员完全听不懂汉语，便递给我一个写着汉语和维吾尔族语的双语菜单。我仔细看了一下菜单上写着的食物，几乎都没吃过，也无法想象菜单上的食物到底是什么。这引起了我浓重的好奇心，找了个最怪的名字，指了指它，维吾尔族姑娘向我点了点头。"包子抓饭"，实在无法想象这是一种什么形式的食物，我猜想它会不会是把手抓饭包进包子里。过了5分钟，维吾尔族姑娘把"包子抓饭"端了上来，原来是一盘热气腾腾的手抓饭，上面放着4个羊肉汤包。汤包的味道真的很好。新疆的汤包和其他地方的包子不太相似，主要表现在馅料上。除了口味，新疆羊肉包子里的羊肉剁得不是很碎，咬上一口，劲道的羊肉会让你嚼起来非常过瘾。

沿着那条小街往里走，周围都是推车卖水果和蔬菜的小贩，看到路边的指示牌才知道原来不知不觉已经走进了喀什老城。巷子的最深处是一条岔路，目测这里应该是老城的繁华地段，四周充满着生活气息。没走几步，在路边看到了著名的喀什百年老茶馆，两层高的伊斯兰风格建筑，墙面的颜色是孔雀蓝。茶馆在二楼，顺着楼梯走上去是宽敞的大厅。

走进大厅的第一感觉令人稍微有些别扭，自己的闯入好像有些冒失，如果老板没有热情地迎上来，我甚至以为屋里的人正在开会。大厅里放了几张宽大的矮床，榻上坐满了维吾尔族的中老年人，而最奇怪的是没有一个女性。与其说这是一个茶馆，不如说是一个街坊邻里男人聚会的地方。一个维吾尔族中年大叔笑着朝我们走来，他指了指阳台示意我们坐在外面，这也正符合我的心意，晒晒太阳喝一杯茶，不负喀什午后的好时光。

走进阳台那一瞬间，空气都凝固了，满满一个阳台上坐满了维吾尔族男人，都直勾勾地盯着这两位外乡人。那种感觉让内心刚恢复平静的我又有些不自在，这时候阳台上的一位维吾尔族大叔向我挥了挥手，他示意可以坐到他旁边的空位置上。坐定以后，身旁恢复了原本的闲聊。我们点了一壶"喀什养生茶"，它的喝法需要搭配一些黄糖，而从周围老街坊们的茶桌上可以看出，喀什的喝茶文化有些独特，他们一边喝茶一边吃馕，这让刚吃过包子抓饭的我们有些力不从心。

不知道什么时候一位身穿西服的维吾尔族大爷找来了一把热瓦普，那是一个长得有点像三弦的维吾尔族乐器，它有六根线，音色十分悦耳。阳光下，维吾尔族街坊邻里们围坐在一起听一位老人演奏民族音乐。没过一会儿，一位长着络腮胡、戴着民族小帽的大爷拍打着新疆手鼓过来配合。泡得快没味的茶一下子变得有了滋味，有人跟着唱，有人跟着晃动身体，维吾尔族人血液里自带的能歌善舞的音乐细胞被催发出来。一下午的时间很快，我晒着太阳不愿离开，充分享受着喀什男人独有的悠闲生活。

临走的时候，屋子里围坐着几位外地小姑娘，我问一位会说汉语的维吾尔族大爷，这里允许女人进来吗？大爷说，旅游的人男女都有，但当地维吾尔族女人不会来这里，那已是一种约定俗成了。在我看来，这里倒有点像一个男人们的避风港。无论是工作累了，还是生活上遇到不顺心的事了，家长里短，配上一壶茶、一个馕，和街坊邻里、老朋友们聊上几句与生活有关的事，这里的氛围把一切变得更有人情味儿了。茶的味道慢慢淡了，但情谊才是这里最浓的味道。

【老城生活】

袁姗是我在喀什结识的第一位朋友，那天我和老李把东湖公园边的酒店退掉转住进了喀什老城里面。老城的生活节奏很慢，我喜欢那种无忧无虑的老城慢节奏，旅途到了终点应该好好享受一下安逸的时光。那天我从酒店出来，在街道斜对面看到一家民族风情很浓的服装店，店外的树上挂着各色围巾和毛衣，两个桌子上摆满了各色首饰，没有人看管，老板一看就是心很大的人。屋里的商品更是琳琅满目，地上铺着一块有民族花色的地毯，一个小姑娘盘腿坐在地上，这个人就是袁姗，这家店的老板。

袁姗是成都女孩，一次旅行来到喀什老城后就决定留在这里。后来她在老城开了这家小店，主要卖些尼泊尔、印度、巴基斯坦以及中亚地区的民族服饰。从她的货品可以看出，她是一个绝对不迎合主流审美的人，而这也让我产生了共鸣。我们开始聊摇滚乐、嬉皮士，聊她的家乡，也是我大学生活的地方。聊得一高兴，我在她的小店里挑选了很多东西，打算带回去送给西安的朋友们。后来老李也疯狂地选购了一把。

再后来，这家小店成了我和老李每次回酒店前的一个落脚点。无论是出去吃饭还是到别处逛，回来和出发的时候都会去小店里坐坐，我喜欢那种光脚盘着腿席地而坐，能直接感受大地温度的感觉。

袁姗每次都会给我们泡一种黑枸杞茶，她告诉我们来新疆多喝这个茶对身体好。

有天晚上，我和老李带了很多烤肉回来，袁姗正在门口的台阶上坐着，一看我们带了吃的，她的眼睛都在发光："晚上咱们买点酒喝吧，介绍你们认识一位朋友。"

有酒有肉有朋友，不能再好了。袁姗从柜子里翻出来几罐啤酒，我和老李觉得不够喝，跑到旁边的商店去买，没想到问了几家都没有卖的。原来喀什老城因为居住着最原始的维吾尔族居民，他们的宗教信仰中不能饮酒，所以商店基本是没有卖酒的。回到袁姗小店的时候，一堆啤酒堆在地上，毯子中央坐着一个留着自来卷长发的维吾尔族男青年，他的怀里抱了一把吉他。一看我们进来，袁姗忙说："介绍你们认识一下，这是我好朋友阿紫的老公，他叫艾尔肯，是喀什老城吉他弹得最好的人。"

我脱掉拖鞋盘腿坐在他的身边向他问好，袁姗又接着向他介绍我和老李，艾尔肯从地上拿起一罐啤酒，"呲"的一声拉开了拉环："来，很高兴认识你们，我叫艾尔肯，喜欢玩吉他。"

在喀什不是所有的维吾尔族人都不喝酒，其实很多人都喝，但他们一般都是在没人的时候自己偷着喝，而艾尔肯是正大光明地喝，因为他觉得音乐需要一点酒精。艾尔肯的汉语说得很好，他曾经在上海生活过，还背着吉他去过很多地方，包括他和妻子相识也是在流浪的路上。在拉萨，他认识了妻子阿紫。没过一会儿，阿紫也过来了，不过她是抱着孩子来的。阿紫也在老城开了一家店，店里的东西和袁姗的类似，而艾尔肯现在是在喀什老城唯一的一家咖啡馆里弹琴。我们一边吃着肉一边喝着酒聊天，文艺青年们在一起，一下子生活就变得逍遥自在起来了。

　　一瓶酒下肚，艾尔肯说："我给你们弹琴听吧。"他慢慢抱起吉他，闭着眼睛开始弹了起来，口中不时轻声地唱着。曲风是标准的弗拉门戈，稳健的节奏搭配上他娴熟的演奏技巧，整个人的情绪都被带入到了弗拉门戈的那种浪漫的气质中。一时间，有几个年轻人围在了门外，一对情侣干脆脱鞋坐在一旁的地摊上。袁姗张罗着门口的年轻人进来一起喝酒，一个不到 10 平方米的服装店一下子坐满了人。艾尔肯一首接着一首的弗拉门戈，从欢快唱到忧郁，又从忧郁唱到深情，唱累了，我们就相互诉说自己的故事。我靠在墙角聆听着，一口接一口的酒往下灌。隔壁做生意的维吾尔族兄弟给我卷了一根漠河烟，很久不抽烟的我借着微醺的醉意猛抽了几口。这感觉太熟悉了，像是回到了很多年前在成都的时光，那些年无忧无虑地和朋友们弹琴、唱歌、抽烟、喝酒。旅途的最后，在一个服装店里找到了些许久违的感觉，这一切还是源自朋友，因为是人让生活变得更有人情味儿。后来大家都喝醉了，特别是袁姗，她醉得有些无可救药。

　　没多久，袁姗的男朋友骑着电动车来接她回家，胳膊上挂着红色袖标，写着"安全员"三个大字。袁姗的男朋友看到烂醉的她非常生气，责备了艾尔肯，同时皱着眉头盯着我和老李，然后对烂醉的袁姗说："朋友？朋友会让你喝成这样吗？"

　　我只记得那句话之后，袁姗撕心裂肺地对着她的男朋友大喊："这是我的朋友！他们是我的朋友！"

……

第二天袁姗喝醉的事几乎整个老城的人都知道了，因为这座老城很少有人会喝酒，更别说喝醉了。第二天小店没有开门，袁姗发来了一条信息："伤元气了，来日再战！"

……

【帮一个忙】

前一天电视台的频道副总监刚打过电话问我们何时返程，今早频道总监老张也发来了信息，再问归期，并告知电视台领导们甚是挂念，让我们一定注意安全，完成任务后便抓紧返回。计算了一下时间，一晃在喀什已经待了一个星期，也许是越来越融入这里，竟全然感受不到时间之快。老李查了机票信息，定了三天后中午返回西安的机票。

我用大半天的时间写了几十张出发时老梁精心准备的明信片，写给一路上帮助过我们的车主，写给很多牵挂我的家人和朋友，我希望这张盖有喀什邮局印章的明信片能寄到每个心伴我行的人身边。喀什是这次旅行的终点，是丝绸之路国内段的终点，这枚小小的印章算一个见证，比什么都来得更有意义。

那天中午，我正打算和老李下楼吃点东西，手机上接到了一条信息："兄弟，请你帮一个忙。"

我仔细一看，是前不久搭车旅行从乌鲁木齐到石河子一段曾帮助过我们的车主王林发来的。

搭车旅行四十多天，一路走来我得到了太多陌生人的帮助，越是向前越是感受到人与人之间简单真挚的情感。面对曾经在路上帮助过我的王林，我回了他一句："您说！"

几句对话，我知道他遇到了麻烦，我当然希望能尽自己的微薄之力帮助到他。将近一个小时的长谈，当你看到这本书的时候，我已经在帮他完成这个愿望了，这个愿望就是你正在读的文字。

王林和很多中国男性一样，内心有着非常丰富的情感，却配了一张不太会表达的嘴，今天这一切源于老王想说一句"谢谢"，但他说不出口。

老王最近遇到了麻烦，在我看来麻烦不小。在给我发消息的前一天，他的贷款还款时间到了，他做了一个不小的决定——卖房，而卖房的钱是为了给工人们发工资。几年前，他和朋友在阿勒泰火车站附近买了一块地盖商铺，但由于资金链断了，现在不仅房没盖好还欠了一屁股的债。老王在讲述这些事情时非常平静，这让人有些不解，他不应该着急和沮丧才对吗？

2008 年左右，老王和老婆在乌鲁木齐买了一套房，之前他们一直是靠租房生活。妻子从小便与老王是隔了一条街的邻居，一起读书，一起吃饭，就这样顺理成章成了情侣，但他们的爱情故事遇到爱情戏剧中最典型且传统的矛盾冲突——家人反对。后来他们不顾一切结了婚，一起开饭馆，一起开超市，女儿现在在青岛读大学。原本一切都算顺利了，老王和妻子辛苦了半辈子达到的小康生活，可如今一夜回到解放前，他赔掉了一切，还要卖掉自己奋斗半生唯一的房子了。

三年前他和妻子分居两地，老王在外奔波，妻子在乌鲁木齐开小饰品店。大概一个月才回一趟家的老王，昨夜提前回到家中，他拖着疲惫的身躯来到妻子面前，把此刻的处境告诉了她。得知来龙去脉，妻子略有停顿，只是对老王说了声："没事，老公，房子没有了，我们可以从头再来。"

有些事是事在人为，有些事是命中注定。老王丧失了财富，但或许老王真正的财富是妻子，那些丧失的财富不过是在妻子的包容和支持下一个男人努力打拼后的结果，就像冰心说的那句话，有了爱就有了一切。

我说："老王，等一切慢慢好起来，你会怎么感谢你的妻子？"

老王说："和你们一样去旅行，她想去海边，去三亚，去看女儿，去青岛，等一切好了，我带她去。"

我问老王："你会说情话吗？"

老王说："我嘴笨，不知该怎么说。"

老王发了十几张他妻子的照片，他想让我看看他妻子的模样。

"你们没有合照？"我问。

"这些年太忙了，都没顾得上拍一张合影。"老王惭愧地说。

我停顿了。

"这次回去，我就和她拍上一组合照。"他忙说。

看到这，各位不要去责备老王，也请反思一下自己，不只是在爱情中，在众多情感种类中，大部分中国人不善于表达，而是猜想。有愧的时候人们总认为未来可以用更好的方式弥补更多，但他们不知道，这未来会有多遥远，人是活在当下的，或许你当下的几句真情流露，会让人与人之间的感情更坚固，会让生活更充满色彩。

看到这的人当中有一位一定是老王的妻子，老王希望我帮他对你说一声"感谢"，感谢你风风雨雨陪他走过这么多年，感谢你把"妻子"这个词诠释得淋漓尽致。人生可以不伟大，但一定要有温度，我不必说得太多，千言万语留给老王自己，我相信他会把曾经对我倾诉的话亲口说给你听。

老王是个好人，他帮助过我，所以我今天言出必行，路还很长，愿一切因你的温暖散发光芒。

## 【*足球圣地*】

明天就要返程了，因为航班比较早，我和老李决定今晚住在机场附近。我们在一个阳光明媚的午后离开喀什老城。我背着比自己还高的旅行背包来到楼下，看见袁姗正在街对面整理货物。两天前的一顿大酒，她一天都没有开店，看见我背着行囊出来，她停下了手上的工作，大喊："怎么突然就要走了？最后一顿酒还没喝！"

"酒先欠着吧，等明年开春我们回来再喝。"

"你们明年还回来？"她问道。

"再回来的时候就要从喀什走出国门，继续沿着丝绸之路一直西行搭车到罗马，走完丝绸之路全程。"我对她说。

"哇！那太好了！行，那到时候我组织喝送行酒！"

袁姗隔壁的邻居听见我们的对话，也从店里出来和我们挥手道别。与他们告别后，我们又前往阿紫的店与艾尔肯一家告别，艾尔肯得知我们要走了，有些不舍地和我们拥抱。我告诉艾尔肯一定会再回来听他弹琴的，说罢艾尔肯从身后抱出吉他，靠在墙边弹了一首离别的歌。

真好，古城的生活让我有些不舍，我习惯了这里的无忧无虑，街道上人不多，家家门口摆放着鲜艳的花朵，成群的鸽子不时地从天空中掠过，天很蓝，阳光正好，我沐浴着秋日的暖阳，走在这条让人沉醉的街道上。

在老城的城墙边，我驻足了一会儿，远处依旧不停地响着警笛声，我闭上眼发了会儿呆，算是用身心与这里道个别吧。睁开眼的时候，我看见不远处一个穿着法国队足球服的维吾尔族男子和我一样盯着远方发呆。我突然想起前几天在高台民居附近的公园里目睹过三个维吾尔族孩子踢球，他们的球技相当了得，一看就像是受过专业训练的足球体育生。想到这，我朝他走了过去。

"你喜欢踢足球吗？"我指了指他胸前的法国队队标。

"嗯，喜欢，我喜欢齐达内。"他点着头认真地回答我。

足球打开了我们的谈话，他说新疆爱踢足球的人特别多，因为这里的孩子从小都踢足球。他今年 31 岁，不仅工作之余喜欢踢足球，而且还和很多踢球的朋友组织民间的足球比赛，他自己还拥有一个球队，医生、律师、老师、保安什么职业的都有，大家只要能玩到一起就可以组建球队，从训练到俱乐部比赛，面面俱到。我表示诧异，他说："享受踢球的那份快乐才是最重要的。"

没错，踢球是为了享受其中的那份快乐，旅行也正是如此，48 天的搭车旅行并不是为了最终抵达终点，而是享受每一天发生的事情，以及搭车旅行的那份随遇而安。我站在喀什老城的城墙上望着远方，那个远方是更远的方向，我希望有一天我可以把这次旅行的终点作为继续西行的起点，去感知更多在路上的平淡和精彩。


【*并未知的*】

旅途归来，片子并未按照原计划如约呈现。我想念伊力哈木，想念东北大姐，想念艾合买提一家，想念给我苹果的维吾尔族女司机，想念陪我们坐在路边等车的老雷，想念一个人开卡车的梁波，想念图木舒克那位起早贪黑的河南出租车司机，想念风一样的男子老王和 Vivi，想念在中国最西边的千佛洞坚守初心的涤尘，想念这一路上每一个帮助过我的陌生人。

谢谢你们让我认识了丝绸之路，在一场由短暂相识的陌生人编织的旅程中，更清醒地看待自己，是该和出发前的我做一个了结了，虽然那部纪录片成了一部再也不愿意被人提起的事，但也因此有了这本书，也许这本书才是善因后结出的那颗果实，也许有时候我们看到的不如意只是开花结果前的一个必经的过程。

旅行会改变一个人，它会让一个人活得更深刻，看到更多的苦难与不如意，看到更多平凡中不经意却伟大的精神，更明白这个星球的奇妙与未知，当我们行走在历史中会感受到人的渺小、伟大、无知的短暂，而灵魂就如时间一般可以转瞬即逝也可以永存。也许我们会在一段路上迷茫，迷失了方向，丢失了自我，也许这段路你会走得有些绝望，但不正是逆境中的前行让我们的人格变得更加坚强，不正是这段路让我们知道下段路不该往哪儿走吗？我们都哭过、笑过、不知所措地渐行渐远，但不管此刻的你正经历顺境还是逆境，只要面朝阳光的方向，光总会洒在你的肩膀上。世界很大，逆风而行，犹如你我向阳而生。

此书献给所有一直在路上，并没有忘记自己的人。

【*最后一封信*】

感谢你能在如此快节奏的时代，花时间读完一个有着精神洁癖的旅行者的人生第一本书。我想此刻的我们应该是朋友了，因为你我共同经历了一场丝路之旅，我也已经把最真实的自己展示给你。关于这场旅途，还有些故事其实没有说完，那就等有缘见面时再让我说给你听。

8000公里的旅行像是一扇门让我找到一个真正的人生方向，就像这场旅途前后所发生的事一样，在路上，一切问题都迎刃而解了，但回到现实，一切还需要更强大的内心去面对，所以旅途是最好的营养，它让一个人明白世界那么大，没有什么可以困阻一个有梦想的人。

在此我要感谢一下我此行的同伴老李，虽然他的牢骚和二手烟纠缠了我整整 48 天，但也正是如此，我要感谢我们一如既往的初衷和始终的陪伴，毕竟经历才是最美好的回忆。

我要感谢这一路所有帮助过我的车主和各路朋友，感谢你们在最合适的时间出现，串联出了一段没有剧本的真实公路电影。

我还要感谢默默在身后支持我的家人和朋友，你们是我精神力量的源泉，我必须要让你们知道，我带着你们所有人的梦想用心地搭车走完了丝绸之路的中国段。

而那些困扰，早已烟消云散，我已经放下了曾经的自己，在筹划我个人的旅行工作室，而之前计划的境外那半段旅程，我想有一天时机到了自然会去走完。

书马上就要结束了，现在别问我究竟什么是丝绸之路，别问我为什么要搭车旅行，别问我旅行的意义是什么，也许它的真正含义就在书中某个人物的谈笑间。

有人说一本书的出生是封面，死亡是它的结尾，但对于我来说，此处是重生，接下来的旅行终于要开始了。

我还年轻，我渴望上路。

我不知道将去何方，但我已在路上。

在路上，永远年轻，永远热泪盈眶。

不假思索地上路。

我们为什么要在路上

**图书在版编目（CIP）数据**

向阳而生 / 白嵩著. -- 重庆 : 重庆大学出版社，
2020.7
（艺书+）
ISBN 978-7-5689-2097-1

Ⅰ.①向… Ⅱ.①白… Ⅲ.①游记—作品集—中国—
当代 Ⅳ.①I267.4

中国版本图书馆CIP数据核字（2020）第065763号

艺书+

# 向阳而生
XIANGYANG ER SHENG

白嵩 著

策划编辑：张菱芷

责任编辑：李桂英　书籍设计：薛冰焰

责任校对：王 倩　责任印制：赵 晟

重庆大学出版社出版发行

出版人：饶帮华

社　址：重庆市沙坪坝区大学城西路21号

邮　编：401331

电　话：（023）88617190　88617185（中小学）

传　真：（023）88617186　88617166

网　址：http://www.cqup.com.cn

邮　箱：fxk@cqup.com.cn（营销中心）

全国新华书店经销

重庆新金雅迪艺术印刷有限公司印刷

开本：787mm×1092mm　1/16　印张：18.75　字数：199千　插页：16开8页
2020年7月第1版　2020年7月第1次印刷
ISBN 978-7-5689-2097-1　定价：58.00元

本书如有印刷、装订等质量问题，本社负责调换